U0825493

诗教之彀与审美之维

——当代诗歌中的比兴研究

SHI JIAO ZHI GOU YU SHEN MEI ZHI WEI
——DANG DAI SHI GE ZHONG DE BI XING YAN JIU

张雨 著

中国社会科学出版社

图书在版编目（CIP）数据

诗教之彀与审美之维：当代诗歌中的比兴研究／张雨著．—北京：中国社会科学出版社，2015.2

ISBN 978－7－5161－5483－0

Ⅰ.①诗…　Ⅱ.①张…　Ⅲ.①诗歌研究—中国　Ⅳ.①I207.22

中国版本图书馆 CIP 数据核字(2015)第 014369 号

出 版 人　赵剑英
责任编辑　宋燕鹏
责任校对　王佳玉
责任印制　李寡寡

出　　版　中国社会科学出版社
社　　址　北京鼓楼西大街甲 158 号（邮编 100720）
网　　址　http://www.csspw.cn
　　　　　中文域名:中国社科网　　010－64070619
发 行 部　010－84083685
门 市 部　010－84029450
经　　销　新华书店及其他书店

印　　刷　北京市大兴区新魏印刷厂
装　　订　廊坊市广阳区广增装订厂
版　　次　2015 年 2 月第 1 版
印　　次　2015 年 2 月第 1 次印刷

开　　本　710×1000　1/16
印　　张　13.25
插　　页　2
字　　数　215 千字
定　　价　46.00 元

凡购买中国社会科学出版社图书,如有质量问题请与本社联系调换
电话:010－84083683
版权所有　侵权必究

序

《诗教之彀与审美之维——当代诗歌中的比兴研究》是张雨的博士学位论文，这是他近十年来学术研究成果的一种体现。

张雨热爱诗歌，进行多年的新诗创作。他的部分诗作，去年还以“生命的蓝调”为题，编成一本诗集出版。我忝为他的博士生导师，平时与他相处，觉得他的言谈举止，也颇有诗人气质，因此他毕业前一年多时，说要把当代诗歌中的比兴作为论文题目，我不觉得突然。按说，比兴问题，属于古代文学研究范围，对现当代文学研究生来说，似是越界，不易做好，但对于张雨，我认为是合适的，并相信他会成功，能发人所未发。张雨爱诗，生性单纯，有点浪漫，然而做事为学，却很切实、严谨。开手之前，他相当深入地研究古代直至晚近的比兴理论，甚有心得，初稿用很大篇幅，分析、综述其各种观点。后来为了扣住中心，突出重点，大加删减，消融于全篇，而无割爱之憾。

中国古代文人，有很强烈的现实介入精神。“诗言志”、“文以载道”，在中国古典文学中，是主旋律。这个主旋律以审美的形式出现，涉及修辞、意象、意境等诗学元素，比兴，正是这种价值诉求与审美规律融合的产物。在对比兴的研究中，从古到今，存在很多分歧。张雨的论著，选择了一个很有概括性的切口——话语方式，从由此及彼的话语方式入手，梳理古代比兴诗学，进而探讨当代诗人的意识形态诉求与当代诗歌的审美形态。这样的研究是有创新性的，且具有很大的现实意义。

中国古代的写作中，比兴是意义转换的枢纽：一端是鸟兽草木的自然世界，一端是感时忧国的政治表达。古代文人，达则兼济天下，穷则独善其身。当文人积极入世时，鸟兽草木的文本世界，寄托着他们兴观群怨的现实情怀；当他们疲惫于政治表达时，比兴成为他们耽于审美、咏叹生命的方式。古代诗人们通过比兴，使语言有言外之致；同时在与自然的对话中，获得了生命的启示。

中国当代诗歌，渗透着历史影响的焦虑。“五四”以来，现代学人极力解除比兴诗学中承载的政治功能与道德说教功能，企图从纯修辞的角度研究比兴的审美意义，企图让诗歌回到自然人性的本真流露上来。但是，在中国现代启蒙、救亡的语境中，文学注定不能成为纯艺术的实验，也无法成为纯粹个性主义的精神漫游。现代文学在解除了传统的意识形态表达模式之后，承担起了新的意识形态使命。现代文学仍然没有走出“诗言志”、“文以载道”的传统情结，所不同者，仅仅在“志”与“道”的内涵上，有了现代的多元选择。而1949年之后，中国文学告别了“五四”以来个性主义众生喧哗的话语秩序，完成了“理”的统一与“礼”的规范，对文学创作，在思想内容与表现手法上，有了明确的限定。在这种情况下，通过形象思维反映时代精神，与比兴的诗教传统不谋而合，与比兴本来共有的关注自然、关注生命的审美内涵日渐远离。到朦胧诗时期，诗人们告别整齐划一的政治抒情，拆除了附加在“象”之上的固定的意识形态意义，呼应传统比兴的审美内涵，结合通感、变形等现代主义技法，开发了意象复杂多元的表达功能，承载了张扬人道、呼唤自由的意识形态诉求。但是朦胧诗之后解放的个体，又纷纷陷入到失去彼岸的言说性恐惧之中，杨炼、江河、昌耀、海子等当代诗人，纷纷走上“寻根”之路——企图在西方宗教哲学、中国田园诗学中获得新的灵感，在诗歌中建构新的精神家园。这个时期的中国诗歌，充斥着似曾相识却来源不明的意象，诗人在寻觅中陷入焦灼、恐慌与绝望。

第三代诗人放弃了远方，放弃了通过比兴建构彼岸世界的努力。在当代诗歌回归生活、回归肉身的转型期，第三代诗人作出了自己的贡献。从第三代诗歌兴起到现在，已经有三十年的时间了。在这三十年的时间里，时代发生了新的变化。到当下，如张雨在本书中所说，诗歌的灾难已经不是把鸟兽草木当成符号和喻体，而是等我们回过头来，这个鸟兽草木的自然世界已经不存在了。当鸟兽草木的自然世界消失之后，现代人怎样建构诗意？托物言志的时代已经过去，言志型的表达，失去了悲剧性的激发大众崇高感的心理效应。与此同时，“托物”也不再是诗意的行为，至少，在目前，机器、产品，这些没有生命的物质，还无法完全代替农业时代的鸟兽草木，让我们在静默观照中，获得灵魂的对话与休憩。我们正在远离自然，成为孤独的生物。挣扎、喘息在诗歌文本中的鸟兽草木，成为故乡的风景，而诗歌，只能是挽歌，只能是少数人虚构生活的行为艺术。

自20世纪80年代以来，学术界不断引进西方的学术术语，去重新审视中国传统文学，比如隐喻、象征、变形、通感、符号等。但是总体而言，这种异域的现代的眼光，无法深入中国自身的文学传统。与此同时，审美的意识形态研究以及意识形态审美化的文本研究日趋繁荣，和前一种研究一样，当西方视角聚焦于中国的传统和现实时，许多问题浮于表面，被不断误读。

实际上，中国传统的比兴诗学，包孕着象征、隐喻、通感、符号等现代诗学，也为我们对文本展开文化批评，提供了丰富的视角。张雨选择比兴，从话语方式的角度入手，梳理古代诗学、探讨当代诗歌的研究思路是很值得肯定的。在他的努力中，可以看出年轻学者在现代学术中的焦虑、甄别与抉择。他在借鉴西方现代学术路径的同时，用中国自身的传统去考量现实，用传统中固有的诗学资源，去梳理诗歌理论，观照当下创作，具有积极的现实意义，这种研究，有助于我们从更广阔、更深入的层面，审视文学的过去与当下。

希望这本书能够尽快出版，让热爱当代诗歌的人们，能够分享张雨的思考。

王铁仙

2014年4月20日

目　录

导　言

比兴首见于《周礼·春官·大师》："大师……教六诗，曰风，曰赋，曰比，曰兴，曰雅，曰颂。"① 又见于《毛诗序》："诗有六义焉：一曰风，二曰赋，三曰比，四曰兴，五曰雅，六曰颂。"② 从"六诗"到"六义"的演变，目前只有一个大致的推定，那就是《周礼》之"六诗"主要和乐歌、乐教有关，是"以声为用"，而《毛诗序》改称"六义"者，是"以义为用"了③。至于"六诗"、"六义"具体指什么？时代久远，文献不足征，至今没有定论。因此，比兴的本义，自然是一个悬而未决的问题了。④

比兴本义难寻，并没有让人们在探讨比兴时陷入困境。历代学者根据有限的资料，结合诗歌发展的自身规律，结合时代赋予诗歌的新的价值，各以其情自得，使比兴成为一个开放的、动态的言说空间。但是，历史发展，大浪淘沙，渐次沉淀，总会形成一个稳定的河床。比兴诗学在发展中，有拓展也有保留，有创造也有继承，层层累积，不断选择，逐渐呈现

---

① 《周礼·春官宗伯·大师》，《周礼注疏》卷二十三，《十三经注疏》本，中华书局 1980 年 9 月影印本，第 796 页。

② （汉）毛亨传，（汉）郑玄笺，（唐）孔颖达疏，《十三经注疏》整理委员会整理，李学勤主编：《毛诗正义》，北京大学出版社 1999 年版，第 11 页。

③ 朱自清：《比兴》，《诗言志辨》，广西师范大学出版社 2004 年版，第 65 页。

④ 朱自清认为，比、兴皆为乐歌，比是变旧调唱新词，兴是合乐开始的新歌（朱自清：《比兴》，《诗言志辨》，广西师范大学出版社 2004 年版）；也有学者从乐教的角度研究比兴（王昆吾：《诗六义原始》，《中国早期艺术与宗教》，东方出版中心 1998 年版；张震泽：《〈诗经〉赋比兴本义新探》，《文学遗产》1983 年第 3 期；章必功：《"六诗"探故》，《文史》第二十二辑，中华书局 1984 年版）；还有学者从风俗、巫术、原始祭礼等角度研究比兴（赵沛霖：《兴的源起》，中国社会科学出版社 1987 年版；刘怀荣：《赋比兴与中国诗学研究》，人民出版社 2007 年版）。

出一个相对稳定相对清晰的诗学体系。

在比兴的诗学体系中，凸显出一个影响深远的话语模式：言此及彼。小到辞章修辞、意境经营，大到社会言论空间的构建，无不渗透着这样的话语模式。

（一）诗歌表达的话语模式

现在，我们之所以把比兴看作修辞方法，主要是因为受到两个人的影响。孔颖达和朱熹将赋比兴与风雅颂分开来，单独从修辞的角度界定比兴①。但是，对比兴的具体界定，他们存在着分歧。分歧在“兴”，孔颖达遵从前人之说，认为比、兴都是譬喻，在《毛诗正义》中，他引用了郑司农的见解：“‘比者，比方于物’，诸言‘如’者，皆比辞也……‘兴者，托事于物’，则兴者，起也。取譬引类，起发己心。《诗》文诸举草木鸟兽以见意者，皆兴辞也。”② 朱熹一改前人旧说，认为兴不涉义，纯为发端：“先言他物以引起所咏之辞也”③；“《诗》之兴，全无巴鼻。振录云：‘多是假他物举起，全不取其义’。”④

不管是比、兴皆比还是兴不涉义，从话语方式而言，都是言此及彼。区别仅仅在言此及彼的方式不一样：比是以比喻、类比的方式言此及彼；而兴，可能是比喻或类比，也可能仅仅是虚言钓起、引出所咏之辞——但是这种钓起、引出的方式依然是言此及彼：“由近及远是一个重要的原则。所歌咏的情事往往非当前所见闻，这在初民是不容易骤然接受的，于是乎从当前习见习闻的事情指指点点地说起，这便是起兴。”⑤

---

① 唐代，孔颖达注“六义”，提出“三体三用”：“赋、比、兴是诗之所用，风、雅、颂是诗之成形，用彼三事成此三事，是故同称为义，非别有篇卷也。”［（汉）毛亨传，（汉）郑玄笺，（唐）孔颖达疏，《十三经注疏》整理委员会整理，李学勤主编：《毛诗正义》，北京大学出版社1999年版，第12—13页］到了宋代，朱熹提出“三经三纬”：“三经是赋、比、兴，是做诗底骨子，无诗不有，才无则不成诗。盖不是赋，便是比；不是比，便是兴。如《风》《雅》《颂》却是里面横弗底都有赋比兴，故谓之三纬。”（《朱子语类》卷八十，朱杰人、严佐之、刘永翔主编《朱子全书》，上海古籍出版社、安徽教育出版社2010年版，第2740页）

② （汉）毛亨传，（汉）郑玄笺，（唐）孔颖达疏，《十三经注疏》整理委员会整理，李学勤主编：《毛诗正义》，北京大学出版社1999年版，第12页。

③ （宋）朱熹：《诗集传》，朱杰人、严佐之、刘永翔主编《朱子全书》，上海古籍出版社、安徽教育出版社2010年版，第402页。

④ （宋）朱熹：《朱子语类》卷八十，朱杰人、严佐之、刘永翔主编《朱子全书》，上海古籍出版社、安徽教育出版社2010年版，第2740页。

⑤ 顾颉刚：《古史辨》，上海古籍出版社1982年版，第684页。

这种言此及彼的话语模式成为诗歌蕴藉性的主要来源。言此及彼，“彼”存在着两种可能，一种有确定的所指，“因物喻志，比也”①；一种是所指不明，把意义引向无限的可能：“文已尽而意有余，兴也。”②

同时，言此及彼，是诗人处理物我、情景关系的法则。托物兴起，寓情于景，是中国诗歌营造意境的内在模式。“此”与“彼”——意义流程的方向转换，决定了意境的特点与品格：以我观物，言在“物”而意在“我”，万物因我而悲喜；以物观我，不知言者在“我”还是言者在“物”，在“我”与“物”的对话中，诗意抵达澄明之境，在“此”与“彼”的重组与变幻中，诗意获得了皈依与飞翔的可能。

（二）社会批评的话语模式

在现实生活中，当我们劝说别人接受某种事实、某种观念时，常常采用比兴的方法。这是因为：

第一，事相复杂，直言难尽，人的理解需要一个由浅入深、由近及远的渐进过程。所以，在与人交流时，我们常常从眼前之物、身边之事说起，引譬连类，触类旁通，正是比兴的说话方式。

第二，从人之常情说起，己所不欲，勿施于人。“夫仁者，己欲立而立人，己欲达而达人。能近取譬，可谓仁之方也已。”③ 比兴的言说方式，渗透在思想宣传与意识形态教育中，是传统社会建构社会话语空间的主要方式。

言此及彼，循序渐进，中国古代文人向君主进谏或者发表社会言论时，尤其注意这一点。焦循认为：“自理道之说起，人各挟其是非以逞其血气，激浊扬清，本非谬戾，而言不本于性情，则听者厌倦，至于倾轧之不已，而忿毒之相寻，以同为党，即以比为争，甚而假宫闱庙祀储贰之名，动辄千百人哭于朝门，自鸣忠孝，以激其君之怒，害及其身，祸于其国，全失乎所以事君父之道。”④ 不从“理道之说起”，就是强调“不质直言之，而比兴言之，不言理而言情，不务胜人，而务感人”⑤。这是

① （梁）钟嵘：《诗品》，中国社会科学出版社 2007 年版，第 13 页。

② 同上。

③ （魏）何晏注，（宋）邢昺疏，《十三经注疏》整理委员会整理，李学勤主编：《论语注疏》，北京大学出版社 1999 年版，第 83 页。

④ （清）刘宝楠：《论语正义》下册，中华书局 1990 年版，第 689 页。

⑤ 同上。

"君父之道"，也是温柔敦厚的诗教要求。所以，比兴在中国诗学中影响深远，绝不仅仅是出于文学的自觉，而和中国文人参与社会批评的话语方式相关。"比见今之失，不敢斥言，取比类以言之。兴见今之美，嫌于媚谀，取善事以喻劝之"[①]，比兴是中国文人美刺时政的话语方式。

作为文学表达和作为社会批评的比兴模式，常常融合在一起。古代诗人常常通过鸟兽草木的自然咏叹，去针砭时弊，影射时政，进而建构理想的意识形态话语系统。

但是，当鸟兽草木成为符号，被绑架在价值观念系统中时，就必定意味着另一种诗学的出现。这时候，比兴从诗教中脱离出来，成为人们回归自然、咏叹生命的方式。

作为话语方式，比兴不再是文人的专利，而成为日常生活中性情自然流露的方式。在诗教的修辞系统中，比兴是"诗言志"的表达模式，脱离"诗言志"的诗歌观念之后，诗歌成为性情之作。袁枚认为，历代经学家阐发经义的《诗经》，不过是"劳人思妇率意言情之事"[②]。既然写诗可以"率性言情"，这就意味着写作方法不是诗人雕刻章句的专门技艺，而是人人得而为之、性情自然表露的方式。清代学者毛先舒这样解释赋比兴："此三者是诗人之志，盖即妇人童儿发口矢辞，非直陈事，即婉转附物，或因感抒述，三者之内，必有攸当。"[③]

比兴不再是诗人引渡意义、建构意识形态话语系统的工具。徐渭认为："诗之'兴'兴体，起句绝无意味，自古乐府亦已然。乐府盖取民俗之谣，正与古国风一类。今之南北东西虽殊方，而妇女、儿童、耕夫、舟子、塞曲、征吟、市歌、巷引，若所谓《竹枝词》，无不皆然。此真天机自动，触物发生，已启其下段欲写之情，默会亦自有妙处，绝不可以意义说者。"[④] 历代学者释兴为比，都是为了在自然物象之上建构价值观念系统，是为了在触景生情之后，把情转化成"志"和"道"，而徐渭之所以把"诗之兴体"看成天机自动，是希望诗人之"情"能在自然之"景"

① 《周礼·春官·大师》，《周礼注疏》卷二十三，《十三经注疏》本，中华书局1980年影印本，第79页。

② （清）袁枚：《随园诗话》卷一，人民文学出版社1982年版，第2页。

③ （清）毛先舒：《诗辩坻》卷一，郭绍虞编选《清诗话续编》，上海古籍出版社1983年版，第8页。

④ （明）徐渭：《奉师季先生书》，《徐渭集》卷十六，中华书局1983年版，第458页。

上瞬间凝滞、瞬间绽放，领受生命的静谧与放恣。

中国诗人对比兴的话语模式谙熟于心，一方面，他们通过“言此及彼”的方式去建构文本、建构价值观念系统；另一方面，他们也懂得怎样去从话语模式入手，拆除“言此及彼”的思维魔咒。这两方面一张一弛，拉长了比兴的背影。

进入当代以来，中国诗歌发生了很大变化。但是，现在回头去看，在漫长的历史进程里，我们依然徘徊在比兴的背影之中。我们必须敢于在这个背影之中，领受焦虑，寻求启示。

“十七年”期间，政治第一、观念先行，成为艺术的禁锢。作为诗人，毛泽东敏锐地意识到这一点。1965 年 7 月 21 日，毛泽东给陈毅写信，谈到诗歌问题：“诗要用形象思维，不能如散文那样直说，所以比、兴两法是不能不用的。”[①] 毛泽东用形象思维解释比兴，触及到比兴的部分审美内涵，如修辞规律、蕴藉性、谋篇立意等等。但是，作为政治家，在毛泽东的书信中，比兴不仅仅是一个艺术的问题，更是一个“诗教”的问题，即通过比兴、通过“形象思维方法，反映阶级斗争与生产斗争”[②]。这意味着在当代，比兴将参与到新的意识形态话语系统的建构中去。从国家的文艺政策来看，诗人必须完成世界观的改造，诗歌作品必须配合政治政策的调整，必须反映时代精神，必须起到教育民众的作用。在这种情况下，华丽铺陈、直抒胸臆的颂歌风行一时，所谓“兴见今之美，嫌于媚谀，取善事以喻劝之”[③] 的作品成为难得的艺术“佳品”；而另一方面，诗人只能在鸟兽草木的自然咏叹中，委婉表达自己对现实的批判态度，所谓“比见今之失，不敢斥言，取比类以言之”[④]。

整体而言，在“十七年”文学中，中国诗歌渐远于审美而皈依于诗教。这在比兴景观中尤其明显，那些和比兴相关的艺术规律（诸如修辞规律、物我关系处理、自然性情的抒发等）都被搁置一边，而和比兴相关的诗教系统，逐渐得到完善。在诗歌作品中，诗人们通过比兴，在鸟兽

① 《毛泽东给陈毅同志谈诗的一封信》，《诗刊》1978 年 1 月号，第 4 页。

② 同上。

③ 《周礼·春官·大师》，《周礼注疏》卷二十三，《十三经注疏》本，中华书局 1980 年影印本，第 796 页。

④ 同上。

草木之上建构了国家意识形态话语系统；在发表言论时，传统的美刺讽谏，依然是文人参与社会批评的主要方式。

“文化大革命”结束后，揭批“四人帮”、反思“文化大革命”，言论空间骤然宽松。在这样的时代背景下，形成了一个短暂繁荣的“诗谏”高潮。然而，这也是最后一次“诗谏”：在意识形态层面，现代化建设成为新的时代主题，全民热谈政治的时代氛围逐渐淡化；同时，更年轻的一代“朦胧诗”人，主动地摆脱了“谏者”的身份，以个体的姿态呼吁健康的人性和生命的自由。

呼唤自由、追求个性解放，在诗歌观念上，“朦胧诗”人遥应“五四”，和“十七年”以来的文学观念截然不同。但是在思维方式上，两代诗人共享了“比兴”的诗学遗产。在1950年代，借鉴古诗的比兴传统，以“领袖”、“人民”、“革命”等政治术语为价值核心，当代诗歌形成了“红日”、“航船”、“舵手”、“青松”、“红梅”、“宝塔”、“红灯”、“烈火”、“东风”等喻义鲜明的意象，参与了国家意识形态建设；“文化大革命”之后，“朦胧诗”人以“人道”、“个体”、“自由”等价值观为核心，创造了“天空”、“土地”、“大海”、“星星”、“泪水”、“纪念碑”、“十字架”、“广场”等意象，催生了意识形态话语的更新与变革。两类诗歌，价值观念有新旧之分，思维方式如出一辙：用意象呼吁意义，用现象暗示本质，言此及彼，正是比兴的思维模式。

“第三代”诗人周伦佑认为，传统修辞系统是以比喻和比拟为中心的，中国早期诗歌以这种修辞为主，现代修辞系统主要以“通感”和“反逻辑比喻”为中心，朦胧诗便是最典型的代表①。但是它们在本质上是统一的，因为它们都企图在自然世界、日常生活之上，建立一个比喻义的世界：“如果说传统修辞系统主要是通过类比联想获得一个比喻义世界的话，那么，现代修辞则是通过对语义的有组织的偏离和破坏以创造一个超现实的象征义世界。‘第三代诗’的非修辞同时是针对以上两种修辞系统的。”② 从修辞层面讲，类比、比喻、比拟正是传统的“比”，而象征、“通感”和“反逻辑比喻”等，接近于传统之“兴”。通过修辞，建立的

---

① 周伦佑：《第三代诗与第三代诗人》，周伦佑选编《亵渎中的第三朵语言花——第三代诗歌》，敦煌文艺出版社1994年版，第5页。

② 同上。

“比喻义世界”、“超现实的象征义世界”，也绝对不是什么新事物，而正是中国源远流长的诗教传统——通过比兴，在鸟兽草木的自然景观之上，建构意识形态话语系统。第三代诗人通过“非修辞”的方式解构了传统的修辞系统，其深层意义，便是让鸟兽草木成为鸟兽草木，让人回归肉身与生活现场。

在本书的第一章，笔者将对传统比兴在文学表达层面以及社会批评话语层面的情况作出梳理与总结。在第一章之后，考察了“十七年”诗歌、“朦胧诗”和“第三代”诗歌，以及中国当代诗歌与比兴的关系，呈现出比兴在中国当代诗歌中延续、变异与消解的过程。

第一章

比兴的双重内涵

第一节　比兴与社会批评话语的形成

一　比兴的意义转换模式

在传统诗学中，比兴是一种装置，一架桥梁。通过比兴，鸟兽草木的字面意义成功转换到意识形态话语系统中去，无用的艺术产品，变成有用的教化工具。

比兴的意义转换模式，初成于儒家学者对《诗经》的解释。解经者认为诗的作者在运用比兴的方法写诗，其实，是解诗的人在运用比兴的方法读诗。

对于儒家学者而言，能否用比兴之法读诗，是一个人心智能力的体现。首先，要考验一个人是否能够展开联想、引申诗意。“诗可以兴”①，“兴”，就是超越诗本义，指读诗之人是否能够从诗句出发，“感发志意”②、联想到其他的事情；然后，要看一个人在超越诗本义之后，能否通过“引譬连类”③，把诗义引申到人的道德修养、社会的伦理秩序、国家的意识形态上来。刘勰对比兴的解释就是从前人读《诗》的方法中总结出来的，如果回归到读诗体验中去，“兴者，起也”④，“起”就是把诗

---

① （魏）何晏注，（宋）邢昺疏，《十三经注疏》整理委员会整理，李学勤主编：《论语注疏》，北京大学出版社 1999 年版，第 237 页。

② （宋）朱熹：《四书集注》，朱杰人、严佐之、刘永翔主编《朱子全书》，上海古籍出版社、安徽教育出版社 2010 年版，第 221 页。

③ 《论语·阳货》“诗可以兴”，何晏引用孔安国的解释：“兴，引譬连类。”（魏）何晏注，（宋）邢昺疏，《十三经注疏》整理委员会整理，李学勤主编：《论语注疏》，北京大学出版社 1999 年版，第 237 页。

④ （梁）刘勰：《文心雕龙·比兴》，范文澜注，人民文学出版社 1958 年版，第 601 页。

歌从原意中解放出来；“比者，附也”①，“附”就是把解放出来的诗意绾结在新的价值系统中。一起一附，一放一收，正是比兴完成意义转换的基本模式。

通过比兴，完成诗意转换的读诗方法，始于孔子。

“兴于诗，立于礼，成于乐。”② 孔子把学《诗》看作儒家弟子完成道德自修的第一步，他考察学生读诗能力的主要标准就是考察读《诗》之人能不能从《诗》中领悟到道德启示。

> 子贡曰：“贫而无谄，富而无骄，何如？”
> 子曰：“可也。未若贫而乐，富而好礼者也。”
> 子贡曰：“《诗》云‘如切如磋，如琢如磨’，其斯之谓与？”
> 子曰：“赐也，始可与言《诗》已矣，告诸往而知来者。”③

子贡读诗，善于联想，“诗可以兴”，“往告之以贫而乐道，来答以切磋琢磨”④ ——“切磋琢磨”，本是说骨角玉石成为宝器需要精雕细刻，子贡由此联想到乐道好礼之人的道德自修。“兴于《诗》”，“修身当先学诗”⑤，子贡读诗能把诗意绾结到修身之道上，这正是孔子所希望的。

> 子夏问曰：“‘巧笑倩兮，美目盼兮，素以为绚兮。’何谓也？”
> 子曰：“绘事后素。”
> 曰：“礼后乎？”
> 子曰：“起予者商也！始可与言《诗》已矣。”⑥

“巧笑倩兮，美目盼兮”，本是形容女子自然之美；“素以为绚”，言

① （梁）刘勰：《文心雕龙·比兴》，范文澜注，人民文学出版社1958年版，第601页。

② （魏）何晏注，（宋）邢昺疏《十三经注疏》整理委员会整理，李学勤主编：《论语·泰伯》，《论语注疏》，北京大学出版社1999年版，第104页。

③ （魏）何晏注，（宋）邢昺疏《十三经注疏》整理委员会整理，李学勤主编：《论语注疏》，北京大学出版社1999年版，第12页。

④ 同上。

⑤ （魏）何晏注，（宋）邢昺疏：《十三经注疏》整理委员会整理，李学勤主编：《论语·泰伯》，《论语注疏》，北京大学出版社1999年版，第104页。

⑥ 同上书，第32、33页。

女子妆成之美；“绘后事素”，“凡绘画先布众色，然后以素分布其间”[①]，绘画到加“素”这一步，色彩和纹路两相具备，所以说“素以为绚”。女子化妆，正同于绘画，“盖妇人容貌，先加他饰，后加以素，至加素，则已成章，故得称绚”[②]。孔子以“绘事后素”类比解释“素以为绚”，而子夏能触类旁通，以“素”喻“礼”——从化妆与绘画必须“加素”联想到人必须进行礼仪的规范。在《诗》与人伦礼仪之间，子夏找到了有效的链接方式。子夏是运用比兴之法读诗的典范：第一，他能够超越诗本义，所谓“兴者，起也”[③]；第二，把诗意和道德伦理礼仪秩序联系起来，所谓“比者，附也”[④]。

孟子对孔子的读诗方法有所继承，同时，他把这种顿悟式的读诗方法系统化，为比兴意义转换模式的形成打下基础。

第一，注重全篇说解，以己度人，从整体上把握作者的主要观念。“故说《诗》者不以文害辞，不以辞害志。以意逆志，是为得之。”[⑤] 不能因为具体文字的细节而忽略了对词句的理解，不能因为具体词句的理解而忽略了诗篇的整体观念，一言以蔽之，就是批判前人断章取义的解诗方法。但是怎样才能全篇说解、整体把握诗义呢？孟子主张“以意逆志”——用自己的理解去推断作者的情志。由此及彼、以己度人、触类而旁通，正是孔子比兴解诗之法的延续。

第二，“以意逆志”需要“知人论世”：“诵其诗，读其书，不知其人，可乎？是以论其世也。”[⑥] 可以看出，所谓“以意逆志”的“逆”，是指文、史互证，在历史研究中追溯诗义。孔子顿悟式的读诗方法，自此找到了学术路径。

第三，通过诗歌，阐释天下治乱、扬善惩恶的道理，建构王道政治的观念系统。“王者之迹熄而《诗》亡，《诗》亡然后《春秋》作。”[⑦] 礼崩

---

① （魏）何晏注，（宋）邢昺疏，《十三经注疏》整理委员会整理，李学勤主编：《论语·泰伯》，《论语注疏》，北京大学出版社1999年版，第32、33页。

② （清）刘宝楠：《论语正义》，中华书局1990年版，第90页。

③ （梁）刘勰：《文心雕龙·比兴》，范文澜注，人民文学出版社1958年版，第601页。

④ 同上。

⑤ （战国）孟子：《万章上》，（东汉）赵岐注《孟子》，中华书局1998年版，第79页。

⑥ （战国）孟子：《万章下》，（东汉）赵岐注《孟子》，中华书局1998年版，第87页。

⑦ （战国）孟子：《离娄下》，（东汉）赵岐注《孟子》，中华书局1998年版，第66页。

乐坏，《诗经》亡佚了，但是《春秋》出现，代替行使了《诗经》的功能。在孟子看来，诗和史，形式不同，本质相通，都寄寓着天下治乱、国家兴亡的道理。“孔子成《春秋》而乱臣贼子惧。”[①]《春秋》微言大义，褒善贬恶，《诗经》讽喻现实，警戒后世。二者体式不同，政治功能一致。

到了汉代，《毛传》与《郑笺》对孔子和孟子的读诗方法进行整合，形成了日渐稳定的比兴解诗模式。孔子主张“兴于诗”——诗意最终要缩结于人的道德自修，孟子主张王道政治——诗意阐发，总要归结于天下治乱的道理。二者结合，从个体道德到社会人伦再到国家政治，正是毛、郑解诗的思路。经过毛、郑解诗，比兴的意义转换模式基本形成，这种模式逐渐成为历代儒家学者训诂考证、阐发经义的学术路径。

毛、郑解诗，其逻辑理路，是一个固定的模式。

第一，叙述《诗》本义，但是这种叙述不是零度叙事，而是有目的的组合排列，是一个“格物致知”过程——在鸟兽草木之上，留下可以阐发意义的空间；第二，标“兴”——在意义空间上，安置按钮；第三，按下按钮，以“比”释“兴”，阐释鸟兽草木之上的道德意义、伦理价值与政治观念。

如《蒹葭》，《毛传》是这样解释的：第一，叙述事物，穷究物理，指明“白露凝戾为露，然后岁事成”[②]；第二，标“兴”；第三，以“比”释“兴”，从蒹葭之事见治国之本：“国家待礼然后兴。”[③]

《园有桃》，《传》曰：“兴也。园有桃，其实之食；国有民，得其力。”[④]《采苓》，《传》曰：“兴也……采苓，细事也；首阳，幽辟也。细事，喻小行也。幽辟，喻无征也。”[⑤]《鹿鸣》，《传》曰：“兴也。苹，蓱也。鹿得蓱，呦呦然鸣而相呼，恳诚发乎中，以兴嘉乐宾客，当有恳诚相

① 孟子：《滕文公下》，（汉）赵岐注《孟子》，中华书局1998年版，第53页。

② （汉）毛亨传，（汉）郑玄笺，（唐）孔颖达疏，《十三经注疏》整理委员会整理，李学勤主编：《毛诗正义》，北京大学出版社1999年版，第422页。

③ 同上。

④ 同上书，第365页。

⑤ 同上书，第402页。

招呼以成礼也。"①

《毛传》标"兴"而不叙述本义，或不释兴的，《郑笺》补足。有时候，面对同一首诗，毛、郑见解虽然存在着分歧，但是比兴解诗的模式不变。《毛传》、《郑笺》之后，通过比兴完成意义转换的解诗模式形成定型，成为学者训诂、考据、阐发诗意的框架。到唐代，孔颖达作《毛诗正义》，对《毛传》、《郑笺》从风物考证、文字训诂、史实梳理等方面进行补足，诗本义更加"真实"，诗寓意更加"可信"，比兴的转换更加"科学"。

朱自清曾经批判毛郑以来的这种说诗方式："据'思无邪'一义先给'作诗者之志'定下模型，再在这模型里'以意逆志'，以诗证史，人情自然顾不到，结果自然便远出常人之外了。"②"五四"以来，文学主张个性解放、独抒性灵，这种以文本附会说教的批评模式，自然属于封建礼教的畸形怪胎。但是，"五四"学人，并没有找到更好的读诗方法，去代替比兴解诗的老路子。客观地说，"五四"以来，文人读诗，其附会诗义的价值系统各有不同，而他们运用的方法，大多数还是比兴解诗的模式。这种读诗方法发展到极端，就演变成以文本为材料、以比兴为键钮、以政治考核为目的的诗歌审判，其扭曲诗义的程度，远甚于孔孟。

在很长的时期里，我们无法摆脱比兴的解诗模式，其原因有以下几方面。

首先，由于时间、空间、心灵的距离，"作诗者之志"只能停留在作者瞬间的感悟里，说诗的人，面对的只有文字本身。而诗歌的文字，一般都婉转蕴藉不直言其意，所以鸟兽草木等自然意象，都蕴藏着无限的意义契机。这时候，任何一种超越文字本身的阐释，都只能是比兴说诗——因为说诗者的一切解说，都包含着一个言说的假定：作者有言外之意，作者在运用比兴之法。

其次，孟子主张"以意逆志"，是认为通过知人论世、文献考证，解诗者之"意"与"作诗者之志"可以契合。但是，这只是一种理想。因为通过文献考证去知人论世，贴近的只能是那个时代的整体面貌，而并非

① （汉）毛亨传，（汉）郑玄笺，（唐）孔颖达疏，《十三经注疏》整理委员会整理，李学勤主编：《毛诗正义》，北京大学出版社 1999 年版，第 555 页。

② 朱自清：《比兴》，《诗言志辨》，广西师范大学出版社 2004 年版，第 63 页。

完全是作者个体的心灵。说诗者把写诗者瞬间的体悟纳入整齐划一的时代话语中，与其说是通过时代认识个体，不如说是通过重塑个体有目的地叙述一个时代。

最后，通过重塑个体有目的地叙述一个时代，和说诗者的历史观、世界观有关。儒家学者说诗，不是研究审美或者研究人性，而是为了建构儒家文人理想的意识形态。囿于意识形态的言说，总是遵循着稳定的言说框架，这就不可避免地为展开的言说“定下模型”。“五四”以来，文人自己写诗宣扬个性解放自然是进步的表现，而完全用“五四”时期建立在个体、人性之上的文学观去解读《诗经》，认为鸟兽草木处处暗示着男女、性爱等等，这也很难说不是先为古诗“定下模型”，然后“再在这模型里‘以意逆志’”。

所以，朱自清认为的“模型”的弊端，并不是一个时代一种文化形态的产物，而是比兴说诗无法避免的困境，是由比兴自身的意义转换模式决定的。这种通过比兴建立的意义转换模式，反映出传统文人介入现实、评判政治的愿望。他们希望通过话语修辞权力来建设道德伦理系统，希望通过雄辩的语言才能为其观念赢得宗教般的艺术感染力，希望说服政治领袖借助政治权力改变社会秩序，或者，希望通过小范围的思想传播而改变社会整体的思想气候，进而获得不朽的言说效果，影响后世。这些无不表现出君子儒强大的人格意志以及对修辞权力的自信，坚信通过知识、悟性和道德意识建立的修辞权力可以战胜现实的政治权力、战胜人的世俗性、战胜历史的健忘性以及未来无限变化的不可知性。可是，这种强健姿态的背后，隐藏着最柔弱的期待：他们觉得政治家和文人、权力与学术、秩序与知识之间，可以建立起相互利用的联盟。他们没有想到，一旦这种联盟破产，思想、知识、价值系统本身的独立性也会成为祭品，丧失了独立性，思想、知识与价值系统也会随之异化，成为政治的附庸。

儒家学者以比兴之法读诗，其目的不仅仅在学术研究上，而在形成表率。希望后世之人以比兴之法作诗，把雕刻章句之学，运用到意识形态话语系统的建构中来：“美刺”“讽谏”，成为中国诗人建构意识形态话语的主要方式。

二 比兴与美刺

郑玄注“六诗”，这样解释比兴：“比见今之失，不敢斥言，取比类以言之。兴见今之美，嫌于媚谀，取善事以喻劝之。”①

郑玄之言，很容易引起误解，人们会认为他是以“美”释“兴”、以“刺”释“比”。所以，以下两点需要说明。

第一，郑玄之言，不是为比兴下定义，而是强调比兴的社会功能。在用“美刺”解释比兴之后，郑玄引用郑众之言，从修辞的角度解释了比兴：“比者，比方于物也。兴者，托事于物。”② 可见，对于郑玄而言，比兴的定义成为无须多言的事情，他解“六诗”，只是为了强调诗的社会功能，只是为了强调诗人介入现实的立场。刘宝楠在《论语正义》中说，先郑解释比兴是就“物”而言，后郑解释比兴是就“事”而言，“互相足也”③。就“物”而言者，讲的是诗人对材料的占有与运用，是诗歌的表现手法；就“事”言而者，是诗人对现实的态度，是诗歌的社会功能。朱自清认为，郑玄注“六诗”，是“重义时代的解释”④。所谓“重义”，就是注重诗歌在道德、伦理、政治上的教育意义，就是重视诗歌在重建社会秩序、重建价值系统中的作用。从功能入手解释比兴，并把这一点强化、突出，在《毛传》之后，郑玄成为集大成者，他的思路忽隐忽现，贯穿在比兴诗学的发展中。

第二，美刺俱有比兴。就字面意思而言，人们容易误解，认为“比”就是“刺”，“兴”就是“美”。孔颖达在《毛诗正义》中解释郑玄的话：“‘比’云‘见今之失，取比类以言之’，谓刺诗之比也。‘兴’云‘见今之美，取善事以喻劝之’，谓美诗之兴也。其实美、刺俱有比、兴也。”⑤ 郑玄为了表述的方便与简洁，采取了各说一半，互见其意的方式。郑玄解释风，“风言贤王治道之遗化”⑥，其实这只是变风；郑玄解释雅，“雅言今之正者，以为后世法”⑦，其实这只是正雅。孔颖达说：“彼虽各解其

---

① 《周礼·春官·大师》，《周礼注疏》卷二十三，《十三经注疏》本，中华书局1980年影印本，第796页。

② 同上。

③ 刘宝楠：《论语正义》，中华书局1990年版，第690页。

④ 朱自清：《诗言志辨》，广西师范大学出版社2004年版，第65页。

⑤ （汉）毛亨传，（汉）郑玄笺，（唐）孔颖达疏，《十三经注疏》整理委员会整理，李学勤主编：《毛诗正义》，北京大学出版社1999年版，第11页。

⑥ 同上。

⑦ 同上。

名，以诗有正变，故互见其意。”[1] 解释比兴也是一样的方式，以“刺”诗为例说“比”，以“美”诗为例说“兴”，两相补足、互见其意，强调“美刺俱有比兴”。

郑玄的解释，影响深远。后世之人谈比兴，便不再胶柱鼓瑟于辞章雕刻之术，而是弘扬诗人美刺现实的精神。在刘勰的《文心雕龙》中，比兴熔铸一词、独立成章，对其美刺之功，刘勰集中阐述了两点。

第一，把美刺看作比兴的最终目的。“比者，附也；兴者，起也。附理者切类以指事，起情者依微以拟议。起情，故兴体以立；附理，故比例以生。比则畜愤以斥言，兴则环譬以托讽。”[2] 刘勰以“附”言比，以“起”言兴，自是从修辞说起，但当谈到“附理者切类以指事，起情者依微以拟议”时，则把比兴的意义落实到“美刺”上边了。所不同者，仅仅在“比显而兴隐”[3]，以“比”的方式批判现实，意图相对鲜明，近乎“畜愤斥言”，而“兴”义深奥，是“环譬托讽”。

第二，否定只用比兴的修辞技巧、忽视比兴的批判功能的文学倾向。

> 炎汉虽盛，而辞人夸毗，诗刺道丧，故“兴”义销亡。于是赋颂先鸣，故“比”体云构，纷纭杂遝，信旧章矣。[4]

在刘勰的《比兴》篇中，“比显而兴隐”，比、兴都是“比”。所以在这段话中，“比体”指的是比兴的修辞方法，“兴义”指的是比兴的批判精神；“信”即“倍”，倍，背离。[5] 刘勰认为，即使“‘比’体云构，纷纭杂遝”，但是如果“诗刺道丧”、“兴义销亡”，比兴也是“信旧章矣”——违背《诗经》批判现实的诗歌传统，比兴的修辞方式便是名存实亡。

虽然刘勰重视比兴的美刺之功，但是在《文心雕龙》中，对比兴的审美属性，也做了详细精彩的阐述。到了唐代，美刺几乎成为比兴的代

---

① （汉）毛亨传，（汉）郑玄笺，（唐）孔颖达疏，《十三经注疏》整理委员会整理，李学勤主编：《毛诗正义》，北京大学出版社 1999 年版，第 11 页。

② （梁）刘勰：《文心雕龙·比兴》，范文澜注，人民文学出版社 1958 年版，第 601 页。

③ 同上。

④ 同上书，第 602 页。

⑤ 同上。

名词。

陈子昂说："仆常暇时观齐、梁间诗，彩丽竞繁，而兴寄都绝，每以咏叹，思故人常恐逶迤颓靡，风雅不作，以耿耿也。"[①] "采丽竞繁"、"逶迤颓靡"，是说诗歌艳丽空洞、纤巧无骨。而"兴寄都绝"、"风雅不作"，指的就是诗歌美刺精神的丧失。

在唐代，系统表述自己比兴观的诗人是白居易。在《与元九书》中，白居易感叹于诗人嘲风月、弄花草的萎靡诗风，表达了自己的比兴观：

> 风雪花草之物，三百篇中岂舍之乎？顾所用何如耳。设如"北风其凉"，假风以刺威虐；"雨雪霏霏"，因雪以愍征役；"棠棣之华"，感华以讽兄弟；"采采芣苡"，美草以乐有子也。皆兴发于此而义归于彼。反是者，可乎哉！[②]

所谓"兴发于此而义归于彼"，指的正是比兴的美刺功能。

白居易对诗歌的定位非常明确：诗人作诗，必须要反映现实问题，以便于天子采诗观风、补察时政："愿以君子文，告彼大乐师；附于雅歌末，奏之白玉墀。天子闻此章，教化如法施；直谏从如流，佞臣恶如疵。"[③] 在这样的抱负之下，白居易等人谈比兴，修辞手法全在其次，直接撷取的是比兴的美刺功能。"风雅比兴外，未尝著空文"[④]，极力倡导比兴的白居易，在其讽喻诗、乐府诗中，只有少部分运用了比兴手法，大多数还是赋。要实现反映时弊，观风知政的目的，自然以写实为佳，婉曲不直言以俟人之自得的诗歌显然派不上现实的用场。"其辞质而轻，欲见之者易谕也；其言直而切，欲闻之者深诫也，其事核而实，使采之者传信

---

① （唐）陈子昂：《修竹篇并序》，《陈子昂集》，中华书局 1960 年版，第 15 页。

② （唐）白居易：《与元九书》，《白居易全集》卷四五，上海古籍出版社 1999 年版，第 648 页。

③ （唐）白居易：《和答诗十首》之二，《白居易全集》卷二，上海古籍出版社 1999 年版，第 28 页。

④ （唐）白居易：《读张籍古乐府》，《白居易全集》卷一，上海古籍出版社 1999 年版，第 2 页。

也。”① “质而轻”、“直而切”、“核而实”，每一条都违背比兴的艺术法则，却都直达了比兴的美刺目的。

完全以美刺论比兴，白居易自然有些偏颇。但是从比兴诗学的发展来看，这种行为功不可灭。第一，孔颖达、朱熹提出“三体三用”、“三经三纬”之说，使表现方法本身获得了独立言说的价值；而白居易等人独言“美刺”，放大了比兴在功能上的意义。他们各据一端，各言其事，后世之人言说比兴，自此可以泾渭分明，脉络清晰。第二，脱离章句修辞谈比兴，是比兴诗学发展的历史趋势。各个时代都有各自言说比兴的切入点，但是从整体而言，诗贵比兴者，并不胶柱鼓瑟于章句修辞，而是取其大端，注重整体效应：在表达上，注重通篇构思，看诗歌是否幽婉深微、言有寄托，情景交融、余味不尽；在功能上，强调诗歌是否针砭时弊美刺现实。白居易选择的显然是后者。

后世学者和诗人，张扬比兴的诗歌精神，大多数都直接巧取比兴之旨以彰显诗歌的内容和功能——寄情言志，美刺现实，同时，追认价值系统。张惠言谈到词的意义：“极命风谣里巷男女哀乐，以道贤人君子幽约怨悱不能自言之情。低徊要眇以喻其致。盖《诗》之比兴，变风之义，骚人之歌，则近之矣。”② 陈沆以笺“诗三百”之法，笺汉、魏、唐之诗，其目的是“使读者知比兴之所起，即知志之所在也”③。到了晚清，黄遵宪悲叹“晋、宋以后，词人浅薄狭隘，失比兴之义，无兴观群怨之旨”④，其所言“比兴之义”、“兴观群怨之旨”正是诗歌美刺现实、言志载道的价值功能。所以，黄遵宪倡导“复兴古人比兴之体”，希望“用今人所见之理、所用之器、所遭之时势，一寓之于诗”⑤。这是传统比兴美刺精神的回光返照，同时也预示着比兴现代转化的可能。

---

① （唐）白居易：《新乐府序》，《白居易全集》卷三，上海古籍出版社 1999 年版，第 35 页。

② （清）张惠言：《词选序》，唐圭璋《词话汇编》第二册，中华书局 2005 年版，第 1617 页。

③ （清）魏源：《诗比兴笺序》，（清）陈沆《诗比兴笺》，上海古籍出版社 1981 年版，第 1 页。

④ （清）黄遵宪：《先兄公度先生事实述略》，《人境庐集外诗辑》，中华书局 1960 年版，第 133 页。

⑤ 同上。

三 比兴与讽谏

美刺是下对上、臣对君就社会问题发表意见，所以，美刺的实质是“谏”：“诗皆人臣作之以谏君。”[①] 谏诤之事，属于礼，礼便有礼教的要求。《白虎通·谏诤》：“人怀五常，故知谏有五，其一曰讽谏、二曰顺谏、三曰窥谏、四曰指谏、五曰陷谏……孔子曰：‘谏有五，吾从讽之谏。’……去而不讪，谏而不露。故《曲礼》曰：‘为人臣不显谏’……”[②] 又，《文选·甘泉赋》李善注，“不敢正言谓之讽”[③]，所以“不显谏”，“谏而不露”就是讽谏。讽谏，就意味着用比兴之法履行谏诤之事：“比见今之失，不敢斥言，取比类以言之。兴见今之美，嫌于媚谀，取善事以喻劝之。”[④]

不直谏而讽谏，心存敬畏，谦逊节制，是礼教要求；不质直言之而比兴言之，若风微动，婉转和煦，是诗教要求。“恭俭庄敬，《礼》教也”[⑤]，“温柔敦厚，《诗》教也”[⑥]，礼教诗教，实质相通。凡事节制，重中道，求适度，所谓“乐而不淫，哀而不伤”[⑦]、“怨诽而不乱”[⑧]，都是对人言谈举止、性格形成的礼节要求。比兴，正与这个大的文化背景有关。

起于本心，终于节制，中国诗歌总是在充满矛盾和张力的两极中寻找中道。一方面，希望自然性情在诗歌中能够得到本真的体现，所谓“情动于衷而形于言，言之不足，故嗟叹之，嗟叹之不足，故咏歌之，咏歌之

---

① （汉）毛亨传，（汉）郑玄笺，（唐）孔颖达疏，《十三经注疏》整理委员会整理，李学勤主编：《毛诗正义》，北京大学出版社1999年版，第14页。

② （汉）班固：《白虎通·谏诤》，（清）陈立《白虎通疏证》，中华书局1994年版，第235、236页。

③ （梁）萧统编，（唐）李善注《文选》，中华书局1977年版，第111页。

④ 《周礼·春官·大师》，《周礼注疏》卷二三，《十三经注疏》本，中华书局1980年影印本，第796页。

⑤ 《礼记·经解》，《十三经注疏·礼记正义》，中华书局1980年影印本，第1609页。

⑥ 同上。

⑦ （魏）何晏注，（宋）邢昺疏，《十三经注疏》整理委员会整理，李学勤主编：《论语注疏》，北京大学出版社1999年版，第41页。

⑧ （汉）司马迁撰，（宋）裴骃集解，（唐）司马贞索引，（唐）张守节正义：《史记》卷八四《屈原贾生列传》，中华书局1959年版，第2482页。

不足，不知手之舞之、足之蹈之也”[①]；一方面又设定了现实和艺术的纪律，所谓“发乎情，止乎礼义”[②]。在“发”与“止”之间，尺度很难把握，最终，因为不得不“发”，不得“不止”，中国诗人培养了小心翼翼、不偏不倚的社会性格，锻炼了欲说还休、未歌先敛的发声器官，却忘记了“以风刺上”的政治初衷。“发乎情，止乎礼义”让“以风刺上”的政治理想最终变成了吞吞吐吐的文字游戏，无心插柳柳成荫的艺术繁荣与卑微天真的政治幻想擦肩而过……我们常常为意在言外、不着痕迹的中国诗歌而骄傲，为文质彬彬、温婉和润的文人风度而艳羡，却忘记了战战兢兢、如履薄冰的政治记忆和审时度势、明哲保身的民族性格。

孔颖达说：“于比兴云‘不敢斥言’，‘嫌于媚谀’者，据其辞不指斥，若有嫌惧之意。其实作文之体，理所当然，非有所嫌惧也。”[③]到底是“作文之体，理所当然”？还是“有所嫌惧”？如果就诗歌的蕴藉性原则而言，比兴确实是“作文之体，理所当然”；但是如果考虑到美刺讽谏，则明明是“有所嫌惧”：说得委婉一点，君子爱惜自己的羽毛，害怕有违于礼教诗教；说得苛刻一点，在传统的专制语境中，害怕君王“怒其作主而罪戮之”[④]，所以要比兴言之，希望“言之者无罪”[⑤]。诗教温柔敦厚，其本质是对国民说话方式的培养。切磋琢磨，语言失去了感官的刺激性和思想的侵略性，乐而不淫、哀而不伤、怨诽而不乱，正是理想的话语方式。

礼教与诗教高度统一，文人性格和文学性格交相互映，是笼罩在比兴之上的诗意面纱。但是，一旦揭开这种诗意的面纱，直言事相、见诸本色时，所谓温柔敦厚的诗教，所谓比兴讽喻的理想，终究成为一团矛盾。王夫之说：“《小雅·鹤鸣》之诗，全用比体，不道破一句，《三百篇》中创调也。要以俯仰物理而咏叹之，用见里随物显，唯人所感，皆可类同；初非有所指斥，一人一事，不敢明言，而姑为隐语也。若他诗有所指斥，则皇父、尹氏、暴公，不惮直斥其名，历数其慝；而且自显其为家父，为寺

---

① （汉）毛亨传，（汉）郑玄笺，（唐）孔颖达疏，《十三经注疏》整理委员会整理，李学勤主编：《毛诗正义》，北京大学出版社1999年版，第6页。

② 同上书，第15页。

③ 同上书，第12页。

④ 同上书，第14页。

⑤ 同上。

人孟子，无所规避。诗教虽云温厚，然光昭之志，无畏于天，无恤于人，揭日月而行，岂女子小人半含不吐之态乎?”[①] 碰见“直斥其名，历数其慝”的诗作，古人就要以“光昭之志，无畏于天，无恤于人”的话来辩护了，除此之外，也没有更好的方法自圆其说。《离骚》被历代诗家视为典范，但是屈原“露才扬己，显暴君过”[②]，显然违背了温柔敦厚之旨。司马迁辩护说，这是“正道直行”、“与日月争光可也”[③]，除了借日月天地之名，还有什么办法驯服这些有违温柔敦厚之旨的诗作呢？诗教虚伪，由此可见一斑。

诗教虚伪，比兴的话语方式就大打折扣了。清代学者贺贻孙说：

> 《巷伯》之卒章曰：“寺人孟子，作为此诗。”《节南山》之卒章曰：“家父作诵，以究王讻。”是刺人者不讳其名也。《崧高》之卒章曰：“吉甫作诵，穆如春风。”《蒸民》之卒章曰：“吉甫作诵，其诗孔硕。”是美人者不讳其名也。三代之民，直道而行，毁不避怒，誉不求喜，今则为匿名谣帖、连名德政碑矣。偶触褊心，则丑语丛生，惟恐其知；忽焉摇尾，则谀词泉涌，惟恐其不知也。[④]

对于美刺比兴，这种怀疑是致命的。因为，既然承认“直道而行，毁不避怒，誉不求喜”是正确的，那么郑玄的“比见今之失，不敢斥言，取比类以言之。兴见今之美，嫌于媚谀，取善事以喻劝之”[⑤] 还存在多大的合理性呢？比兴的话语方式之下，折射出卑怯投机的社会丑态。美刺讽谏，沦落至此，和它与生俱来的政治言说环境是有联系的。

---

① （清）王夫之：《薑斋诗话》卷下，《清诗话》，上海古籍出版社1963年版，第18页。

② 王利器：《颜氏家训集解》，中华书局1993年版，第237页。

③ （汉）司马迁撰，（宋）裴骃集解，（唐）司马贞索引，（唐）张守节正义：《史记》卷八四《屈原贾生列传》，中华书局1959年版，第2482页。

④ （清）贺贻孙：《诗筏》，郭绍虞选编《清诗话续编》，上海古籍出版社1983年版，第170页。

⑤ 《周礼·春官·大师》，《周礼注疏》卷二三，《十三经注疏》本，中华书局1980年影印本，第796页。

第二节　比兴与诗歌之美的形成

通过比兴的意义转换模式，解诗者把诗意引渡到意识形态话语系统。这种解诗的方法，影响了诗人的写作观念。文人在“诗言志”的时候，践行了比兴之法，在鸟兽草木的自然咏叹中，寄寓了自己美刺、讽谏的入世情怀。但是，物极必反，当文人们厌倦于政治表达时，比兴便会从意识形态话语系统中解放出来，成为文人超越现实、实现精神愉悦的方式。

在比兴中，蕴含着诗歌文本形成的艺术规律，以及中国文人审美的人生态度。

但凡作诗，必然考虑到三个阶段。第一阶段为诗情的发生；第二阶段为诗意的创造——在文本层面表现自己的情志；第三阶段为诗后效应，为读者留下丰富的余味，以俟人之自得。在这三个阶段中，蕴含着中国文人对比兴的思考。同时，在这三个阶段中，渗透着中国诗人对情景、物我关系的思考，这种思考，让比兴从艺术规律升华为生命诗学。

一　兴——诗情的发生

诗人作诗，大抵有三个缘起。一是睹物思情，自然感发；二是指定一物一题，让他构思立意；三是规定了主题和形式，让他作诗。这三种情况，杨万里分别称之为：兴，赋，赓和。在《答建康府大军库监门徐达书》中，他这样说：

> 大抵诗之作也，兴，上也，赋，次也，赓和不得已也。我初无意于作是诗，而是物是事适然触乎我，我之意亦适然感乎是物是事，触先焉，感随焉，而是诗出焉，我何与哉？天也。斯之谓兴。或属意一花，或分题一草，指某物，课一咏，立某题，征一篇，是已非天矣，然犹专乎我也。斯之谓赋。至于赓和，则孰触之？孰感之？孰题之哉？人而已矣。出乎天犹惧戕乎天，专乎我犹惧弦乎我，今牵乎人而已矣，尚冀其有一铢之天，一黍之我乎？盖我未赏睹是物，而逆追彼之觌；我不欲用是韵，而抑从彼之韵，虽李杜能之乎？而李杜

不为也。[1]

诗情发生，贵在自然。“赋”是命题作文，“赓和”是唱和之作，只有“兴”是感物而发，天机自动，所以杨万里以“兴”为“上”。以“感物”释兴，在中国诗学中有悠久的传统。“兴者，有感之辞也。”[2] 早在西晋，挚虞就从感物而作的诗歌发生学的角度解释兴。

刘勰生动地描绘了诗情发生的场景：

> 山沓水匝，树杂云合；目既往还，心亦吐纳；春日迟迟，秋风飒飒；情往似赠，兴来如答。[3]

外感于物，情动于中，这个过程便是兴，它是诗歌创作的第一个阶段。

二　方法的自觉

感物兴起之后，就要措诸辞、属为句、敷之成章，这是诗意经营的阶段。在这个阶段中，作为修辞，比兴必不可少。

在《周礼》与《毛诗序》中，赋比兴与风雅颂合称“六诗”、“六义”。赋比兴从风雅颂中分离出来，作为修辞方法而存在，表现出古代文人的文学自觉意识。对比、兴这两种修辞方法的定义演变，反映出古代文人对辞章雕饰之学的专注。

现在之所以把比兴看作修辞方法，主要是受到两个人的影响。

唐太宗时，诏令统一五经版本与注疏，成《五经正义》，《毛诗正义》为《五经正义》之一。在《毛诗正义》中，孔颖达提出“三体三用”，“风、雅、颂者，诗篇之异体，赋比兴者，诗文之异辞耳，大小不同，而得并为六义者，赋、比、兴是诗之所用，风、雅、颂是诗之成形，用彼三

① （宋）杨万里：《答建康府大军库监门徐达书》，辛更儒《杨万里集笺校》，第六册，中华书局2007年版，第2842页。

② （晋）挚虞：《文章别流论》，（唐）欧阳询《艺文类聚》卷五六，上海古籍出版社1999年版，第1018页。

③ （梁）刘勰：《文心雕龙·物色》，范文澜注，人民文学出版社1958年版，第695页。

事成此三事，是故同称为义，非别有篇章也”[①]。到了宋代，朱熹提出“三经三纬”之说：“三经是赋、比、兴，是做诗底骨子，无诗不有，才无则不成诗。盖不是赋，便是比；不是比，便是兴。如《风》《雅》《颂》却是里面横弗底都有赋比兴，故谓之三纬。”[②] 时代渺远，“六诗”、“六义”本义难寻。且不说孔颖达、朱熹的推定是否符合本义，这种说法本身，在比兴诗学史上意义重大：方法从内容与体裁中分离出来，获得了独立的言说价值。这是文学自觉的前提，为我们在意义之外，探讨诗歌的艺术规律提供了理论前提。

作为修辞方法，“比”就是比喻或类比，而对“兴”，历代学者存在分歧：一种说法是兴也是比，起兴的事物有比喻暗示的用意；一种说法是，兴不涉义，用一物起兴，只是为了单纯引出后面的诗句。朱自清认为“‘兴’有两个意义，一是发端，一是譬喻；这两个意义合在一块儿才是‘兴’”[③]，应该是对前人比兴研究的折中与总结。

包咸解释“兴于诗”，释兴为“起”[④]；孔安国解释“《诗》可以兴”，释“兴”为“引譬连类”[⑤]。前面释“兴”为起，“言修身当先学《诗》”[⑥]，这里面包含着“开始于”、“发端”的意思；后面释“兴”为“引譬连类”，指的是读《诗》的时候，只有通过引譬连类，才能领悟到道德启示。两个解释互相补足，正是“兴”的全意：发端和譬喻。

《毛传》标兴116篇，有113篇标兴于发端，可见兴是“起”，引起下文。而对这些标兴的篇章，凡是作出解释的，大多数都有一个比喻的模式，“……若……”“喻……”“……如……”，至于那些没有模式化解释的，其解释中也都蕴含着一个比喻的意思。凡是《毛传》标兴之处，《郑笺》大多数情况用“兴者喻……”这样一个程式化的句型作出解释；对那些喻意不明的诗句，郑玄认为不是兴；对那些存在着喻意联系而《毛

① （汉）毛亨传，（汉）郑玄笺，（唐）孔颖达疏，《十三经注疏》整理委员会整理，李学勤主编：《毛诗正义》，北京大学出版社1999年版，第12、13页。

② （宋）朱熹：《朱子语类》卷八十，朱杰人、严佐之、刘永翔主编《朱子全书》，上海古籍出版社、安徽教育出版社2010年版，第2740页。

③ 朱自清：《比兴》，《诗言志辨》，广西师范大学出版社2004年版，第42页。

④ （魏）何晏注，（宋）邢昺疏，《十三经注疏》整理委员会整理，李学勤主编：《论语注疏》，北京大学出版社1999年版，第104页。

⑤ 同上书，第237页。

⑥ 同上书，第104页。

传》没有标兴的诗篇，郑玄注明是兴[1]。

兴兼发端与譬喻之意，后人对兴的解释，大多数沿袭了这种观点。[2]宋儒极力突破汉儒的《诗经》解读方式，对比兴的看法发生改变，最鲜明的便是严格区分比兴，认为兴只是发端，不含比喻，集大成者便是朱熹。

朱熹对比的解释沿袭了前人的观念，而他对兴的解释改变了前人旧说："诗之兴全无巴鼻，振录云：'多是假他物举起，全不取其义'。"[3]除了托物兴起的功能之外，朱熹以"声"释"兴"，发现了"兴"在营造诗歌音乐氛围方面的意义，《诗集传》注《小星》云："因所见以起兴，其于义无所取，特取其在'东'在'公'两字之间相应耳。"[4]朱熹纯粹从文本结构和音乐氛围的角度谈兴，是中国学者专注于艺术规律的表现。到了"五四"，宋人的观点给顾颉刚等人以灵感。1925年，顾颉刚发表《起兴》，认为起兴之物与所起之情之间没有任何意义的关联，只是为了"协韵"[5]，即为了在歌唱之前，找个"起头"的方式[6]。一言以蔽之，兴的作用有两点：一是在诗意绽放中，进行音乐铺垫；二是避免开口唐突、下笔陡峭，在抒情之前，找个无意义的"支点"。

比兴从内容与体裁中独立出来，"兴"从"比"的解释框架内独立出来，表现出中国文人从对意义的关注转移到对形式、对技艺的痴迷，"诗

① 刘毓庆、郭万金：《从文学到经学——先秦两汉诗经学史论》，华东师范大学出版社2009年版，第434、435页。

② 如，刘勰在《文心雕龙·比兴》中说，"故比者，附也；兴者，起也"。如果就此为止的话，泾渭分明、毫不含糊。问题出现在刘勰对兴的补充上："观夫兴之托喻，婉而成章，称名也小，取类也大"，这时候，兴也是比了（刘勰著，范文澜注：《文心雕龙注》，人民文学出版社1958年版，第601页）；孔颖达在《毛诗正义》中，遵从了郑司农的解释："'比者，比方于物'，诸言'如'者皆比辞也。'兴者，托事于物'，则兴者，起也，取譬引类，起发己心。《诗》文诸举草木鸟兽以见意者，皆兴辞也。"[（汉）毛亨传，（汉）郑玄笺，（唐）孔颖达疏，《十三经注疏》整理委员会整理，李学勤主编：《毛诗正义》，北京大学出版社1999年版，第12页]

③ （宋）朱熹：《朱子语类》卷八十，朱杰人、严佐之、刘永翔主编《朱子全书》，上海古籍出版社、安徽教育出版社2010年版，第2740页。

④ （宋）朱熹：《诗集传》卷一，朱杰人、严佐之、刘永翔主编《朱子全书》，上海古籍出版社、安徽教育出版社2010年版，第417页。

⑤ 顾颉刚：《起兴》，《古史辨》第三册，上海古籍出版社1982年版，第674页。

⑥ 同上书，第677页。

言志”的愉悦从“志”转变到“言”——从“说什么”转移到“怎么说”，在文本构建的过程中，他们收获了逃逸与飞翔的喜悦。

三　诗后效应——诗歌的蕴藉性

前面对作为修辞的比兴做了详细的介绍。在理论上，许多学者企图厘清比兴的区别，但是在创作中，比兴往往有相通的旨归——即共同营造了余味悠长、意境深远的诗后效应。

不管是比还是兴，都是为了达到蕴藉与含蓄的表现效果。“比”是类比与譬喻，其蕴藉含蓄的表达效果自不待言。而“兴”，如果以“比”释“兴”，则“比显而兴隐”① ——“兴”比“比”更加意味悠长；如果兴不涉义，单纯起到发端的作用，那么“先言他物”必然对“所咏之辞”形成遮蔽，造成表达的延宕，同时这种延宕也成为引诱，开启了广阔的回味空间。

“比显而兴隐”，用刘勰的话说，需要“发注而后见”②。如“关关雎鸠”，雎鸠，鸷，本为猛禽，和后妃之德能有什么联系呢？《毛传》说“雎鸠，王雎也，鸟挚而有别”③，用“挚”代替“鸷”，是同音假借；《郑笺》说“挚之言至也，谓王雎之鸟，雌雄情义至然而有别”④，训“挚”为“至”，是因声求义。从“鸷”到“挚”，再到“至”，最后到“夫妇有别则父子亲，父子亲则君臣敬，君臣敬则朝廷正，朝廷正则王化成”⑤ 的儒家大义，需要经过多次的意义转换，需要经过多次的“加注而后见”。经学家依微拟议，其意本不在审美，但是，如果把毛、郑看成普通读者，便足以见得“关关雎鸠”这一兴象洞开的回味空间之大，“兴”意之“隐”，由此可见一斑。钟嵘说，“文已尽而意有余，兴也”⑥，可谓至言。

除了“比显而兴隐”，兴不涉义也是诗意蕴藉的来源。

---

① （梁）刘勰著，范文澜注：《文心雕龙注》，人民文学出版社 1958 年版，第 601 页。

② 同上。

③ （汉）毛亨传，（汉）郑玄笺，（唐）孔颖达疏，《十三经注疏》整理委员会整理，李学勤主编：《毛诗正义》，北京大学出版社 1999 年版，第 22 页。

④ 同上。

⑤ 同上。

⑥ （梁）钟嵘：《诗品》，中国社会科学出版社 2007 年版，第 13 页。

从客观上讲，时间、空间与心灵的距离，造成作者与读者不能相通。那些作者用来起兴的事物，或许自有寓意，但是其时已去，人心不同，起兴之物的实际指称意义已经消失。这时候，起兴之物唤起了读者求知的欲望与审美的联想。当然，兴不涉义，也可能是作者有意为之，在抒情之前，吟唱无关之物，“多余”的形式对意义形成遮蔽，这是艺术的法则——遮蔽正是诱惑。

同时，虽说“兴不涉义”，但是起兴之物与所咏之辞之间，往往存在着“感觉”的联系。朱自清认为：“初民心理简单，不重思想的联系，而重感觉的联系，所以‘起兴’的句子和下文常是意义不相属，即是没有论理的联系，却在音韵（韵脚）相关联着。”[①] 朱自清所言的“感觉”，主要是“声”。相比而言，刘大白的表述更加具体：“兴就是起一个头，借着合诗人底眼耳鼻舌身意相接构的色声香味触法起一个头。”[②] 对于诗歌而言，不管是抒情还是表达意义，都无法缺少一个重要的阶段——“感觉”，确切地说，这是诗意产生的前期阶段，感情与思想未达澄明的阶段。如果说钟嵘所谈的“言有尽而意有余”指的是诗意澄明之后的余味、是从诗后效应谈“兴”导致的语言蕴藉性，那么，与“眼耳鼻舌身意相接构的色声香味触法”，正是诗意幽暗混沌的酝酿时期。这个凭着感觉无意识的吟唱阶段与诗成之后的一言难尽正好形成呼应——一种源于“混沌”的澄明诗境逐渐浮现。

正言直述，意味索然。所以诗贵比兴，以俟人之自得。

四　从诗歌意境到人生境界——生命诗学的形成

诗歌表达，不质直言之而比兴言之，在深层，涉及对情景、物我关系的处理。

第一，不直接写情，要先写景，寓情于景：“景兼比兴，无景非诗。”[③] 寓情于景、托物言志是意境深远的必然条件：“凡作诗不写景而专叙事与述意，是有赋而无比兴，即乏生动之致，意味亦不渊永，结构虽

---

① 顾颉刚：《古史辨》第三册，上海古籍出版社 1982 年版，第 684 页。

② 同上书，第 686 页。

③ （清）乔亿：《剑溪说诗又编》，郭绍虞编选《清诗话续编》，上海古籍出版社 1983 年版，第 1130 页。

工，未足贵也。善诗者常欲得生动之致，渊永之味，则中二联多寓事于景。”[①]

第二，情与景、物与我不能隔阂游离，要物我合一，情景交融。“兴在有意无意之间，比亦不容雕刻；关情者景，自与情相为珀芥也。情景虽有在心在物之分，而景生情，情生景，哀乐之触，荣悴之迎，互藏其宅。”[②]“兴在有意无意之间，比亦不容雕刻”，是说比兴要不着痕迹。怎样才能不着痕迹呢？托物兴词，物、我不分；寓情于景，情、景交隔。优秀的诗人在以我观物的同时，也在以物观我。只有当诗人把自己消融于物象之中时，他才可以和世界进行亲密的对话。这种心理状态延续到文本中，表现到对物我、情景的处理上，便是“一切景语皆情语”[③]。物我冥合，情景交融，是中国诗歌审美境界的最高体现，也是比兴之美的最高体现。

在对情景、物我关系的思考中，在心灵与万物的碰撞与对弈中，比兴从意境营造之法升华成为一种生命诗学，主要表现在以下三个方面。

第一，对自然本身投注热情，拒绝在鸟兽草木之上，建构价值观念系统。清代学者方玉润在评《芣苢》一诗时，表达了自己的诗歌观：“夫佳诗不必尽皆征实，自鸣天籁，一片好音，尤足令人低回无限。若实而按之，兴会索然矣。读者试平心静气，涵泳此诗，恍听田家妇女，三三五五，于平原绣野、风和日丽中群歌互答，余音袅袅，若远远近，忽断忽续，不知其情之何以移而神之何以旷。则此诗不必细绎而自得其妙焉……知乎此，则可与论诗之旨矣……”[④] 历代学者释兴为比，是为了在自然物象之上建构政治与道德的价值系统，而当文人厌倦于政治表达时，所谓兴，不再是脱离此岸的桥梁，而成为诗人凝视此岸风景、在自然世界中寻求生命启示的方式，所谓“标举兴会，引发性灵”[⑤]。

第二，拒绝通过比兴进行说教，认为比兴是人性情自然流露的方式。清代学者毛先舒解释赋比兴：“此三者是诗人之志，盖即妇人童儿发口矢

① （清）冒春荣：《葚原诗说》卷一，郭绍虞编选《清诗话续编》，上海古籍出版社1983年版，第1574页。

② （清）王夫之：《薑斋诗话》卷上，《清诗话》，上海古籍出版社1963年版，第6页。

③ （清）王国维：《人间词话》，上海古籍出版社1998年版，第34页。

④ （清）方玉润：《诗经原始》，中华书局1986年版，第85页。

⑤ 王利器：《颜氏家训集解》，中华书局1993年版，第238页。

辞，非直陈事，即婉转附物，或因感抒述，三者之内，必有攸当。”①

第三，在对象与方法自然化之后，进而寻求人的自然化。这成为诗人融于自然、倾听天籁之音的前提：“夫文人学子，比兴寡而直率多，何也？出于情寡而工于词多也。夫途巷蠢蠢之夫，固无文也。乃其呕也，咢也，呻也，吟也，行呫而坐歌，食咄而寝嗟，此唱而彼和，无不有比焉兴焉，无非其情焉，斯足以观义矣。故曰：诗者，天地自然之音也。”② 在诗教体系中，比兴旁枝斜出，表达了文人回归自然、回归肉身的生命诉求。

综上所述，从诗情发生到诗意的表达，再到诗后效应的酿造，无不表现出诗人另辟蹊径、扩张比兴内涵的决心。而诗歌最终回归于意境的营造，则显示出诗人回归自然，从自然中寻求生命启示的诗学追求。失之东隅，收之桑榆，古代诗人在政治生活中失去的生命自由，在审美过程中得到了。

① （清）毛先舒：《诗辩坻》卷一，郭绍虞编选《清诗话续编》，上海古籍出版社 1983 年版，第 8 页。

② 李梦阳：《诗集自序》，《李空同全集》卷五十，明刻本。

第二章

“十七年”时期的比兴研究

第一节　“美刺”、“讽谏”的文化语境

“美刺”，就是文人针砭时弊，评论时政。“讽谏”者，则是在针砭时弊、评论时政的过程中，不质直言之，而比兴言之。现在，我们不沿用“美刺”、“讽谏”的说法，是因为它们并不等同于现代意义上的社会批判。

对于中国传统文人而言，第一，必须存在一个普遍的高于个人的“理”。他们的“刺”、“谏”行为，都是为了捍卫、健全这个“理”，这个“理”就是孔孟之道，就是仁政、王道的观念，文人“刺”、“谏”时政，就是为了提醒当朝皇帝施仁政、行王道。第二，他们必须遵从“礼”的约束。“礼”是男女、上下、君臣等人伦、政治秩序的规范。就社会言论空间而言，美刺现实，不质直言之，而比兴言之，不直谏，而讽谏，正是“礼”的要求。美刺现实的诗人、进谏的臣子，“依违谲谏，不直言君之过失，故言之者无罪。人君不怒其作主而罪戮之，闻之者足以戒”①。“礼”是言说者与倾听者、文人与王者之间和谐相处的保障，它维系了思想与政治、知识与权力的平衡。现代知识分子认为言论自由是天赋人权，所以批判时政、针砭现实时理直气壮，而传统的中国文人认为，针砭时弊、批评时政是一种赐予、恩惠与尊重，所以要注意言说姿态与言说方式，这是遵循“礼”的原因。

中国传统文人相信，他们与当政者共同服膺于“理”，各司其职，当

① （汉）毛亨传，（汉）郑玄笺，（唐）孔颖达疏，《十三经注疏》整理委员会整理，李学勤主编：《毛诗正义》，北京大学出版社1999年版，第14页。

政者是现实的执行者，而他们经营管理着历史遗留的伦理知识、政治观念，他们有义务、有权力去提醒、批评当政者，这种虚幻的角色让他们充满优越感。言路不通的时候，举世皆浊我独清，英雄主义情怀激励着他们以身进谏、以死明志。但是，这种壮怀激烈的对抗显然不利于文人与政治和谐相处，“礼”的存在，为文人与当政者的交流罩上一层温情脉脉的光环。“周之所以纲纪天下，其旨则在纳上下于道德，而合天子、诸侯、卿、大夫、士、庶民成一道德之团体，周公制作之本意实在于此。”① “周之制度典礼，乃道德之器械，而尊尊、亲亲、贤贤、男女有别之四体之结体也。”② 孔子托古言志，虽然周礼的内容不可能复原，但是对“礼”的理解方式却一直延续了下来——把权力秩序道德化、伦理化，使之成为一种充满情义的诗意性存在。“刺”不直言，采取“讽谏”，正是礼的要求。文人极力淡化这种“礼”之下掩藏的对权力的恐惧心理，而把它诗化为一种礼节、一种风度、一种说话艺术。“上以风化下，下以风刺上”③，风化，风刺，“皆谓譬喻，不斥言也”。④ 批评语言以“风”——比兴的方式呈现，实现了最优化的政治效应，展现出最诗意的言说图景：上与下、臣与君，像情人一样。一个站在这头，一个站在那头，温情脉脉，是聆听与赐予，是赐予与感恩的关系，良性循环，大爱绵绵无绝期。泰初有诗，人间社会的政治生活成为呼吸诗歌的田园牧歌，这是中国特色的文学创世纪。然而，这只能是诗意的幻想。首先，从身份角色来看，执政者与进谏者，不是平等的，理论上的平等也没有，因为那个高于权力、监督权力的“理”并不存在。文人以孔孟为师，而对于执政者而言，把孔孟学说奉为圭臬，只是为了划定言论的范围，设定言论的意义，标明言论的禁区。孔孟立于宗庙，也只是为了给予文人恪守职责的精神慰藉，并且，让这种慰藉，成为传统，教育以后的文人。权力的威慑与诗意的幻想双重合一，让文人在批判时政的时候，一方面谨慎言说，一方面心怀感恩，为自己的权利感到庆幸与骄傲。

---

① 王国维：《殷周制度论》，《观堂集林》卷十，河北教育出版社 2001 年版，第 288、289 页。

② 同上书，第 302 页。

③ （汉）毛亨传，（汉）郑玄笺，（唐）孔颖达疏，《十三经注疏》整理委员会整理，李学勤主编：《毛诗正义》，北京大学出版社 1999 年版，第 13 页。

④ 同上。

对于经过“五四”洗礼的现代知识分子而言，没有普遍遵从的“理”，没有集体遵循的“礼”。他们坚信，一切批判行为，没有天平与裁判，没有藩篱与禁区；他们坚信批判社会的主体是个体，言论自由是天赋人权，而不是权力的恩惠。正是这种信仰，这种现代“神话”，激发了知识分子的英雄主义、浪漫主义情怀。1949 年，中华人民共和国成立。社会剧烈变化，曲折发展，许多情况，对于政治家而言，都是崭新的课题，他们需要探索前行。对于知识分子而言，“五四”时期昙花一现的现代神话，无法成为他们安身立命的精神资源，仓促选择的，往往不是最新的文化观念，而是传统的精神资源。各种现实际遇，都让他们不自觉地回归历史，重新捡起传统的话语方式。

这种历史语境的形成，主要包括两个方面：第一，“理”的统一和“礼”的规范；第二，在统一观念、遵循言说规范的前提下，鼓励知识分子批评时政针砭现实，美刺讽谏的话语方式，获得了绽放的可能。

一 “理”的统一与“礼”的规范

漫长的、积贫积弱的旧中国记忆，让知识分子热诚地拥护新生的人民政权。但是，在这个崭新的时代，除了革命队伍中的知识分子，他们大多数都是“客人”。“客人”，不仅仅是知识分子的自我感觉，在很大程度上，来自意识形态方面的压力。1957 年 3 月 12 日，在中国共产党全国宣传会议上，毛泽东讲话，对中国知识分子的历史渊源进行了分析：“我们现在的大多数知识分子，是从旧社会过来的，是从非劳动人民家庭出身的。有些人即使是出生于工人农民的家庭，但是在解放以前受的是资产阶级教育，世界观基本上是资产阶级的，他们还是属于资产阶级的知识分子。”① “十七年”时期，国际、国内形势复杂，对知识分子的政策跳跃性很大，但是主要思路一直不变，那就是因为历史的原因，知识分子注定在现实生活中，成为客人、旁观者、被改造者。具体要按那种角色对待这些游离在边缘的、充满危险的社会力量，要看具体政治形势的变化。这种局外的、客居的身份，注定了知识分子在发表言论的时候，充满警惕，非常注意自己的言说姿态与言说方式。

① 毛泽东：《在中国共产党全国宣传会议上的讲话》，《毛泽东选集》第五卷，人民出版社 1977 年版，第 409 页。

从主流意识形态来看，一方面，在很长的时期内，都在为知识分子寻找客至如归的理由，给他们信心，同时也让整个社会理解知识分子的价值；另一方面，不断提醒知识分子，让他们有“客人”的自知之明，督促他们加强改造与学习，统一观念，以便和时代融为一体。1956年1月，周恩来作了《关于知识分子问题的报告》，要求知识分子“努力学习马克思列宁主义，扫除他们思想上的资本主义、个人主义和唯心主义的影响”。①

历史角色让知识分子成为形色可疑的人。改造思想，统一观念，让知识分子在批评时政、针砭时弊的时候，有了统一的“理”。一方面，在服膺于“理”的前提下，知识分子获得了表达的权利，获得了为“理”服务的权利；另一方面，依据“理”，设置了表达的禁区，有效杜绝了可疑言论的散布。1957年6月19日，《人民日报》公开发表了2月27日毛泽东在最高国务会议第十一次扩大会议上的讲话，提出了发表言论的六条标准，“这六条标准中，最重要的是社会主义道路和党的领导两条”。② 可见，从“百花齐放、百家争鸣”之始，国家对发表言论的核心理念、基本准则是有明确规定的。这种规定不断地在新的政治形势中得到发挥、拓展和细化。1957年7月11日下发的《关于划分左、中、右的标准的建议》以及10月15日下发的《划分右派分子的标准》，都是在这个基础上形成的③。公开这些标准，“就可以使批评和自我批评沿着正确的轨道前进”④。

除了“理”的统一之外，对知识分子的言说姿态、言说方式进行规训，是美刺讽谏的话语方式的得以运行的重要原因。只有规定了言说姿态，才能抑制个体的扩张，只有规定了说话方式，才能避免“理”的迷失。这种规定，便是“礼”。

《三十万言书》是一部谏书，谏者胡风，是典型的“忠臣”的思维方

① 周恩来：《关于知识分子问题的报告》，《人民日报》1956年1月30日第1版。

② 毛泽东：《关于正确处理人民内部矛盾的问题》，《毛泽东选集》第五卷，人民出版社1977年版，第393页。

③ 薄一波：《关于重大决策与事件的回顾》下卷，中共中央党校出版社1993年版，第621页。

④ 毛泽东：《关于正确处理人民内部矛盾的问题》，《毛泽东选集》第五卷，人民出版社1977年版，第393页。

式：第一，认为在文艺政策上，党中央受到蒙蔽，“他从当年在上海和鲁迅、冯雪峰在一起，就一直把个别文艺领导人和党中央区别开来，认为后者不太了解文艺战线的实况”[①]；第二，认为文艺界已经由反动势力控制，这些人已经严重阻碍着正义的真理的声音，不光是为了自己，更是为了“他的朋友们，特别是年轻的朋友们”，[②] 他必须伸张正义；第三，相信最高的正义，相信最终的裁决，“后来，在胡风和朋友们中间逐渐达成共识：胡风应当相信中央，依靠中央，向中央上书言事，请中央出面解决问题”。[③] 胡风和他的朋友们，在传统文人精神的支配下，在不适当的时间做出了悲剧性的尝试。他们为自己的唐突行为付出了代价，这种代价对于1950年代的知识分子而言，却是教训——越“礼”而为的教训。

第一，“礼”规定了该说什么，不该说什么。比如，应该歌颂什么，暴露什么？在1949年后，歌颂成为时代的主题，塑造正面人物和英雄任务成为文学的主要任务。纵观胡风的文学理念，一以贯之的是介入现实的批判精神，在1950年代再次重申这样的话题，显然是越礼而为，突破了言说的禁区。第二，“礼”是知识分子寻求安全表达的策略。“比见今之失，不敢斥言，取比类以言之。兴见今之美，嫌于媚谀，取善事以喻劝之。”[④] 而胡风的《三十万言书》，是典型的“直谏”，“直谏”的言说姿态，给人留下错觉，让人觉得他要负隅顽抗，做党内文艺的异类、宗派主义的代言人。

经过文艺政策的正面指导和文艺界批判运动的反面教育，时代之“理”与言说之“礼”逐步确立。

二 “百花齐放、百家争鸣”

新中国成立之初，百废待兴，国家需要动员一切可动员的力量参与社会主义建设。所以，在“理”和“礼”形成之后，就需要调动知识分子的积极性，让他们为国家发展发表意见。“百花齐放，百家争鸣”，让美

① 绿原：《试叩命运之门——关于“三十万言”的回忆与思考》，《胡风三十万言书》，湖北人民出版社2003年版，第22页。

② 同上书，第23页。

③ 同上。

④ 《周礼·春官·大师》，《周礼注疏》卷二十三，十三经注疏本，中华书局1980年影印本，第796页。

刺讽谏的话语方式，获得了绽放的机会。

1956年4月28日，毛泽东在政治局扩大会议上提出“百花齐放、百家争鸣”的方针，提倡在艺术上百花齐放，学术上百家争鸣。5月2日，在最高国务会议上，毛泽东再次强调了这一方针：“艺术方面的百花齐放的方针，学术方面百家争鸣的方针，是有必要的……百家争鸣是诸子百家，春秋战国时代，两千年前那个时候，有许多学说，大家自由讨论，现在我们也需要这个。”[①] 陆定一在《百花齐放，百家争鸣》的报告中解释道：“我们所主张的‘百花齐放，百家争鸣’是提倡在文学艺术工作和科学研究工作中有独立思考的自由，有辩论的自由，有创作和批评的自由，有发表自己的意见、坚持自己的意见和保留自己的意见的自由。”[②] 但是，自由是有范围的：“我们所主张的‘百花齐放，百家争鸣’，是人民内部的自由。”[③] 这意味着，还存在另外一种可能——剥夺“自由”。陆定一的解释，可谓言简意赅。对此，毛泽东有更高意义的阐释：“我们提倡百家争鸣，在各个学术部门可以有许多派、许多家，可是就世界观来说，在现代，基本上只有两家，就是无产阶级一家，资产阶级一家。”[④] 这意味着，在极力开展的“百花齐放、百家争鸣”中，有些“花”有些“家”最终会被归入资产阶级的、反马克思主义的阵营。

短暂的“双百”时期，乍暖还寒，未歌先敛。在这冷暖难测的时代气氛中，美刺直言是暂时，谏不直谏是常态。在这种语境中，文学作品，也具有典型的时代特征：“比见今之失，不敢斥言，取比类以言之。”文学界的百花齐放，既不是毛泽东提出的春秋战国时的思想狂欢，也并非现代知识分子幻想的自由的乌托邦。其实质是，经过“理”的统一与“礼”的规范之后，知识分子在乍暖还寒、未歌先敛的政治环境中，对传统话语方式的演练。

---

① 龚育之、逄先知、石仲泉：《毛泽东的读书生活》，生活·读书·新知三联书店2005年版，第95、96页。

② 陆定一：《百花齐放，百家争鸣——一九五六年五月二十六日在怀仁堂的讲话》，《人民日报》1956年6月13日第2版。

③ 同上。

④ 毛泽东：《在中国共产党全国宣传工作会议上的讲话》，《毛泽东选集》第五卷，人民出版社1977年版，第409页。

第二节 “鸟兽草木”的诗歌景观

“子曰：‘《诗》可以兴，可以观，可以群，可以怨。迩之事父，远之事君，多识于鸟兽草木之名。’”① 这则论语包含了三个层面的内容。第一，《诗经》的物象世界。《诗经》的物象世界就是“鸟兽草木”，自然界的事物是诗歌的主要风景。第二，《诗经》的意义世界。历代学者引经据典，把三百余首诗歌的言外之意用统一的方式整合，形成系统的意义功能。自孔子以来，儒家学者致力于在“鸟兽草木”的诗歌风景之上，建构政治、伦理、道德的意义系统。具体而言，就是通过《诗经》标举“迩之事父，远之事君”的纲常伦理，就是让诗歌发挥“观”、“群”、“怨”的社会功能。第三，《诗经》的话语方式。在物象世界与意义世界、鸟兽草木与人伦秩序之间怎样建立联系？儒家学者通过发掘、阐释《诗经》的话语方式实现了自己的愿望。这种话语方式就是“兴”，孔子所言之“兴”，其实包含了“比”②，所以，确切地说，是通过比兴，将“鸟兽草木”的物象世界引渡到社会人伦的价值意义。现代诗人流沙河统计：《诗经》“三百八十九个兴象，取材于自然界的有三百四十九个，取材于人事的只有四十个……他们的那些取材于自然界的兴象都是象在自然，征在人事，一象一征，前后呼应，联成一组象征，出现于一篇之首或一章之首。”③“象在自然，征在人事”，这句话揭示了比兴话语方式。

鸟兽草木成为社会政治的隐语，成为道德伦理的代言，是孔子和汉儒阐释所致。引譬连类，从鸟兽草木引申出儒家大义，这是孔子的诗歌教学方式，这种教学思路成为《毛诗》《郑笺》的解诗宗旨。儒家文化是中国文化的主体，《诗经》是中国诗人的“圣经”。所以，《诗经》的话语方式，对中国诗歌影响很大。一方面，中国诗人常常通过鸟兽草木的景观抒发自己的入世情怀，而诗歌的倾听者，善于在鸟兽草木的诗歌语言之外，捕捉弦外之音。高山流水，知音可遇。另一方面，在社会言路狭窄的时

① （魏）何晏注，（宋）邢昺疏，《十三经注疏》整理委员会整理，李学勤主编：《论语注疏》，北京大学出版社 1999 年版，第 237 页。

② 孔安国释“兴”为“引譬连类”。见《论语注疏》，（魏）何晏注，（宋）邢昺疏，《十三经注疏》整理委员会整理，李学勤主编，北京大学出版社 1999 年版，第 237 页。

③ 流沙河：《兴象》，《流沙河诗话》，四川文艺出版社 1995 年版，第 223 页。

代，比兴成为诗人委婉表达现实观点的安全策略，而在诗歌背后，总有火眼金睛，从鸟兽草木的语言缝隙中，发现“越轨者”的“不轨之心”。

所以，鸟兽草木之学，既是一门生物学，更是一门政治学。对自然界的鸟兽草木进行管理，是生态平衡的需要，对诗歌中的鸟兽草木进行管理，是意识形态的需要。管理方式有两种，一是警惕鸟兽草木，提防比兴伪装的思想突围；二是驯服鸟兽草木，建立安全的比兴模式。在“十七年”诗歌中，对流沙河、艾青等人的批判，反映出国家对“鸟兽草木”的警惕；而“百花齐放”结束之后，郭沫若写作《百花齐放》，则是知识分子驯服“鸟兽草木”，建立安全的诗歌话语的体现。

一 从“鸟兽草木”到“草木”“禽兽”

“十七年”时期，诗人通过鸟兽草木映射现实的作品，都是“讽谏”之作。1957 年 1 月，在《星星》创刊号，流沙河发表了《草木篇》：

《白杨》

她，一柄绿光闪闪的长剑，孤伶伶地立在平原，高指蓝天。也许，一场暴风会把她连根拔去。但，纵然死了吧，她的腰也不肯向谁弯一弯！

《藤》

他纠缠着丁香，往上爬，爬，爬……终于把花挂上树梢。丁香被缠死了，砍作柴烧了。他倒在地上，喘着气，窥视着另一株树……

《仙人掌》

它不想用鲜花向主人献媚，遍身披上刺刀。主人把她逐出花园，也不给水喝。在野地里，在沙漠中，她活着，繁殖着儿女……

《梅》

在姐姐妹妹里，她的爱情来得最迟。春天，百花用媚笑引诱蝴蝶的时候，她却把自己悄悄地许给了冬天的白雪。轻佻的蝴蝶是不配吻她的，正如别的花不配被白雪抚爱一样。在姐姐妹妹里，她笑得最晚，笑得最美丽。

《毒菌》

在阳光照不到的河岸，他出现了。白天，用美丽的彩衣，黑夜，用暗绿的磷火，诱惑人类。然而，连三岁孩子也不去理睬他。因为，妈妈说过，那是毒蛇吐的唾液……

这些自勉之作，回答了一个具有普遍意义的问题：个体在逆境中应该保持怎样的姿态？“藤”与“毒菌”，其实是恶劣环境的具象化表达；“白杨”、“仙人掌”、“梅”则是逆境中个体生命自强不息的象征。托物言志，是诗歌表达的惯常手法。但是，惯常手法一定就是“合法”的吗？流沙河所言之志是什么？诗人在“言志”的时候，对社会、政治表达了怎样的看法？

对于流沙河而言，他在诗歌中表达的是一种个体精神。在批判中，流沙河承认了这个问题：“像我这样一个小资产阶级知识分子，又未好好改造，从思想到作风，处世为人，都保留着一种骄气，自以为傲骨嶙峋。有时候，也发觉这是很坏的毛病，但总不忍割爱。觉得这是一个人的个性，割了就完了。对坏毛病爱的太深，它就不自觉地（即自然而然地）在作品中体现出来。于是，‘草木篇’来了。”① 在1950年代的时代语境中，尤其是在经历了批判胡适、胡风的运动之后，“五四”时期的个性解放、个体至上的观念是不能在作品中公开宣讲的。但是，小资产阶级思想感情的流露并不是最重要的，最重要的是作品中蕴含的个体与环境、自我与他者的紧张对立关系。在《草木篇》中，“暴风”要对“白杨”斩尽除根，“藤”对“丁香”纠缠不止，“主人”不容花园里有“仙人掌”的立身之地，“春天”不懂“梅花”的美丽，“毒菌”是诱惑生命的魔鬼……这种个体与环境、自我与他者的紧张关系在1950年代的时代语境中，很容易让别人展开政治性的解读。毋庸置疑，流沙河和他的论争对手，在内心深处共享了特定时代的斗争哲学，流沙河把环境、他者对个体的压制理解成一种二元对立的、压迫与被压迫的关系，而他的论争对手，只不过是把这种斗争哲学具体化为时代命题：革命与反革命，人民民主专政与反人民民主专政。

流沙河在接受《文汇报》记者访谈时，谈到了《草木篇》被误读的情况：《梅》“本来只是反映我对爱情的一些看法，明眼人一看即知”，但是被批判者解释为“变天思想”，“梅花爱冬天的白雪”被解释为“作者

① 范琰：《流沙河谈“草木篇”》，《文汇报》1957年5月16日，“访问记”栏目。

盼望反革命的复辟”[1]；《藤》，“我的意图是鄙视趋炎附势的小人（生活中有这种人吧？）”，“但有两三个批评家一口咬定地说我骂的是共产党员和革命同志”[2]；于是，《草木篇》被认为是“概括整个社会、向人民发出的一纸挑战书”，是“完整的一套反党反社会主义思想用诗的形式排列出来”。[3]

1957年《诗刊》9月号，黎之发表了《反对诗歌创作中的不良倾向及反党逆流》一文，对《草木篇》中蕴含的二元对立的语义结构进行了总结性的政治性解读。他说，《草木篇》中，诗分两类：一类是“表现和标榜自己和他那一伙右派分子，另一类是污蔑党和周围的同志。‘白杨’、‘仙人掌’、‘梅’属于第一类，‘藤’和‘毒菌’则属于第二类”。[4]“流沙河表示要成为‘一柄绿光闪闪的长剑’、‘遍身披上刺刀’刺向党、刺向新社会，如果被‘逐出花园’，他愿在‘野地里’、‘沙漠里活着’。这些恶毒的诗句和他那‘老子要造反！’、‘宁愿到资本主义国家去做自由的贫困儿’这种疯狂的叫喊、思想上不是十分一致的吗？”[5]

流沙河的家庭背景也成为他的论争对手“知人论世”的主要材料。流沙河，原名余勋坦，四川金堂人。其父余营成，国民党统治时期，在四川省金堂县政府任军事科长，土改中，被判处死刑。在解放之初，清除残余的国民党特务、土匪是阶级斗争的主要任务。随着社会主义改造的深入，大规模的阶级斗争告一段落。国家的主要任务从阶级斗争转向社会主义建设，但是这并不意味着对阶级敌人的警惕有所放松。一方面，对心理中存在着剥削阶级思想的人进行社会主义改造；另一方面，对那些曾经属于剥削阶级或者和国民党有过联系的人，施行人民民主专政。这两个方面在有些情况下会统一起来，比如，在1955年批判胡风集团时，在公布的第一批第二批材料里，主要是批判胡风等对党的文艺政策的不满，而当第三批材料公布时，批判陡然升级，查出了阿垄和胡宗南、蒋介石的“关系”，查出了胡风和国民党特务头子陆焯的“关系”。证据“确凿”，“胡风集团”的罪状便不仅仅是破坏文艺政策，而是认为，他们在解放以前，

① 范琰：《流沙河谈“草木篇”》，《文汇报》1957年5月16日，“访问记”栏目。
② 同上。
③ 同上。
④ 黎之：《反对诗歌创作中的不良倾向及反党逆流》，《诗刊》1957年9月号，第107页。
⑤ 同上。

“把希望寄托在蒋介石反人民内战的胜利和人民革命力量的失败上”，在解放以后，“潜伏在大陆上以更加阴险的两面派手法继续进行反革命的活动”①。在流沙河身上，这两方面极容易被统一起来，流沙河极力把《草木篇》的不良影响总结到思想层面——即“小资产阶级的骄气”，并想以此结束。但是和批判胡风集团一样，从思想倾向联系到历史身份，进而去审视一个人的现实态度，是长期以来惯用的文学批判思维。这样，流沙河的父亲，成为《草木篇》事件中无处不在的幽灵。1957 年 3 月 12 日，在全国宣传会议的讲话上，毛泽东专门提到《草木篇》：“《草木篇》不好，四川的同志，我同意你们向它开火。有杀父之仇，隔些日子给你来一篇《草木篇》。”② 毛泽东对《草木篇》点中“要害”，为以后批判《草木篇》定下主旋律。在以后的批判中，“知人论世”，父亲余营成成为流沙河难以摆脱的生命之重，“‘恶霸地主、袍哥头子余营成的儿子，他的父亲是靠着吃“人骨头钱”——买卖壮丁——过活的，’他的父亲被镇压了，他对人民政权有杀父之仇”。③

1957 年，流沙河的诗集《告别火星》出版，其中有一首写到自己的父亲。

小时候，
父亲给我一支笔，
要儿子早晚坐在昏暗的窗下，
临摹虫蛀了的碑帖。
他用鞭子催我——
把“字墨”拿去换回油漆，
粉刷衰老荒凉的庭院。④

在《草木篇批判》中，沙鸥评曰：“流沙河在诗中把他父亲美化为‘书香之家’，把靠吃‘人骨头钱’的恶霸地主美化为文雅的教子有方

① 《关于胡风反革命集团的材料》，人民出版社 1955 年版，第 89 页。
② 黎之：《文坛风云录》，河南人民出版社 1998 年版，第 86 页。
③ 沙鸥：《“草木篇”批判》，《诗刊》1957 年 8 月号，第 41 页。
④ 流沙河：《笔的故事——献给党》，《告别火星》，作家出版社 1957 年版，第 72 页。

的人物。这里，已可看出他对反革命的父亲的依恋之情有多么深了。这样的父亲被我们镇压了，流沙河自然是不甘心的……这种不甘心，要向我们复仇，向新社会，向共产党复仇，在‘草木篇’中得到淋漓尽致的表现。”① 从沙鸥摘引的诗歌中，可以看出流沙河对父亲的感情的自然流露。但是，在引诗中，也同样可以看出流沙河对父爱的剖析与批判。在流沙河眼里，父亲督促自己练字，这份平凡的朴素的父爱，也是破落家庭的子弟寄希望于后代，希望自己的儿子可以光宗耀祖：“他用鞭子催我——/把‘字墨’拿去换回油漆，/粉刷衰老荒凉的庭院。”顺应时代潮流，流沙河在剖析父爱时，阶级伦理是战胜家庭伦理的。纵观全诗，这种倾向更加明显，诗的题目是《笔的故事——献给党》，后面几节如下：

后来长大了，
党给我另一支笔，
要我到冰雪融化的农村去，
涂着太阳的红色，
禾苗的绿色，
菜花的金色，
露珠的银色，
画一幅春天的田园美景。

父亲跟着旧时代进坟墓去了，
儿子早已叛逆了他，
从阴湿的庭院里跑出来，
爱上草木葱葱的乡野，
爱上放牛的小孩，
砍柴的老爹，
种菜的大嫂。

父亲给我的那一支笔是黑色的，

① 沙鸥：《“草木篇”批判》，《诗刊》1957年8月号，第41页。

智慧的人用了，
也会变得愚蠢。
党给我的这一支笔是彩色的，
糊涂的人用了，
也会变聪明。

从一支笔到另一支笔，
我看见了一个人的再生。①

这首诗值得注意的地方在于，流沙河在诗歌中，举行了一个新旧时代的和平交接的仪式：笔，风景，画。笔有两种，单调的黑色笔，丰富的彩色笔；风景有两种，衰老、荒凉、阴湿的庭院，阳光和煦、姹紫嫣红、生机勃勃的田野。选择哪一种笔，选择哪一种风景，来自于个体对自己心中的“画”的期待。选择融入新时代，在于这个时代给了“一幅画”更开阔的、更色彩明丽的“风景”，给了更善于表达的“笔”。流沙河用这样的方式描述了个人的成长“史”，以表示自己真诚皈依新社会。也许，对于一个诗人，只有这种意义上的皈依才是真诚的。但是，新旧社会的更替不会这样从容优雅。事实证明，“从一支笔到另一支笔，/我看见了一个人的再生”——这仅仅是流沙河一厢情愿的新旧交接仪式，也是他上交的一份不成熟的“忏悔书”、一首虔诚卑微但却无法融入时代合唱的“赞歌”。在这首诗歌中，流沙河努力想达到一种平衡：在家庭与政治、亲情与阶级之间，寻找一种表达的平衡。在“理性”的层面，判断对与错，先进与落后，革命与反动；但是“感情”的层面，希望用平静叙述的方式代替激烈的阶级批判，用心理的自然嬗变代替斩钉截铁的政治决裂，与此同时，对充满温情的父亲以及庇荫自己童年的时代——投去复杂的一瞥。事实证明，流沙河的努力失败了，不光流沙河，许多“父亲”的“儿子”，在对“父亲”的叙述中，都陷入到“失衡”的境地。一直到1981年，流沙河才找到了这种叙述的平衡。在《流沙河自传》中，他这样描述自己的父亲：“国民党金堂县政府任伪职军事科长，土改中民愤甚

① 流沙河：《笔的故事——献给党》，《告别火星》，作家出版社1957年版，第72、73页。

大，被处死刑，这是应该的。”[①] 同时，他又叙述了父亲为出身卑贱的妻子打官司、教妻子识字等事情，还原了余营成的另一个形象——温情、负责、称职的丈夫与父亲。[②]

流沙河是利用“鸟兽草木”“反党反人民”的“长子”，在以后的诗歌批判中，批判升级有一个主要标志，就是看这首诗和《草木篇》有没有关系。1956 年 11 月到 12 月期间，公刘在《文汇报》发表了四首寓言诗[③]，在一定程度上它们都反映了社会现实问题。比如《刺猬的哲学》，这首诗写了两只刺猬，在冬天难忍严寒，但是却又无法靠拢，于是产生了“刺猬的哲学”：既不要过分的疏远，也不要过分的亲密。诗人最末尾感叹：“这样怎能取暖？/如果各人只顾自己缩成一团？/丢掉这种刺猬的哲学吧，/应该掏出赤诚的心来交换……”[④] 公刘发表这首诗的时候，正是“鸣放”时期，而在 1957 年夏天之后，“鸣放”转向“反右”。这首诗歌，成为右派分子公刘的主要证据[⑤]。总政治部宣传部创作室对公刘进行了批判，对《文汇报》发表的寓言诗的看法是：“大家认为，‘刺猬的哲学’和‘乌鸦与猪’都是影射肃反和攻击党的（连吴祖光集团的成员、公刘很要好的朋友田庄都说，‘乌鸦与猪’是骂肃反时的积极分子的）。公刘也承认‘刺猬的哲学’一首是有感于‘肃反后人与人之间的关系不正常’而发；‘乌鸦与猪’是讽刺文艺批评家，恶意地嘲讽现实生活的。有的同志说：把公刘这四首寓言诗集起来称为‘禽兽篇’，比之流沙河的‘草木篇’并不逊色。”[⑥] 1950 年代，各种批判运动频繁，人人自危、人人自

① 流沙河：《流沙河自传》，《流沙河诗集》，上海文艺出版社 1982 年版，第 1—3 页。

② 《流沙河自传》，《流沙河诗集》，上海文艺出版社 1982 年版，第 1—3 页。

③ 公刘：《刺猬的哲学》，《乌鸦和猪》，《文汇报》1956 年 11 月 2 日；《公正的狐狸》，《文汇报》1956 年 12 月 3 日；《驴子的反抗》，《文汇报》1956 年 12 月 7 日。

④ 公刘：《刺猬的哲学》，《文汇报》1956 年 11 月 2 日。

⑤ 何施良：《我们不需要这样的“诗人”——记总政治部宣传部创作室对右派分子公刘的斗争》，《文艺报》1957 年第 27 号。由此文可见，公刘被揭为右派的原因：一是肃反运动中组织对他进行的审查，引起公刘不满，在“大鸣大放”期间散布言论，如“政治运动都是毁人”、“共产党对敌人的警惕则已到了神经过敏的程度”，向党呼吁“从上到下多一点人道主义”；二是与“吴祖光反动集团骨干分子田庄等人过从甚密”。但是最主要的原因还是他的诗歌：1956 年第 22 期《新观察》两首《怀古》，被认为是“借古喻今”、“借以自况”，“发泄对现实的不满情绪”；1956 年年底《文汇报》发表的四首寓言诗。

⑥ 何施良：《我们不需要这样的“诗人”——记总政治部宣传部创作室对右派分子公刘的斗争》，《文艺报》1957 年第 27 号。

保，“刺猬的哲学”正是日常的处世之道。这种人与人之间隔阂，颇得有心人共鸣，丁芒的诗歌《豪猪》，反映的正是相同的现实问题。当时有评论者说，就在公刘的“长满毒刺的‘刺猬’被批判不久，丁芒就从他的‘动物园随笔’里赶出一头‘豪猪’来”，认为《豪猪》是《刺猬的哲学》的双胞胎，是草木篇的“姊妹篇”①。全诗如下：

仿佛浑身披剑的战士，
剑锋指向每一个人；
眼睛里闪着疑忌的光，
时刻都在切齿痛恨。

谁也不能和它接近
即使是它的亲人；
它用利剑对着整个世界，
自己却不得不在利剑包围中
度过一生！②

丁芒的“豪猪”与流沙河的“草木”一样，在评论家笔下成为进攻社会的利器：“丁芒同志借飞禽走兽来表达他对社会制度的态度时，他对党、对先进人物、对今天人和人的关系，表现了刻骨的仇恨，并给予了莫大的歪曲。”③

中国诗人运用比兴之法，常常借鸟兽草木讽喻现实。从《草木篇》到“禽兽篇”，可以看出传统话语方式在当代的影响。通过鸟兽草木，诗人想完成感情与思想的“偷渡”，而意识形态对鸟兽草木充满警惕，他们有效地堵截了鸟兽草木携带的危险信息。诗人与评论家之间的话语较量，是比兴与反比兴的话语较量，怀揣比兴的人和侦破比兴的人，都对比兴的

---

① 王澍、易莎：《庸俗的感情，阴暗的心灵——谈丁芒同志的诗》，《诗刊》1960年1月号，第81、82页。

② 丁芒：《动物园随笔·豪猪》，《丁芒文集》第三卷，江苏文艺出版社2001年版，第169页。

③ 王澍、易莎：《庸俗的感情，阴暗的心灵——谈丁芒同志的诗》，《诗刊》1960年1月号，第81、82页。

话语方式谙熟于心。

二 艾青的“鸟兽草木”

在新月派、象征派、现代派、七月派、九叶派等诗人相继沉默于1949年后的中国诗坛之后，艾青成为屈指可数的可以带着自己的优秀诗篇走进新中国的诗人，文学界对他的期望很大。1956年，在中国作协第二次理事会扩大会议上，周扬点名质问“艾青能不能为社会主义歌唱”：“为什么我们有些作家在过去，在民主革命阶段，曾经在自己的作品中表现了多么澎湃的激情，现在进到了伟大的社会主义革命的时代，那股热情反而消退了呢？这是一个值得严重考虑的问题。我们出色的诗人，写过‘向太阳’、‘火把’的艾青同志，为什么到了舟山前线却只带给我们一篇以民间传说的爱情故事为题材的‘黑鳗’呢？为什么他不用一个革命诗人所应有的力量来歌颂我们的海防的英雄们呢？我们多么盼望他和其他的老诗人们都写出好诗来呵！”[①] 但是，艾青注定会让主流诗坛失望。纵观解放以前的作品，艾青正应了诗歌的古训：蚌病成珠。那些所谓“激情澎湃”的作品，从本质上而言，是一种悲剧情境中焕发的浪漫主义激情。在新时代，艾青的难题是他无法把这种激情成功地转换到颂歌的合唱中去。事实证明他努力了，但是他的努力是失败的。

1956年后，“双百”方针的实施，对艾青而言是个机遇。他终于可以回到他擅长的、批判现实的写作立场上去了。“鸟兽草木”在艾青针砭时弊的作品中，非常醒目。在此期间，艾青发表的借鸟兽草木讽喻现实的作品有《黄鸟》、《养花人的梦》、《蝉之梦》、《画鸟的猎人》、《柏树》等等。

《画鸟的猎人》，《养花人的梦》，《蝉之歌》，在1950年代的评论的文章中，都是和诗歌一起评论的。在1980年以后的各个诗集中没有收入，1991年花山文艺出版社出版《艾青全集》，编选在散文卷中。这些作品，通过花和鸟的生存环境，反映知识分子的现实处境。

《画鸟的猎人》讲了这样一个故事，一个人向猎人学习打猎。他自以为知道打猎的方法就可以打猎了，结果进入树林，没有举枪鸟就跑了。猎人让他把鸟画在纸上，把纸挂在树上再打。结果还是打不准。再次求教，

① 周扬：《建设社会主义文学的任务——在中国作家协会第二次理事会会议（扩大）上的报告》，《文艺报》1956年第5、6号合刊。

猎人说：“你先朝着纸只管打，打完了，就在有孔的地方画上鸟，打了几个孔，就画几只鸟——这对你来说，是最有把握的了。”① 很明显，“猎人”传授的打猎之法，在历次政治运动中非常适用，而那些被批判的人，很多就“死”在早已打好的“孔”上边。

《养花人的梦》是百花齐放的典型场景，是现代版的讽谏图。养花人在院子里种满各种月季花，“开花的时候，那同一形状的不同颜色的花，使他的院子呈现了一种单调的热闹”。② 一天晚上他做了一个梦：“当他正在修剪月季花的老枝的时候，看见许多花走进了院子，好像全世界的花都来了，所有的花都愁眉泪睫地看着他。”③

> 最先说话的是牡丹，她说：“以我的自尊，决不愿成为你的院子的不速之客，但是今天，众姐妹们邀我同来，我就来了。”
>
> 接着说话的是睡莲，她说：“我在林边的水池里醒来的时候，听见众姐妹叫嚷着穿过林子，我也跟着来了。”
>
> 牵牛弯着纤弱的身子，张着嘴说：“难道我们长得不美吗？”
>
> 石榴激动得红着脸说：“冷淡里面就含有轻蔑。”
>
> 白兰说：“要能体会性格的美。”
>
> 仙人掌说：“只爱温顺的人，本身是软弱的；而我们却具有倔强的灵魂。”
>
> 迎春说：“我带来了信念。”
>
> 兰花说：“我看重友谊。”
>
> 所有的花都说了自己的话，最后一致地说：“能被理解就是幸福。”
>
> 这时候，月季说话了：“我们实在寂寞，要是能和众姊妹们在一起，我们也会更快乐。”
>
> 众姊妹们说：“得到专宠的有福了，我们被遗忘已经很久，在幸运者的背后，有着数不尽的怨言呢。”④

---

① 艾青：《画鸟的猎人》，《艾青全集》第五卷，花山文艺出版社1991年版，第132页。

② 艾青：《养花人的梦》，《艾青全集》第五卷，花山文艺出版社1991年版，第135页。

③ 同上。

④ 同上书，第135、136页。

这是一幅典型的群臣进谏图，各种谏者的神色姿态惟妙惟肖，而纳谏的园丁，自然成为理想的明君，因为他决定：“从今天起，我的院子应该成为众芳之国。让我们生活得更聪明，让所有的花都在她们自己的季节里开放吧。”①

《蝉之歌》可以看成是艾青对时代文坛的答复。当周扬点名质问“艾青能不能为社会主义歌唱”时，艾青的答复是：“我以为：没有理由可以怀疑，我能为社会主义歌唱，参加革命就是实现社会主义。但在我前进的道路上存在着危机：这种危机，我有信心去克服它。社会的变革太快了，用旧的步伐是赶不上的。”② 现在，我们无法了解，艾青是真不了解周扬的话还是故意误解，其实周扬的“能不能为社会主义歌唱”，其实质是能不能为现实唱颂歌。社会变革、政策变化很快，但是如果彻底改变写作方式，“旧的步伐”是完全可以跟上新的节奏的，因为颂歌的旋律一成不变。但是从事实来看，艾青在这一点上很不积极。他的同行非常了解这一点，1957 年年末，在批判艾青的时候，臧克家与徐迟都作出了结论：艾青没有为社会主义歌唱——因为在他的诗歌中，歌颂时代精神的作品太少，发泄个人不满、讽刺社会现实的作品太多。③ 现在来看，艾青的危机不在他跟不上时代的步伐，而在他无法完全遵循颂歌的单一模式去写作。在周扬质问之后，相隔时间不长，艾青写了《蝉之歌》。很明显，《蝉之歌》表达了艾青对时下文艺的看法，表达了他对“同行”的看法，以及他自己对文学的理解。从早到晚，蝉都在重复着相同的声音。八哥对蝉提出两条忠告：“缺乏天赋”，“缺乏表达情绪的必要的训练”④。但是蝉没有改正的意识，八哥只好说：“我说句老实话，我一听见你的歌，就觉得厌烦极了，原因就是它没有变化；没有变化，再好的歌也会叫人厌烦的。你的不肯休息，已使我害怕，明天我要搬家了。”⑤ 在时代文学的主潮中，艾青只有主动“搬家”，自我隔离。

---

① 艾青：《养花人的梦》，《艾青全集》第五卷，花山文艺出版社 1991 年版，第 135、136 页。

② 《文艺报》1956 年第 5、6 号合刊。

③ 臧克家：《艾青的近作表现了什么?》，《文艺学习》1957 年第 10 期，第 22 页；徐迟：《艾青能不能为社会主义歌唱》，《诗刊》1957 年 9 月号，第 22、24 页。

④ 艾青：《蝉之歌》，《艾青全集》第五卷，花山文艺出版社 1991 年版，第 138 页。

⑤ 同上书，第 139 页。

如此寓意鲜明的作品，自然要被文艺批评界一一落实罪证。徐迟认为：《养花人的梦》是对“‘百花齐放’政策的诽谤”——“这是艾青的‘草木篇’，其实恶毒不亚于流沙河的。”[①] 对于《蝉之歌》中，八哥的“搬家”行为，徐迟更是一针见血地诘问：“不知艾青要搬到什么资本主义的自由世界去！”[②] 至于《画鸟的猎人》，诗评家沙鸥认为是在弹射现实事件，“前年批判丁、陈是：先有了结论，再来找材料呢……”[③] 新中国成立后诗歌界的权威，《诗刊》主编臧克家站在思想的高度，总结了艾青“堕落”的原因：“艾青这几年，个人高高在上，脱离群众，不到火热的斗争中去，政治热情衰退到可怕的程度，生活腐化堕落，心里充满着资产阶级个人主义思想和情感，终于走上了可耻的反党的道路。”[④]

艾青与主流诗坛的孤独对峙，在“十七年”文学中形成一道独特的风景——时过境迁，当我们回首历史时，他给予我们慰藉。《在海岬上》和《礁石》，被看成艾青自己的人格写照。

风浪把你送到海边
你好像海防战士
驻守着这些礁石

你抛下了锚
解下了缆索
回忆你所走过的路
每天瞭望海洋

——《在海岬上》[⑤]

一个浪，一个浪
无休止地扑过来
每一个浪都在它脚下

① 徐迟：《艾青能不能为社会主义歌唱》，《诗刊》1957 年 9 月号，第 22 页。
② 同上书，第 23 页。
③ 沙鸥：《艾青近作批判》，《诗刊》1957 年 10 月号，第 89 页。
④ 臧克家：《艾青的近作表现了什么？》，《文艺学习》1957 年第 10 期，第 24 页。
⑤ 艾青：《在海岬上》，《艾青诗全编》，人民文学出版社 2003 年版，第 870、871 页。

被打成碎沫，散开……

它的脸上和身上
象刀砍过的一样
但它依然站在那里
含着微笑，看着海洋

——《礁石》[①]

这两首诗，成为艾青定格在历史空间里的形象，而且在一定意义上，这个形象被单向度阐释：风浪象征时代的洪流；战士与礁石，象征艾青。二者之间是孤独对峙的关系，在这个清晰的审美空间里，没有丝毫的杂音，没有纠缠的影子，任何暧昧的、朦胧的远景都被过滤，只留下英雄主义的悲壮旋律与孤独形象。《剑桥中华人民共和国史》结合此类诗歌，对艾青作出这样的评价："诗集《海岬上》（1957）收入许多首自我意识浓厚的诗作，中心思想是将诗人自己比喻成捍卫自己独立，捍卫自己说话权利的卫士。他的心有如一颗'珍珠之母'，慢慢地产生了他的信条的珍珠；他的人格像一块礁石，稳固地迎接浪涛的一次次拍打。"[②] 这样的"艾青"自然在历次政治运动中难逃厄运，"艾青有20年在诗坛上销声匿迹，是中国新诗遭受到的最痛苦的事件"。[③]《剑桥中华人民共和国史》是典型的"史家笔法"：让英雄成为苦难与道义的象征。

后来，在关于"朦胧诗"的论争中，面对艾青在诗学上的保守态度，年轻诗人普遍表示失望。这种失望是必然的，因为"英雄"艾青，是被渴望英雄的人塑造出来的。我们企图围绕艾青，建构知识分子自由独立的现代神话，而艾青本人，却无法摆脱传统文人的精神阴影。

在一贯的单向度解读中，以上两首诗只有一个二元对立的意义结构："风浪——战士"，"风浪——礁石"。很显然，这种解读忽视了诗歌中的另一个存在，一个更加强大的存在——"海洋"。

① 艾青：《礁石》，《艾青诗全编》，人民文学出版社2003年版，第865页。

② ［美］R. 麦克法夸尔、费正清编：《剑桥中华人民共和国史——中国革命内部的革命（1966—1982）》，中国社会科学出版社1992年版，第784页。

③ 同上。

“战士”、“礁石”与“风浪”的对峙，并不是孤立的。在远方，“海洋”成为乌托邦，成为战士驻守礁石的精神慰藉。也许有人认为，乌托邦是必需的，乌托邦无损于英雄本色，乌托邦是真理与道义的化身。可是，问题在于，如果“海洋”可以成为“战士”与“礁石”的乌托邦，难道“海洋”就不能成为“风浪”的乌托邦吗？在血缘上，“风浪”更容易成为“海洋”的家族成员。事实上，正是“风浪”把“战士”送到海边，正是“风浪”形成了“海洋”的主要风景——这也是“礁石”微笑面对的一部分。这不是“诗无达诂”的意义游戏，这里面有诗人无法超越的文化传统与时代语境。不可否认，在一定意义上，“战士”、“礁石”和“风浪”共享了“海洋”——艾青和他的论敌、他的时代共享了同一份精神遗产，同一个乌托邦，他们捍卫着同一个时代之“理”。

等得云开见天日，是任何一个身处逆境的贤臣文士的梦想，在这一点上，革命诗人艾青和传统文人并没有本质的区别。正是这种“忠诚”与“坚贞”，促使艾青像历代忧患诗人一样，通过鸟兽草木去讽谏时政；正是儒家兼济天下的道德情怀和革命浪漫主义的乐观胸襟相结合，让艾青在“等待”的时候，可以“含着微笑，面对海洋”……“文化大革命”结束后，在最后的“诗谏”潮流中，艾青成为领队人物，呼吁中央落实政策，等待“清官”微服私访。

“海洋”歌唱在前方，成为朝拜的圣地，通过它，“战士”和“礁石”获得了未来的承诺与道德的自信。同时，“海洋”也有其轻盈美丽的一面，它是入世的呼唤，也是出世的启示。传统中国有两个精神家园，一个是入世、儒家的意识形态话语系统；一个是出世的、道家的审美话语系统。当传统诗人在仕途受挫时，往往寄情于山水，用一个轻盈辽远的梦，带灵魂远走高飞。1956 年 8 月底，艾青写了《黄鸟》：

> 一只黄鸟站在树上，
> 树枝的柔条迎风摆荡，
> 好像少女荡秋千
> 一边荡呀一边歌唱……[1]

---

① 艾青：《黄鸟》，《艾青诗全编》中卷，人民文学出版社 2003 年版，第 997、998 页。

歌声惹怒了喜鹊，它冲过去，占领了黄鸟的枝头。谄媚的麻雀跳到喜鹊旁边，喜鹊说："她长得那么妖模怪样，/一看见就叫人懊恼；/你没听见她的歌声么？/歌声里有一股妖气，/我们虽然叽叽喳喳，/说起话来却有条有理。"[①] 黄鸟的遭遇，是屈原以来，中国诗人反复遭遇的处境。黄鸟的高洁孤傲、美丽忧伤，也是屈原以来诗人反复咏叹的旋律：

很久，很久，没有声音，
静悄悄地真叫人发愁……
微风送来一阵歌声，
黄鸟站在远方的枝头。[②]

《蝉之歌》，《画鸟的猎人》，《养花人的梦》等，有一种现场辩论的紧张，文本之外的现实事件压在文本之上，不绝如缕的杂音干扰了文本独立言说的静谧。《黄鸟》作为一首托物言志的诗歌，虽然寓意鲜明，但是，艾青诗歌所特有节制、干净、朴素的语言，以及语言留下的空白，让诗歌散发出更绵长的忧伤，使读者可以在更加清爽的语境中靠近作者的心灵。《黄鸟》体现了诗人艾青更柔软更忧伤的一面——一个不同于"战士"和"礁石"的精神空间。期待英雄的批评家把艾青想象成《礁石》，让他在现场之内紧张搏击，而诗人却有轻盈凄婉的一面，它可以像"黄鸟"一样飞离现场，在远方，另栖高枝，低回浅唱。无枝可栖，低徊不足，于是再次飞翔，寻找更辽阔的天空：

北方的晴天
辽阔的一片
我爱它的颜色
比海水更蓝

多么想飞翔
在高空回旋

① 艾青：《黄鸟》，《艾青诗全编》中卷，人民文学出版社2003年版，第997、998页。
② 同上书，第998页。

发出醉人的呼啸
声音越传越远……①

《礁石》《海岬上》是英雄化的艾青，也是传统的、现代的英雄“脸谱”；《黄鸟》和《鸽哨》写尽了艾青高处不胜寒的忧伤，这是中国诗人徘徊于田园山水之上的孤独“幽灵”。“脸谱”和“幽灵”都是诗意的存在，现实中支撑人活下去的不是诗意，而是“肉身”。忽略肉身，是我们审视诗人的惯常思维。诗歌《柏树》，堪称平民艾青的“肉身”——他是我们可以走近的艾青，也是停驻在我们每个人身上的“艾青”。在1980年代后艾青诗集的各个选本中，此诗被遗忘。此诗漏选，是因为它过于“平凡”？

这是一棵古老的柏树
静静地站在那儿，看着一切
风来了，他好像喝醉了似的晃动着
但等风过去了，他就在阳光下
含着微笑，静静地睡着
他是一个脾气好的老人②

“他是一个脾气好的老人”——他是隐忍、敷衍、幽默的艾青。从“十七年”到“文化大革命”，经历过各种风暴的人，应该了解这样的“品格”是必需的。每个人无法置身事外，必须敷衍各种违心的会议、批斗、检讨，这样的过程，对个性独立的人来说非常痛苦。在1957年作家协会党组扩大会议第24次会议上，胡海珠代表作协整风办公室发言。他说，在校对会议记录时，看到了艾青交代“关于和吴祖光、新凤霞的关系”的发言原稿，其中，写到吴祖光第三次到艾青家的时间“是在我生小孩以后”；写到他们吃饭的情景，“席间大家大谈笑话，艾青听着很少插嘴，我和新凤霞谈家常”；写到“艾青去昆明，我给新凤霞打了一个电

① 艾青：《鸽哨》，《艾青诗全编》中卷，人民文学出版社2003年版，第999页。
② 转引自沙鸥《艾青近作批判》，《诗刊》1957年10月号，第86页。

话”……艾青的检讨系其妻高瑛所写，一时成为笑谈。[①] 这是另外一个艾青，隐忍、敷衍、被人取笑，同时也用高傲的方式嘲笑了别人。在一定程度上，大家有意忽视这样一个艾青，“柏树”一样的艾青，他在风中“喝醉了似的晃动”过，他必须在冷暖无常的时代气候中保持“睡眠”、养成“好脾气”、善于等待……

坚持与逃逸、隐忍与微笑在艾青身上一起体现出来了。在中国的文化传统中，在“十七年”的社会环境中，没有绝对的英雄，只有合理的人，这个“理”——是真理与现实生活的折中。折中为知识分子赢取了生存空间，也为真理与良知提供了缓冲的机会。中国的政治文化环境与中国的知识分子性格都决定了中国不可能产生纯洁无瑕堪为标本的英雄，让有良知有操守的中国知识分子坚持活下来的不是金属性，而是石头性——在坚硬的外壳之内，必须包含着更加丰富的元素，以便与混浊的土地、复杂的气候取得联系。毋庸讳言，在这个过程中，知识分子的性格在一定意义上产生了异化，那些他们曾经反对过的观念在他们心中潜移默化，而那些曾经让他们付出代价、以生命捍卫的观念，变得模糊、陌生……一边坚持着，一边腐烂着，等新生的力量形成，腐烂的退到地下，成为教训，成为养分。20世纪80年代之后，艾青对朦胧诗的批判，撕碎了人们罩在他身上的英雄光环，但是现在，当我们再次走进诗人，从更加现实的角度去观察他的时候，诗人失去的仅仅是英雄的光环，得到的却是历史洪流中“人”的真实。

三 郭沫若与《百花齐放》

在“五四”时期，郭沫若的《女神》开拓了现代诗歌桀骜不驯的话语方式；在20世纪50年代，《百花齐放》奠定了自然物象与当代政治的经典链接方式。

作为科学院院长的郭沫若，对自然科学有浓郁的兴趣。郭沫若对毛泽东诗词的解读，与同时代其他人最大的不同是：他总能运用现代科学的研究成果对毛泽东的即兴之作作出阐释，能够从自然科学与意识形态相统一的最高点找到毛泽东诗词所蕴含的真理性。毛泽东写作《送瘟神》，郭沫

---

① 胡海珠：《艾青是怎样“检讨”的?》，《文艺报》1957年第24号。

若连续写两篇文章，从地球公转到血吸虫，事无巨细，都作出了详细的解释。[①] 运用科学知识解“经”，在中国有悠久的传统。鸟兽草木的学问，是农业社会最贴近生活的科学研究。孔子谈《诗经》，在“兴观群怨”之后，补充“多识于鸟兽草木之名”。[②] 可见《诗经》既是审美、道德、和政治教育的开始，也是科学教育的开始。更需要指出的是，他们总能在自然科学知识与政治道德教化之间，找到最佳的结合点：格物致知是“修齐治平”的前期训练，对微观世界的专注来自对社会宇宙的抱负。这在历代《诗经》的注疏中表现明显，几乎所有的注疏者都一边兴致勃勃地考释名物，一边恭敬严肃地进行政治与道德的教化。科学与说教本来是矛盾的，但是在中国古代总能获得“合理”的统一。只有学养深厚如郭沫若者，才能举重若轻，践行古人注经之法以解读毛泽东诗词。同时，也只有诗人郭沫若，才能够在新的社会环境中，找到鸟兽草木与政治教育的最佳结合方式，并把它表现在创作之中。

《百花齐放》，正是这样一部作品。

在《百花齐放》中，有二十多首诗歌主要介绍花的形状、习性、用途以及相关的文化典故和风土人情。如迎春花，睡莲，棣棠花，淡竹叶，黄瓜花，短日照菊，玉簪花，夜来香，茶花，紫薇花，杜鹃花，榆叶梅，白兰花，玉兰，罂粟花，山丹丹，铁干海棠，攀枝花，石蒜，扫帚梅，栀子花，二月兰，一品红，单色堇等等，这二十余首只做介绍的诗歌，本身就是国家政策的变相体现——通过文学，进行科普教育，起到提高社会生产力、改善人民生活的作用。如在介绍完棣棠花的形状之后，倡议科学家研究棣棠花抵抗疾病的能力为什么很强[③]，在介绍玉兰花时，强调了它观赏性与经济性两全其美的特征，并指出其解热、发汗的功能[④]。

其他将近八十首诗歌，都有相同的写作模式。要么整首诗整体上是在介绍花，从其中一句或者一个词顺势跃起——斜插一枝：上升到时代精神，进行政治说教。要么诗分两节，前一节介绍花的形状、习性，或者相

---

① 郭沫若：《就当前诗歌中的主要问题答〈诗刊〉社问》，《人民日报》1959年2月13日；《坐地、巡天及其他》，《人民日报》1959年3月4日。

② （魏）何晏注，（宋）邢昺疏，《十三经注疏》整理委员会整理，李学勤主编：《论语注疏》，北京大学出版社1999年版，第237页。

③ 郭沫若：《百花齐放》，上海文艺出版社1959年版，第49页。

④ 同上书，第91页。

关文化、科学常识，下一节过渡、转折，把诗歌的意义引渡到政治政策上来。不管哪一种意义转换方式，在郭沫若笔下，都做得严丝合缝，理所当然。手挥五弦之间，百花脱胎换骨，却不花容失色。这是《诗经》以来，注经者在鸟兽草木与道德、政治之间建立意义链接的继承与发展，也是当代政治教育与文学创作相结合的典范。

那些在诗歌中阐明意义的花，完全符合毛泽东对“百花齐放、百家争鸣”的政治要求。“我们提倡百家争鸣，在各个学术部门可以有许多派、许多家，可是就世界观来说，在现代，基本上只有两家，就是无产阶级一家，资产阶级一家。”① 在《百花齐放》中，各种花来历不同，形状习性各异，但是在政治觉悟上，绝对是先进统一的。整个诗集以“百花发言”的方式展开②，笔者对它们的“发言”结果做出以下统计，并做出归类。

第一，有些花是从国外、从资本主义社会来到中国的，这些花在政治思想上都是可靠的。其中，仙客来说，它们“衷心地热爱中国人民”③，樱花说它要虚心进步，不再做“三天的英雄”④ 了，马蹄莲来自非洲，它们积极响应大跃进，号召亚洲非洲团结起来，“把帝国主义丢在后面”⑤，石榴花早在汉代，就和张骞一道来到中国，太阳说它们已经是无产阶级了⑥，特别需要说一下，风信子已经加入中国国籍很久了，它们强烈要求，去掉它们的名字前面的“洋”字⑦。

第二，有些花在过去受到压迫，在新社会翻身成为自己的主人。芍药以前是奴隶，今天翻身做主，希望“发出的一花一叶都是为了人民”⑧；木芙蓉希望为杨贵妃平反⑨，梨花很希望和它的朋友林黛玉在一起：“假

① 毛泽东：《在中国共产党全国宣传工作会议上的讲话》，《毛泽东选集》第五卷，人民出版社1977年版，第409页。

② 郭沫若：《百花齐放·后记》，上海文艺出版社1959年版，第205页。

③ 郭沫若：《百花齐放》，上海文艺出版社1959年版，第7页。

④ 同上书，第17页。

⑤ 同上书，第35页。

⑥ 同上书，第103页。

⑦ 同上书，第185页。

⑧ 同上书，第9页。

⑨ 同上书，第119页。

如林黛玉是生长在今天呵，/她也一定十分健康，不会短命。”①，短日照菊很高兴，因为人民改变了它的命运，秋天的花终于在春天开了②；有些花，在过去，封建文人损害了它们的名誉，在社会主义时代，它们希望用自己的表现，换取人们新的评价。它们是马缨花，酴醾，萱草，春兰，茉莉花，凤仙花等。

第三，许多花都表示，它们要向群众学习，不孤芳自赏。这样发言的有荷花，凤仙花，梅花，令箭荷花，晚香玉，凌霄花等。荷花与晚香玉都非常激动，荷花对周濂溪的污蔑很愤怒③，晚香玉对《红楼梦》中妙玉的“娇嫩”、“矫情”表示恶心④，凌霄花绝对是百花的榜样，它们愿意把“凌霄”的名号送给它们的“东家”——大树，它们坚决围绕着大树，形成“牢固的统一战线”⑤。

第四，有些花对气候与环境的要求有点特别，它们期待通过科研创新，完成自我改造，以便为社会主义建设贡献更大的力量。十里香、月季花、玫瑰花等纷纷要求尽快嫁接，广泛种植⑥；麝香豌豆不愿意待在公园，希望下放到生产第一线⑦；石楠花已经“向党交心肝”，但是对它们栽培还不够⑧；腊梅花希望改变花期，以便“参加‘五一’、‘六一’，/也希望赶上‘七一’、‘八一’、‘十一’献礼⑨；杏花“先红后白”⑩，昙花“快而不省、好而不多”⑪，所以它们心情沮丧，希望能够得到改造，能够“又红又专”、“多快好省”地为社会主义建设服务。

第五，对于当时的大跃进政策，众花热烈欢呼，积极响应。

大多数花对“多快好省”的口号理解深刻，如水仙花，月光花，玫瑰花，紫茉莉，蜀葵花等。还有些花在“大跃进”实践中表现突出，如

---

① 郭沫若：《百花齐放》，上海文艺出版社 1959 年版，第 27 页。

② 同上书，第 55 页。

③ 同上书，第 29 页。

④ 同上书，第 63 页。

⑤ 同上书，第 97 页。

⑥ 同上书，第 41、43、45 页。

⑦ 同上书，第 47 页。

⑧ 同上书，第 81 页。

⑨ 同上书，第 159 页。

⑩ 同上书，第 181 页。

⑪ 同上书，第 195 页。

西府海棠用“优美的艺术提高生产热情”[①]，打破碗花花帮农民“趋蝇、除蚊、肥田”[②]，虎刺在“灭四害”运动中表现突出[③]，牵牛花一大清早“就吹奏起喇叭：‘太阳出来了，快把干劲放大！’”[④]，李花是新民歌运动中的诗歌能手，要和李白比赛[⑤]，桂花参加“星际通航”、要把嫦娥接回家[⑥]……众花众志成城，热情高涨，成为战天斗地的楷模，其形状本身，就是为大跃进量身定做的标志：玉蝉花为什么要长得“剑拔弩张”——“因为要鼓舞人心，向地球宣战”[⑦]；是谁“把青天当白纸，/蘸足紫墨水，好向纸上写新诗”[⑧]？是木笔。谁能擎起这支大笔？“问谁在濡染大笔，这样地淋漓？”——“懂得这首新诗的，究竟还有谁？/就是濡染大笔的农民老夫子！”[⑨] 在“大跃进”的潮流中，身体力行，积极参与的还有荷包牡丹、郁金香，蒲包花，十姊妹，柳穿鱼，雁来红，鸡冠花，桃花等，此不赘述。

《百花齐放》，共收入一百种花，一百，既是确切的数字，表示对“百花齐放”政策的形象化演绎，也是泛指——“包括一切的花”[⑩]。这种泛指，体现了典型的政治意义——“代表”，“代表”是种政治身份，政治资格，并不是所有的花都可以“代表”其他的“花”，“代表”是经过考核与选择的。另外，最后加一首《其他一切的花》——凑足一百零一的数字，表示“一元复始，万象更新。这里有‘既济、未济’的味道，完了又没有完，‘百尺竿头更进一步’，这就意味着不断革命”。[⑪] 历史惊人的相似，“百花”需要不断地更新，今天“百花”的代表，明天可能仅仅是“被代表”的对象；今天的“百花”，也可能在明天，被逐出“花籍”，郭沫若洞悉“不断革命”的深远含义。

---

① 郭沫若：《百花齐放》，上海文艺出版社 1959 年版，第 13 页。
② 同上书，第 23 页。
③ 同上书，第 169 页。
④ 同上书，第 131 页。
⑤ 同上书，第 179 页。
⑥ 同上书，第 73 页。
⑦ 同上书，第 129 页。
⑧ 同上书，第 93 页。
⑨ 同上。
⑩ 郭沫若：《百花齐放·后记》，上海文艺出版社 1959 年版，第 204 页。
⑪ 同上。

《百花齐放》是一部现代的“群芳谱”，也是一场现代的“群英会”。但是，其乐融融的“群英会”，并不是知识分子渴望的“百家争鸣”，而是在国家“百花齐放”的号召下，各种花走进“会场”，进行“座谈”。在“座谈”中，各种花都有足够高的政治觉悟去自律自省，有足够高的政治觉悟体会当前的国家政策。

1956年，知识分子对“双百方针”还有顾虑，乍暖还寒，未歌先敛。在一百零一首“百花齐放”的诗歌中，郭沫若只写了三首：《牡丹》《芍药》《春兰》。这三首诗歌行文拘谨，想象力没有展开，很显然，郭沫若对“花”与国家政策的“灵感”缺乏自信。曾经《天狗》的作者，具有天马行空、桀骜不驯的想象力的诗人，在纪律模糊或气候暧昧的情况下，已经无法写诗，他必须在外力操控之下才可以放心驾驭自己的才华。到1958年3月30日，集中作业，十天完成。这时候，“双百方针”尘埃落定，各种问题浮出水面，反右派斗争已成定局，禁区昭然，旋律明朗，郭沫若对唱法有了更准确的认识——于是在“百花齐放”的政策结束之后，《百花齐放》的写作开始了。“毒草”锄尽、“花容失色”之际，作为文艺界、知识界、思想界的明星与领导，郭沫若必须以诗歌的方式，再来一次既温柔敦厚又生动活泼、完全符合国家意志的“百花齐放”，郭沫若完成了这个任务。

因为有前车之鉴，所以在《百花齐放》中，“百花”不再狂狷不羁，温柔敦厚成为“花界”礼仪。而“大跃进”政策的全面推行，为“百花齐放”注入新的灵感——所谓生动活泼、生机勃勃，有了新的驱动力：以前的“百花齐放”，成为知识分子向党向国家提意见的狂欢，而“大跃进”的开始，让“百花齐放”成为战天斗地的图腾——时弊与意见，一切不谐之音，都烟销灰灭，变成其乐融融、朝气蓬勃的浪漫主义合奏曲。在《百花齐放》中，这一点显而易见。许多“花”似乎对“百花齐放、百家争鸣”后期，以及反右反右派斗争中，知识分子的遭遇记忆深刻。它们在发言中态度谦逊，强调对个人主义的批判，强调向人民学习、为人民服务，强调积极参加社会主义建设、坚信东风压倒西风，强调对祖国对党的忠心……这也许是“十七年”、“文化大革命”期间，许多“鸟兽草木”的正面体现，但是，《百花齐放》在“百花齐放”结束之后出现，这些表态就显得意味深长——这不仅仅是对“大跃进”开始的喝彩，更是对“百花齐放”中越轨之“花”的教育。

在《百花齐放》中，“紫藤”和“洋槐”琴瑟和鸣，对流沙河的《藤》作出回应。在《草木篇》中，“藤”缠死一株丁香，窥伺另一株树，把自己的花挂在枯树枝头。而在郭沫若的《紫藤》里，“藤”的生存之道，别有一番辩证的哲学内涵：“劳动人民让紫藤缠绕着枯树，/于是便赋予以新生，功同造化。”[①] 在流沙河的《藤》中，丁香成为“藤”向上爬的牺牲品，而在《洋槐》中，洋槐请求：“请把我们和紫藤种在一道，/让咱们相互拥抱，一同提高。/你们就会看到矛盾的统一，/紫花和白花同在一树飘摇。”[②]《紫藤》之后，再来一首《洋槐》，从第三者的角度证明了“藤”的亲和力，用心之良苦，恐怕和《草木篇》脱不了关系吧。而“梅”、“荷花”、“凤仙花”、“晚香玉”、“令箭荷花”、“凌霄花”等纷纷出场，讨伐个人主义思想，不得不让人想起“百花齐放、百家争鸣”后期，评论界对坚持张扬个性的作品的批判，以及在批判中，诗人诚惶诚恐的忏悔与检讨。

在“十七年”的时代语境中，个人主义是一个躲不开的概念。对于知识分子而言，“五四”时期个性解放的观念，是他们争取话语权力的理论起点；而对于主流意识形态而言，个人主义是资产阶级思想。虽然，在对知识分子的批判中，定论常常上升到可怕的高度，但是，不管是越轨者本人，还是主流意识形态，都有一个核心的概念——个人主义。所不同者，在知识分子与诗人的检讨中，资产阶级个人主义是自己罪恶的终结，而在批判者眼中，这仅仅是罪恶的开始——在此之后，就是反党反人民反社会主义。《百花齐放》中，众花声讨“个人主义”，便是这一历史情境的重现。

《美人蕉》可以看作文艺界领导郭沫若对诗人们的规劝，也可以看作诗人郭沫若的自我鞭策：

有人曾经说我们是生花的笔，
但是，要由执笔的人用血来写。
不呕出心血的诗决不是好诗，
做诗看来容易，实际不容易。

① 郭沫若：《百花齐放》，上海文艺出版社 1959 年版，第 99 页。
② 同上书，第 101 页。

老百姓有的叫我们为状元红，
怎样才能出状元，老百姓最懂。
他们总是呕心喋血地从事生产，
谁学得这种精神，就能又红又专。①

在新中国成立后，郭沫若就是一株“美人蕉”——向大众学习，为大众服务。而大众，“老百姓”，“工农兵”不仅仅是一个现实阶层的代称，更是一个抽象的政治符号——是无产阶级的通俗说法，是党和国家最忠诚最广泛的拥护者，是国家政治政策最坚决的执行者与最直接的受益者，是享受“民主”与施行“专政”的主体，是创造历史、书写历史、裁决历史的人……在各个时期，每当时代拉开帷幕，这个符号都会出现在最醒目的地方，作为最高的逻辑，最有力的论据，捍卫着最高的真理。这要求人们，能够在不同的语境之中，敏锐、及时地领悟这个符号所传达的信息，在“大跃进”时期，这个符号传达的信息就是“呕心喋血地从事生产”。在各个时期，郭沫若都能迅捷地对这些信息做出反应，这种反应能力，保证了他在知识界、文艺界的权威地位。所以，《百花齐放》之中，有一个最风光的郭沫若，也有一个最痛苦的郭沫若。作为诗人，他具备了让无数人艳羡的天赋：对新事物、新知识、民间事物充满热情；蓬勃的想象力与驾驭想象力的能力；举重若轻穿行于复杂事相之间的能力；俯拾即是、化石成金的灵感；渊博的知识以及在知识与万物之间寻求感应的能力……但是，所有这些，在30年代之后，陆续集结，到50年代，终于会师，统一服从于国家政策、领袖意志。在八面玲珑、长袖善舞的表演之外，那些如同火花迸射的灵感与想象，戴上笼头服役于现实；那些时时会洞穿事相的知识与思想，小心翼翼的游走于时代的镜面，提防着看透镜子后面的真实；那些行动敏捷、动作华丽、善于飞翔的语言，不得不涂满胭脂、走上街头，在喇叭之后奋力呐喊……天才诗人所具备的一切，都被发配到与诗歌精神完全相反的路上。这种滑稽的表演被历史铭记，而这种灵魂的痛苦，却被历史遗忘。

① 郭沫若：《百花齐放》，上海文艺出版社1959年版，第133页。

第三节 审美比兴的消逝

在诗歌的审美层面，比兴主要体现在以下三个方面。第一，对语言蕴藉性的追求；第二，对情景、物我关系的处理，以及由此产生的对自然世界的思考；第三，在审视自然世界的过程中，反观自我，关注自然人性，追求生命自由。“十七年”文学，从改造民歌开始，把比兴缩结到新时代的诗教建设中，这意味着在以上三个方面，审美的比兴诗学将遭遇尴尬。

一 比兴与民歌改造

民歌中蕴含着许多朴素的、原初的审美元素，从比兴上可以看到这一点。第一，民歌来自民间，民间歌手的生活亲近自然，他们更善于从自然获得启示：触目青山绿水，以自然之物兴起，成为歌者最常用的开头方式，此所谓兴。而他们最擅长的知识，也就是鸟兽草木，以自然之物引譬连类，成为他们敞开内心的主要方式，此所谓比。第二，民间歌手生活在底层，最了解生活的甘苦，他们乐则大笑、悲则大哭，美刺现实，是来自内心的需要，而不是使命与职责，明代学者许学夷讲明了这个道理：“故风则比、兴为多，雅颂则赋体为众……风则专发乎性情，而雅颂则兼主乎义理。”① 所以，不管是从比兴修辞的思维模式还是从美刺现实的比兴之功能来看，民间歌手都是无师自通。

建立新时代的比兴模式，就要让“发乎性情”的民歌“兼主乎义理”，所以，对民歌的改造是必然的。对于诗歌而言，一方面要向民歌学习，在语言上，活泼朴实，有天真的野趣；一方面，这份来自民歌的活泼与野趣，要顺利转换为新时代的“义理”：从历史的必然律出发，从现实生活出发，抒发对党和领袖、对国家和社会制度的感情。

当代比兴模式的形成，可以追溯到 1940 年代。《东方红》的成型过程，是典型的诗教比兴对审美比兴的改造，是国家政治伦理对人性、人情的改造，是政治教育对民间修辞、民间曲调的成功利用。《东方红》的形成，经历了一个这样的演变过程：《谁卖良心谁先死》—《骑白马

① （明）许学夷：《诗源辨体》卷一，人民文学出版社 1987 年版，第 2 页。

(一)》—《骑白马(二)》—《移民调》—《东方红》[①]。

《谁卖良心谁先死》，是典型的“兴起”方式：“朝烟锅子旱烟袋，谁叫你出门就把良心坏……一碗碗凉水一炷香，谁卖良心谁先见阎王。一根甘草十二节，谁坏良心吐黑血。”[②] 但是，所谓音乐意义上的原型民歌，更大程度上是指曲调的近似或雷同，在歌词上，百人百唱，往往有很大的出入。陕北民歌手贺国丰演唱的《芝麻油》（又名《谁都不要卖良心》）在曲调上和《东方红》基本一样，歌词与《谁卖良心谁先死》有所不同，但是四段歌词，每段都是以“兴”起头的，“芝麻油，白菜心，要吃豆角抽筋筋，三天不见想死个人，呼儿嗨哟，哎呀我的三哥哥；麻油灯亮又明，芝麻盐烩了些白菜心，红豆角角双抽筋，呼儿嗨哟，谁都不要卖良心”。[③]

《骑白马（一）》依然是首情歌，前一节歌词与《谁卖良心谁先死》大同小异“煤油灯，明又亮。红豆角角双抽筋呼儿咳呀，谁也不能卖良心”。[④] 后一节陡然明亮，恓惶悲泣之音一扫而空，换之以飞扬泼辣的生命欢歌：“骑白马，跑沙滩。你没婆姨我没汉，咱们两好比一咕嘟蒜，至死也离不开瓣。”[⑤]

《骑白马（二）》中，歌词意义发生了质的变化，时代主题进入民歌。“荞麦花，红彤彤，咱二人交朋友为个甚？三哥哥当了个八路军（呼儿嗨哟），一心要去打日本。”[⑥] 就“兴起”而言，“荞麦花，红彤彤”已经带有明显的时代审美特色。“交朋友”，在陕北民歌中就是做情人的意思，在这里有了新的意义——志同道合，爱人也是爱国的体现。《骑白马（二）》是一个过渡，意味着这首生命飞扬中满溢着民间苦难的民歌曲调，具有洗净沧桑焕发庄严色彩的音乐潜力，具有容纳巨大时代内容的音乐结构，也同时意味着，从自然事物起兴的修辞模式，可以演变成为时代的颂歌模式。1943 年冬天，延安移民队南下时，有些人在路上想家，移民大

---

① 马东霞：《红色土地上的陕北民歌》，西安地图出版社 2007 年版，第 2 页。

② 同上。

③ 贺国丰：《〈东方红〉改编自陕北民歌〈谁都不要卖良心〉》，http：//user. qzone. qq. com/611994216/blog/1231776073。

④ 马东霞：《红色土地上的陕北民歌》，西安地图出版社 2007 年版，第 2 页。

⑤ 同上。

⑥ 鲁迅艺术文学院：《陕北民歌选》，新华书店 1950 年版，第 241 页。

队副队长李增正说："咱们在路上红火些，咱编个毛主席领导穷人翻身的歌，来教大家唱吧。"① 《移民歌》出现，《东方红》的雏形已经形成："东方红，太阳升，中国出了个毛泽东，他为人民谋生存（呼嗨呀），一心去打日本。"② 这首歌共有8段，在歌颂毛泽东之外，主要描写了抗日战争时期，毛泽东领导边区人民改天换地的时代景观。把这首歌冗杂的段落删去，主题部分突出，就有了现在的《东方红》。

在陕北，民歌是贫瘠的黄土地上，最丰饶的精神果实。和许多民歌一样，这些民歌大多数是吟唱爱情的。《谁买良心谁先死》和《骑白马（一）》都不例外。苦难是民歌的肉身，爱情是民歌的灵魂，灵魂的意义在于拯救苦难中的肉身。但是，当苦难成为一个国家、一个时代的普遍问题时，爱情像暗夜的烛火、嘴角的余香一样，储存到心头最隐秘最柔软的角落里去，而政治、意识形态的观念，以更强势的姿态出现，像一场阳光淋漓的金色风暴，漫过人们苦难的生活，成为一个时代、一个国家的民歌的新的灵魂。于是《骑白马（二）》、《移民歌》出现了。民歌最大的优势是，它比其他宣传文字更容易进入人的内心，更容易流传，更容易凝聚成一种神秘的力量，引起大众的共鸣，所以，《骑白马（二）》和《移民歌》必然会从凋敝的山村、黑夜的路上走出来，成为广场上耸立的建筑——《东方红》。从《谁卖良心谁先死》《骑白马》到《移民调》《东方红》，是苦难寻找拯救的过程。

自古以来，民歌是苦难的喉咙，爱情便是塞进这个喉咙里的一块"糖"，而巨大的苦难必然需要巨大的连绵不断的"糖"来兑现，只有意识形态观念和政治行为，才有能力在如此巨大的喉咙里，装进这颗"糖"。原则上讲，只要是"糖"都是一样的。但是，从另一层意义上讲，此"糖"非彼"糖"，政治抒情的民歌必然会努力忘记它的渊源——爱情。在《陕北民歌选》第五辑中，编辑者同时辑录了《白马调（二）》和《移民歌》，对《东方红》的渊源，这似乎是一种暗示。但是这种追本溯源的暗示很有分寸，到《白马调（二）》为止——这意味着政治抒情的

① 鲁迅艺术文学院：《陕北民歌选》，新华书店1950年版，第253页。另外，也有人认为这首词是李增正的叔叔李有源写的，见延安大学中文系编《红太阳颂》，人民文学出版社1977年版，第1页。

② 鲁迅艺术文学院：《陕北民歌选》，新华书店1950年版，第253页。

渊源只能在政治抒情的家族谱系内部进行。而那些更原始的根源，是有必要省略的。这种省略，有时候是遗忘，有时候是主动的选择，就《陕北民歌选》的编纂者而言，显然是主动的选择。从现在来看，《陕北民歌选》是最接近《东方红》成型现场的民歌选集。《东方红》的最后完成，是很严肃的政治行为，延安文艺工作者必然要对这个曲调做出更周密更深入的考察，力求汲取各家之长，得到最完美的文本。所以，他们找到《东方红》的原型民歌是完全有可能的。当然也有另一种可能，新中国成立以前，信息的流通与共享还不十分便利，可是这个问题对于《陕北民歌选》的编纂者而言并不存在。在《陕北民歌选》中，《信天游(一)·第九首》是一首情歌，四节歌词中，有三节歌词与《谁买良心谁先死》完全一样[①]，但是这首《信天游》，并无法代替《白马调（二)》，在《东方红》的家族谱系中，取得自己应有的地位。

在《谁买良心谁先死》和《骑白马（一)》中，“兴”，完全是“起”，只在音乐和形式上起作用，没有意义上的实质联系。在《东方红》中，“东方红，太阳升”，则不光是“兴起”，更是“比”，以太阳象征领袖，以“东方红”象征新时代的到来。以“兴”为“比”，把诗歌意义从自然事物转换到政治伦理，是孔子和汉儒的创造，是诗教比兴的主要内容。《东方红》的完成，便是对传统诗教比兴的继承。同时，以继承传统的方式，开启了新时代的抒情模式。这种民歌的比兴模式，在解放后得到延续。

枯藤发了芽
铁树开了花
东边的太阳
照进了我们的家
千年万代的理想
毛主席给我们带来啦——[②]

① 鲁迅艺术文学院：《陕北民歌选》，新华书店1950年版，第17页。

② 武自力唱，彭肃非整理：《阿细的歌》，中国作家协会编《诗选1953.9—1955.12》，人民文学出版社1956年版，第41页。

《红旗歌谣》是“社会主义新时代的新国风”①。冠之以“新”，显示出意识形态对民歌改造的信心。在比兴模式的时代转换上，尤为“成功”。下面是甘肃武山的一首新民歌节选：

牡丹花开象绣球，
石榴花开结子稠；
向日葵朝着太阳走，
人民跟着共产党走。②

“牡丹花开象绣球，/石榴花开结子稠”，这应该是纯粹“兴起”的修辞方式，因为它们和下面的诗句没有实质的意义联系，只是为下面的抒情起了一个头。但是在起头与收尾之间，楔入一个“比”的诗句：“向日葵朝着太阳走”，这样，意义自然推进到“人民跟着共产党走”的时代抒情中去了。这是比、兴并用完成时代抒情，不过，在当时，最常见的还是比、兴不分，“兴”就是“比”，发端即意义。如下面两首新民歌：

没有好马走不了千里路，
没有好鹰抓不着狐狸，
没有好草养不了肥羊，
没有人民公社，
草原哪能变得像天堂。③

在解放后，文人向民间学习，写作了一些富有民歌色彩的诗歌，用以抒发自己的时代热情。贺敬之的《回延安》，长期以来是中学课本的必选篇目，许多中国的学生，最早懂得比兴，是从《回延安》开始的。“羊羔

① 《编者的话》，郭沫若、周扬主编《红旗歌谣》，人民文学出版社1979年版，第1页。

② 《好不过人民当了家》，郭沫若、周扬主编《红旗歌谣》，人民文学出版社1979年版，第13页。

③ 《没有好马走不了千里路》，郭沫若、周扬主编《红旗歌谣》，人民文学出版社1979年版，第30页。

羔吃奶眼望着妈，小米饭养活我长大。”[1] 而在陕北民歌中，有这样的句子：“羊羔羔吃奶双膝跪，搂上亲人没瞌睡。”[2] 很显然，在民歌中的兴起之物引起的是性爱抒情，而在《回延安》中，同样的兴起之物，指向的却是国家伦理。课本中的比兴范例表明，在文学教育上，从一开始就建立了一种模式：景物——道德意义、国家抒情。这种模式不囿于诗歌，在中学课本中，长期作为写作范文的杨朔散文，从本质而言，也是这种模式的扩大。

郭小川对比兴模式的运用，代表了一个时代在修辞、在意义上达到的最高水平。其代表作品便是《青纱帐——甘蔗林》和《甘蔗林——青纱帐》。两首诗皆从自然景观入手，咏唱“青纱帐”与“甘蔗林”，而在后面展开的回忆与抒情中，“青纱帐”成为“革命战争”的象征，“甘蔗林”成为和平建设的象征。兴与比，严丝合缝，激起一代人的共鸣。但是，很明显，在本义与寓意、在过去与当下之间，表现出多重景观。郭小川极力想达到形象与意义、历史与现实的统一，极力将诗歌的情感提高到时代的最高音，企图在高昂的国家抒情中，配置从容宽厚的历史和弦。但是这无法掩饰文本内在的分裂，分裂表现在和声部。在历史和弦上站起来的英雄，在现实的交响盛宴中，找不到自己的乐器，找不到自己的发音方式，有英雄无用武之地的忧伤：他们面临了弃武到文、从武装革命到和平建设的转换难题。这种转换的尴尬，从领袖毛泽东到诗人郭小川都有，一方面，他们把斗争思维延续到建设时代，用永远革命的姿态面对自然，面对各个时期可能出现的假想敌；另一方面，他们心情落寞，生产对象、建设任务显然无法消融他们在斗争中培育的生命激情，他们不能忍受自己创造的时代对自己的冷漠，他们必须用幻想和实践去刺激这个逐渐陌生的庞然大物，让它跟上自己内心的节奏。然而，在这个时代，只有毛泽东可以用行动的方式，让整个时代参与到自己的诗歌创造中来，而对于许多太阳下的火把、蜡烛而言，他们只能通过浅吟低唱，抚慰落寞的灵魂——郭小川就是典型的代表。如果说《青纱帐——甘蔗林》《甘蔗林——青纱帐》是成功的诗歌，这种成功不是来自本义与寓意、过去和现实的统一，而是来自它们的分裂所导致的内心之痛。

---

① 贺敬之：《回延安》，周良沛编《贺敬之诗选》，人民文学出版社 1997 年版，第 240 页。

② 鲁迅艺术文学院：《陕北民歌选》，新华书店 1950 年版，第 13 页。

比兴模式的建立，并没有从整体上改变“十七年”诗歌审美的贫乏。从本质上言，这是雅颂之体与比兴的天然隔阂。千篇一律的颂歌，呼之欲出的时代激情，冲垮了比兴的艺术门槛——技巧显得多余。作为诗人，毛泽东意识到这种审美的危机。1965 年 7 月 21 日，毛泽东给陈毅写信，谈诗歌问题：“诗要用形象思维，不能如散文那样直说，所以比、兴两法是不能不用的。赋也可以用，如杜甫之《北征》，可谓‘敷陈其事而直言之也’，然其中亦有比、兴。‘比者以彼物比此物也’，‘兴者，先言他物以引起所咏之词也。’”① 1978 年 1 月，《诗刊》社发表这封信，借助领袖的言论，为诗歌争取审美表达的合法途径。当时，文学理论界对这封信展开了广泛的讨论，普遍认为，毛泽东的比兴观，让“形象思维从‘四人帮’的桎梏下解放了！”②

毛泽东的比兴观，是传统诗教比兴的思维模式——即通过比兴，在形象与观念之间建立联系，在鸟兽草木与政治教化之间建立联系。所不同者，是观念的更新，即用无产阶级的政治伦理、新时代的教化内容代替圣贤之道，“以上随便谈来，都是一些古典。要作今诗，则要用形象思维方法，反映阶级斗争与生产斗争，古典绝不能要”。③ 形象思维，是一个非常吊诡的概念合成体，潜伏着让“形象”以“思维”的方式表达时代观念的愿望，在特别的时代，形象成为图解政治政策的符号。至于比兴与民歌的精神联系，毛泽东在书信中没有论及。在文学政治化的时代，毛泽东是唯一可以自由舒展自己才情的诗人，在学术政治化的时代，毛泽东是唯一可以将学术问题彻底深入追本溯源的人，这封书信的“适可而止”，在一定程度上，是“十七年”期间，以及 1978 年此信发表之后，比兴讨论无法深入的原因。而这份书信“适可而止”的地方，恰恰是当代文学与古代诗教遥遥呼应的地方。

另外，当时的比兴讨论没有深入，是由“五四”以来，学者们比兴研究的局限性决定的。一直到现在，人们对比兴的认识，依然局限在修辞上，一种修辞，影响不了时代的文学精神。真正影响时代文学精神的，是修辞背后的文学观念。前面，我在说明当代比兴模式的形成时，其实更侧

---

① 《毛泽东给陈毅同志谈诗的一封信》，《诗刊》1978 年 1 月号，第 4 页。

② 《形象思维资料汇编 · 前言》，人民文学出版社 1980 年版，第 1 页。

③ 《毛泽东给陈毅同志谈诗的一封信》，《诗刊》1978 年 1 月号，第 4 页。

重于讨论这种修辞背后的意义结构。这个意义结构是与诗教观念一脉相承的。而在传统的比兴诗学中，与诗教相关的比兴模式只是比兴诗学的一部分。诗教观念再强大，也没有阻碍古代诗歌在审美上的繁荣。这是因为，在古代诗学中，许多观念都是充满矛盾的，这种矛盾对于习惯归纳的现代学术而言，是个难题，但是对于艺术本身的发展，却是一件幸事。就比兴而言，历代学者除了致力于把比兴绑架在政治说教的系统之外，也常常从审美的角度切入，发掘比兴之中蕴含的艺术元素。在下面，笔者将从语言蕴藉性、情景关系、自然与人性的角度入手，探讨当代诗歌在比兴上的审美困境。

二 蕴藉表达的危险

钟嵘完全从诗歌的蕴藉性入手，来解释比兴：“文已尽而意有余，兴也；因物喻志，比也。”① 因物喻志，言在此而意在彼；文已尽而意有余，言在此而意无穷。超越修辞，摆脱什么是比、什么是兴的概念纠缠，直接从审美效应入手研究比兴，这是中国比兴诗学的一个重要方面：“正言直述，易于穷尽，而难于感发人意。托物寓情，形容摹写，反复咏叹，以俟人之自得，所以贵比兴也。”② 睹物思情，情动于中而形于言，所以有诗歌的产生。但是诗贵比兴者，就意味着诗歌不是“种瓜得瓜种豆得豆”，而是“投之以桃报之以琼瑶”，除了意义，读者获得的还有镜花水月的审美体验，柳暗花明的顿悟与惊喜。这要求诗人在创作时，一方面要注意意义的留白与延宕，一方面要注意意义的诱惑与召唤，所谓“无端说一件鸟兽草木，不明指天时而天时恍在其中；不显言地境而地境宛在其中；且不实说人事而人事已隐约流露其中”。③

“恍在其中”、“宛在其中”、“隐约流露”，正是蕴藉含蓄的诗歌表达法。但是，到了当代，这种诗歌遭遇了尴尬。

中国新诗创建之初，曾流行浅白直露的表达方式。但是，这种早期的新诗很快遭到了人们的质疑，从 20 年代到 40 年代，新月派、象征派、现代派和九叶派的诗人们，从理论到实践上，让诗歌重新找到了蕴藉表达的

---

① （梁）钟嵘：《诗品》，中国社会科学出版社 2007 年版，第 13 页。

② （清）方东树：《昭昧詹言》卷二十一，人民文学出版社 1961 年版，第 475 页。

③ （清）李重华：《贞一斋诗话》，《清诗话》，上海古籍出版社 1963 年版，第 930 页。

现代方式。所谓现代者，便是中国传统诗学与西方诗学的融会贯通。到1949年后，由于意识形态的对立，主流诗歌界把蕴藉的语言、朦胧的诗风笼统看成“西风派”，认为这是资产阶级的“沙龙式语言”①，是“偷运资产阶级的颓废派、现代派诗风”。②

1957年，《诗刊》创刊号发表了艾青的《在智利的海岬上》，紧随毛泽东诗词刊出，可见对该作的看重。1957年4月，当时特别活跃的诗评家沙鸥在《诗刊》写了一篇《艾青近年以来的几首诗》，对《在智利的海岬上》，进行了解经式的解读——逐字逐句地破译、把原诗与当时的国际国内形势联系起来，上升到不可思议的政治高度。《在智利的海岬上》，应该是中国现代主义诗歌获得的最高政治待遇了，堪称“社会主义现实主义”批评模式为现代主义诗歌镀金塑身的奇作！但是在1957年后期，随着政治形势变化，对《在智利的海岬上》，评价马上逆转。徐迟是30年代的现代派诗人，在批判艾青时候，轻车熟路、切中“要害”：“这首诗非但没有热情明朗地描述一个政治斗争，却反而写得晦涩难懂，引起每一个读者的许多猜测，大家像猜灯谜一样……我们要反对这种诗风。它的底细，其实我们也摸的很清楚：这种晦涩和朦胧正是资产阶级的颓废派诗歌的特点，它们和资产阶级的世界主义有着血缘的亲族关系。”③

新中国成立后，对明朗通晓的诗风的提倡，其实和意识形态对人的精神世界的要求有关——要求每个人的精神世界必须是透明的、敞开的，要求每个人必须保持情感与思想的纯正。而蕴藉含蓄的诗歌，在语言的屏障与缝隙之内，为个人的情思保留了一个婉转呼吸、舒展行藏的空间。在普遍政治化的时代，诗人可不可以保持这样的精神空间？诗人穆旦，对此抱有幻想。“对新事物向往不深，对旧的憎恶不多”④，他愿意在歌颂与讨伐之间，保持“中立”——以谋取写作的平衡与自足：

平衡把我变成了一棵树，

① 邵荃麟：《门外谈诗》，《诗刊》编辑部编《新诗歌发展的问题》第1集，作家出版社1959年版，第39页。

② 徐迟：《艾青能不能为社会主义歌唱》，《诗刊》1957年9月号，第22页。

③ 同上书，第25页。

④ 穆旦：《葬歌》，《穆旦诗文集》第一卷，人民文学出版社2006年版，第302页。

它的枝叶缓缓伸向春天，
从幽暗的根上升的汁液
在明亮的叶片不断回旋。①

但是，这种平衡与自足只能是一种幻想。对于穆旦而言，他所唱的只能是《葬歌》：

历史打开了巨大的一页，
多少人在天安门写下誓语，
我在那儿也举起手来；
洪水淹没了孤寂的岛屿。

你还向哪里呻吟和微笑？
连你的微笑都那么寒伧，
你的千言万语虽然曲折，
但是阴影怎能碰得阳光？

我看过先进生产者会议，
红灯，绿彩，真辉煌无比，
他们都凯歌地走进前厅，
后门冻僵了小资产阶级。②

穆旦自觉地承认了自己的阶级属性——“小资产阶级”。这个阶级属性，对于许多知识分子而言，是批判，也是恩赐——归属于这个阶级，意味着还有被改造的机会。对于穆旦而言，承认了这种阶级属性，就可以获得埋葬自我、歌唱《葬歌》的权利。但是这种形影相吊的仪式，很快就被“喊停”。“究竟应当怎样对待资产阶级个人主义，五月四日人民日报社论提出了完整的答案：‘社会主义不允许资产阶级个人主义思想的存

① 穆旦：《我的叔父死了》，《穆旦诗文集》第一卷，人民文学出版社 2006 年版，第 304 页。

② 穆旦：《葬歌》，《穆旦诗文集》第一卷，人民文学出版社 2006 年版，第 299 页。

在。死抱着这种思想的人，只会对社会主义起消极和破坏作用，最后成为资本主义的殉葬者。'"①

诗风背后有灵魂的秘密，主流诗歌界的诊断是准确的。但是，命名却是粗暴的。命名意味着定罪。为艺术方法和艺术风格规定政治属性，是50年代以来，诗歌批评的主要模式。与语言的蕴藉性联系起来，有以下两个判断标准：明朗直白——积极热情——社会主义现实主义——政治思想上也是社会主义的；朦胧晦涩——消极颓废——资产阶级的现代主义——政治思想上也是资本主义的。

另外，产生这种判断，也和中国的文化传统有关。在古代社会，统治者要对臣民的语言方式进行规训，希望他们温柔敦厚不质直言之；但在另一方面，皇帝和朝廷，对文字非常警觉——认为言语晦涩是因为不敢直言，不敢直言就是包藏祸心。在这种奇特诡异的文化心理、政治气候中，文人战战兢兢、担心祸从口出，统治者充满警惕、杯弓蛇影。于是，比兴讽谏的礼仪之道，常常成为戏弄权威的证据，成为罗织罪名的材料。朦胧与晦涩为什么有罪呢？在批判《草木篇》的过程中，一篇文章阐述了其中的奥秘："一位老作家说得好：解放前我们某些革命作家为了反抗国民党的统治，揭露社会的黑暗，是常常用这种隐晦的表现手法的：托言花草、寄情鸟兽，以表达自己的怨和恨。这样可以逃过官方的审查，既骂了他们，在法律上也构不成罪名。"② 那么，在新中国成立之后，还坚持运用这种隐晦的表现手法，到底意欲何为呢？《草木篇》的罪名就这样落实了："在那含义晦涩的诗句里……他所愤恨和菲薄的，不是革命者共同的敌人，而是我们自己的社会和人民。"③ 这种把语言蕴藉与包藏祸心联系起来、上纲上线的文学批判模式形成于1950年代，在"文化大革命"中更加盛行，一直到80年代初，在"朦胧诗"的论争中，许多深受其害的诗人，也用这样的思维模式来批判新的诗歌。

其实在1949年以前，很多表达隐晦的诗文，并不都是为了躲避审查，而是出于文学语言的审美自律。一个时代有一个时代的诗风，此起彼伏，本属历史的正常现象。但是，这种此起彼伏，必须有个艺术内部的推动

① 李树尔：《穆旦的〈葬歌〉埋葬了什么》，《诗刊》1958年8月号，第96页。

② 沈澄：《草木篇事件是一堂生动的政治课》，《文艺学习》1957年第8期，第6页。

③ 同上书，第6、7页。

力。50年以后，朦胧蕴藉的诗风成为逆流，个中原因，不是审美观念的内部更新，而是意识形态所致。

三 “十七年”诗歌中的“自然”

在孔子“兴观群怨”的论述中，“兴”本身包含着一个“鸟兽草木——政治伦理”的意义结构。但是，在最后，孔子还似乎多余地加了一句“多识于鸟兽草木之名”[①]。这种“多余”，恰恰表明了孔老夫子除了是一个政治道德的理想主义者之外，还多了一点趣味——享受自然事物、日常事物给人的“无用”的愉悦。“莫春者，春服既成，冠者五六人，童子六七人，浴乎沂，风乎舞雩，咏而归。”[②] 在走向政治乌托邦的路上，孔子很珍惜在路上的风景，这一点，恰恰是孔子之后的经学家所缺乏的生命光辉。但是，它却成为历代诗人瞬间飞翔的起点。在儒家文化为主体的传统社会，诗人们一方面用鸟兽草木的象征符号建构了自己的人格结构与政治理想，另一方面，他们也充分享受了田园山水所带来的自然天趣，以及鸟兽草木所带来的生命启示。在仕途，在世俗人生中，他们常常回头，从自然世界中获得休息，进而和道家哲学相结合，把这个自然世界打造成超越现实的审美世界，让疲惫匆忙的现实生命有一个逃逸、飞翔的超越空间。

在清代，方玉润著《诗经原始》，他一改前人旧辙，从《诗经》中读到别样的风味。在评《芣苢》时，他说：“夫佳诗不必尽皆征实，自鸣天籁，一片好音，尤足令人低回无限。若实而按之，兴会索然矣。读者试平心静气，涵咏此诗，恍听田家妇女，三三五五，于平原绣野、风和日丽中群歌互答，余音袅袅，若远远近，忽断忽续，不知其情之何以移而神之何以旷。则此诗不必细绎而自得其妙焉……知乎此，则可与论诗之旨矣……今世南方妇女登山采茶，结伴讴歌，犹有此遗风云。”[③] 方玉润的聪明之处，在于他懂得“适可而止”：用审美的态度读诗，其实就是要求人在读诗的过程中，不一味地考证诗本事，不一味地去思考诗歌的最终意义，而

---

① （魏）何晏注，（宋）邢昺疏，《十三经注疏》整理委员会整理，李学勤主编：《论语注疏》，北京大学出版社1999年版，第237页。

② 同上书，第154页。

③ （清）方玉润：《诗经原始》，中华书局1986年版，第85页。

是把心思停留在语言绽放之时浮现的“风景”之上，涵咏性情，澡雪精神。

就《芣苢》一诗而言，方玉润获得了审美的愉悦，原因是他懂得在诗的“景”中停留。这是读诗的基本要求，也是写诗的基本要求。一个诗人是否还有审美之心，很大程度上要看，他对自然景观，对日常事物是否还保持着一份凝视的耐心，他是否有能力通过自己的文字，让读者在自己托起的“风景”之上，流连忘返，咏叹不已。至于诗歌最终要表达什么，映射什么，那是言外之致了。如果诗人时时处处站出来，提醒读者、教育读者，那他之所谓写诗，只不过是命题作文，而诗中写景，只不过是道具。

“景兼比兴，无景非诗。”① 托物言志，寓情于景，是比兴的本质。这一点并不难理解，20 世纪 50 年代以来，许多文学作品之中，“托物”都是为了言志，写“景”都是为了寓“情”——物与景，成为抒情言志的艺术道具。从“十七年”时期的杨朔散文到曾经风行一时的余秋雨散文，都有这样一个比兴的意义结构。但是他们忽视的，恰恰是景物产生的独立的审美价值，以及景物与情志之间的自然弥合、自然感应。“写景是诗家大半功夫，非直即眼生心，诗中有画，实比兴不逾于此。”② 虽然比兴强调从景物到情志之间的意义过渡，但是这之间有两个前提：第一，从景物到情志之间的意义过渡必须是来自生命的同情与自然的感应，而不是思想的拔高与观念的统摄，“即眼生心”，眼到心到，讲的就是这个道理。第二，在成型的文本之中，景物本身，具有独立的审美价值，所谓“诗中有画”。而且，这诗中的“画”，在不必征实意义的情况下，也要“自鸣天籁，一片好音，尤足令人低回无限”③。

在 50 年代的文学语境中，诗人普遍对自然事物与日常生活失去了审美的耐心，失去了凝视的平静，一切写景描物，都是为发表颂歌堆积材料而已。鲜有的凝视自然之作，受到嘲讽与批判。1956 年，艾青在内蒙古采风时，写了《小牛犊》《泉》《白杨树》等诗，臧克家评论道：“大草

---

① （清）乔亿：《剑溪说诗又编》，郭绍虞编《清诗话续编》，上海古籍出版社 1983 年版，第 1130 页。

② （清）李重华：《贞一斋诗话》，《清诗话》，上海古籍出版社 1963 年版，第 931 页。

③ （清）方玉润：《诗经原始》，中华书局 1986 年版，第 85 页。

原上的新气象，热火朝天的大建设的动人景色，引不起艾青的诗兴，一棵小树，一股泉水，一个小牛犊倒使他诗兴大作。”[①] 其实，不仅仅是在“十七年”期间，即使在艾青所有时期的创作中，这种淡化时代意义、凝眸于自然的作品，都属于难得的佳作。“五四”以来，在文学作品中，时代意义呼之欲出，现代人，渐渐失去了与自然进行生命感应的审美器官。艾青是个时代的抒情诗人，从这一点讲，他和主流文学是有共通之处的。但是在 1956 年，诗人渐渐跟不上时代的抒情节奏了，最终收留诗人灵魂的，还是自然。这一年，艾青创作的吟咏自然的作品，有《小蓝花》《小牛犊》《小河》《泉》《梨树》《鸽哨》《下雪的早晨》《玉泉山》等，他用田野，蓝天，草原，露水，野花，雪……构建了自己的自然世界，一个淡出于时代的辽阔、温柔、清灵的世界。但是，在时代文学的视野中，这些都是“毫无新意的风景画片”[②]。

1956 年 11 月，艾青写的《下雪的早晨》显得异常幽婉美丽。

雪下着，下着，没有声音，
雪下着，下着，一刻不停，
洁白的雪盖满了院子，
洁白的雪盖满了屋顶，
整个世界多么静，多么静。

看着雪花在飘飞，
我想得很远，很远，
想起夏天的树林，
树林里的早晨，
到处都是露水，
太阳刚刚上升，
一个小孩，赤着脚，
从晨光里走来，
他的脸像一朵鲜花，

① 臧克家：《艾青的近作表现了什么?》，《文艺学习》1957 年第 10 期，第 24 页。
② 同上书，第 22 页。

他的嘴发出低低的歌声，
他的小手拿着一根竹竿，
他仰起小小的头，
那双发亮的眼睛，
透过浓密的树叶，
在寻找知了的声音……

他的另一只小手，
提了一串绿色的东西，
——一根很长的狗尾草，
结了蚂蚱、金甲虫和蜻蜓，
这一切啊，
我都记得很清。

我们很久没有到树林里去了，
那儿早已铺满了落叶，
也不会有什么人影；
但我一直都记着那个小孩，
和他那很轻很轻的歌声，
此刻他不知在哪间小屋里。

看着不停地飘飞的雪花，
或许想到树林里去抛雪球，
或许想到湖上去滑冰，
他决不会知道
有一个人想着他，
就在这个下雪的早晨。①

这首诗歌有两重景致：下雪的早晨，夏天的树林。在这两重景致中，

① 艾青：《下雪的早晨》，《艾青诗全编》中册，人民文学出版社 2003 年版，第 1005、1006 页。

有两个人物：诗人，孩子。这两重景致与两个人物，被一种清亮神秘的光辉联系在一起：诗人有清亮的回忆，孩子有清亮的生命，自然与人，消失与重现，冥想与敞开，时间与美……沉浸在这份清亮的光辉中。这种幸福，对于艾青，对于“十七年”的所有诗人来说，都是一种奢侈的享受。他们去哪里寻找一个“下雪的早晨”，他们的记忆里，如何才能走出一个被自然擦亮的孩子？

1945 年 6 月，在中国共产党第七次全国代表大会上，毛泽东用“愚公移山”的典故，鼓励与会代表。“我们一定要坚持下去，一定要不断地工作，我们也会感动上帝的。这个上帝不是别人，就是全中国的人民大众。全国人民大众一齐起来和我们一道挖掉这两座大山，有什么挖不平呢？”[①] 作为“老三篇”之一的《愚公移山》，在新中国成立后，发挥了巨大的精神力量，尽管在每个阶段，中国人民所移之“山”的名目一直在变，但是受《愚公移山》鼓舞，排除万难战胜一切的革命豪情不变。同时，人与自然的关系、人对自然的态度也发生了变化。在典故中，愚公战胜了太行、王屋二山，但是从本质上而言，并不是愚公战胜了两座大山，而是上帝战胜了两座大山：“帝感其诚，命夸娥氏二子负二山，一厝朔东，一厝雍南。”[②] 所以，与其说是“愚公移山”，不如说是愚公感天动地。上帝是人的力量的化身，也是自然秩序的代言，只有在他的允诺与帮助之下，人才可以实现改变自然的理想。但是，经过毛泽东的创造性诠释，人本身成为上帝。在 50 年代的生产斗争中，人民既是“愚公”，也是“上帝”，自然世界，是最卑微的存在：“天上没有玉皇，/地上没有龙王，/我就是玉皇！/我就是龙王！/喝令三山五岳开道，/我来了！”[③]

“我来了！”在“我”背后，有两种东西。一种是红旗飘飘的时代精神，一种是泥石俱下的民间欲望，它们都急需一个“人定胜天”的艺术文本。对于国家而言，武装革命已经胜利，下一场斗争，将和自然展开。但是自然是一个沉默的、神秘的敌人，他们陷入到无物之阵之中。只有将它实物化，才可以延续枪杆子革命的思维；只有将它形象化，才利于在民众中展开宣传；只有将它妖魔化，才可以唤起敌我决战的激情。然而，对

---

① 毛泽东：《愚公移山》，《毛泽东选集》第三卷，人民出版社 1953 年版，第 1050 页。

② 《列子・汤问》，杨伯峻《列子集释》，中华书局 1979 年版，第 161 页。

③ 《我来了》，郭沫若、周扬主编《红旗歌谣》，人民文学出版社 1979 年版，第 159 页。

于底层社会呢？农民，这个最大的社会群体，他们将在这个盛大的时代文本中，得到什么？

我们常常认为，是意识形态的力量俘获了民歌，其实，这是一场是双赢的艺术合作。甚至，在意识形态方面还没有意识到自己的行为是一种想象、还没有意识到这种决策将导致社会的整体性浮夸时，农民已经知道这是一种虚构，并且自愿地参加到虚构中去。他们愿意为别人提供娱乐，也愿意以娱乐的心态，对待时代政策。

朵朵白云天空飘，
朵朵云上红旗摇，
是不是天兵开了战，
为啥云上红旗飘？

仔细看，仔细瞧，
嘿！社员垦荒在山腰。
头顶兰天手拿镐，
驾着云霞满山跑。

要和神仙比高低，
喊声冲上九重霄。
硬石头上种五谷，
白云上面栽仙桃。

太阳出海大吃惊，
吓得虎狼到处逃。
明天要去闹天宫，
夺取天河浇仙桃。[①]

“大跃进”期间，农民合法地利用了这个长期的“假期”——从事

① 《明天要去闹天宫》，郭沫若、周扬主编《红旗歌谣》，人民文学出版社1979年版，第99、100页。

“艺术”活动，解放自己沉重的肉体，飞翔在神仙出没的灵异世界。在“大跃进”中崛起的“人”，在享受革命浪漫主义遗产的同时，也享受了民间图腾的“篝火之光”：戏谑与颠覆、幽默与狂欢、理想与游戏、粗暴与瑰丽、怪诞与庄严并存，把现实的生产过程演绎成巫术、神话与游戏。上面这首诗，垦荒的现实与上天的幻觉浑然一体，很好地诠释了农民的“艺术”动机：“驾着云霞满山跑”、“白云上面栽仙桃”、“明天要去闹天宫，夺取天河浇仙桃”——在虚拟的场景中，他们成为他们熟悉的话本、舞台、神话中的主人公。他们愿意抓住这个千载难逢的机会，解放自己沉重的肉身，像齐天大圣一样实现自己的神仙梦。而且，因为这是“艺术”，所以投资很小，获利不菲：“一阵锄声卷入云，/惊动天上太白星。”[①] 他们的任务是制造“锄声”，就此一举，已经惊动天庭！这种喜悦让他们乐此不疲。

生活在社会底层的农民，在 1949 年后，成为时代的“主人翁”。但是，这个“主人”只是一种命名，在物质生活不够充裕的时代，他们只能在精神上提前享受这种愉悦。他们有太多被压抑的欲望，需要像“神”一样去挥霍，他们希望像神一样威风八面：“太阳出海大吃惊，吓得虎狼到处逃。”[②]。同时，长期的等级压制，让这种激情焕发时，挟裹着复杂的欲望：“铁镢头，二斤半，/一挖挖到水晶殿。/龙王见了直打颤，/就作揖，就许愿：/‘缴水，缴水，我照办。’”[③] 在现实中，他们是卑微的，在“艺术文本”中，他们超支享受了自己的“权力”：让世界颤栗，让别人驯服，接受别人进贡——像神一样有力，像魔一样恐怖，像官一样威风，他们实现了自己的愿望。生活在社会底层的农民，他们需要的不仅仅是一个“神”，更需要这个“神”让他们自己也成为“神”。“大跃进”给他们成为神的机会，给他们以天地万物为奴的王者体验。在“大跃进”中，他们的对立面只是自然。而到了“文化大革命”的时候，文本体验变成现实体验，主人公从农民扩大到各个阶层受到压抑的人，他们彼此成为对立面，彼此为神、为魔、为官，施展着自己的权威，享受着对方的恐怖。

---

① 《惊动天上太白星》，郭沫若、周扬主编《红旗歌谣》，人民文学出版社 1979 年版，第 116 页。

② 同上。

③ 《一挖挖到水晶殿》，郭沫若、周扬主编《红旗歌谣》，人民文学出版社 1979 年版，第 176 页。

同时，在物质贫乏的时代，人们需要通过想象满足了生命的物质诉求。在新民歌运动中，意识形态提供了浪漫主义，知识分子提供了修辞。而农民，在光滑呆板的时代文本中，凿开裂缝，表达了自己对生命的真实诉求。

月宫装上电话机，
嫦娥悄声问织女：
“听说人间大跃进，
你可有心下凡去？”
织女含笑把话提：
“我和牛郎早商议，
我进纱厂当女工，
他去学开拖拉机。”①

精心的戏剧化场景，有知识分子构思的痕迹；给幽闭很久的仙女“分配”工作，显然是意识形态所为。在意识形态与知识分子合作的文本夹缝里，透露出农民的物质愿望，以及建立在这种物质欲望之上的精神奢求。第一，它满足了人们最朴实的物质幻想——楼上楼下，电灯电话。“月宫装上电话机”、“嫦娥悄声问”，中国农民通过想象，提前享受了科技飞跃、物质丰裕带来的喜悦。第二，剔除意识形态色彩，在这首诗歌的底下，潜伏着一个亲切雅致的日常情景。物质的贫瘠也会带来精神的贫瘠，对于1950年代的中国农民而言，用电话怎样聊天？电话可以聊些什么？这些都是很考验想象力的问题。这首诗写了两个闺中密友聊贴心话的情景，一个问对方对时尚的态度，问对方对将来的打算；另一个表达了她追求时尚的决心，在言及未来时，选择了一种所有女孩子都喜欢的表达方式：顺便炫耀一下自己的爱情。而这种时尚，其实不是热火朝天的生产运动，而是“电话”——这个常在电影中出现的官方、贵族、资产阶级的生活用品无疑成为他们想象的时尚生活的一部分，他们想拥有这种时尚用品，他们想用这种时尚的工具和朋友谈理想、谈爱情……人定胜天是时代

① 《月宫装上电话机》，郭沫若、周扬主编《红旗歌谣》，人民文学出版社1979年版，第121页。

的主旋律，农民可以在“天上”，实现自己的梦想。在主流精神的掩护下，在贫瘠呆板的时代生活中，人们通过想象，窃取了物质幻想也窃取了优雅情调。在热火朝天的《红旗歌谣》中，《月宫装上电话机》明修栈道、暗渡陈仓，偷得一份闺中余香。

时代需要一个“人定胜天”的艺术文本，国家和民众，以各自的方式，享受了艺术的喜悦。

四 “十七年”诗歌中的自然人性

比兴，和人的自然性情有很大的关联。“夫文人学子，比兴寡而直率多，何也？出于情寡而工于词多也。夫途巷蠢蠢之夫，固无文也。乃其讴也，讙也，呻也，吟也，行呫而坐歌，食咄而寝嗟，此唱而彼和，无不有比焉兴焉，无非其情焉，斯足以观义矣。故曰：诗者，天地自然之音也。”①

男女情爱，是人的自然性情。孔子曰：“《诗》三百篇，一言以蔽之，曰：‘思无邪。’”② 但是，《诗经》中偏偏就有不符合“思无邪”的标准的作品，“郑、卫之乐，皆为淫声……卫犹为男悦女之词，而郑皆为女惑男之语；卫人犹多刺讥惩创之意，而郑人几于荡然无复羞愧悔悟之萌”。③“淫奔”之作客观存在，可见即使化《诗》为《经》，也难以掩饰自然人性的流露。

在现代，借着“五四”个性解放的大潮，系统瓦解《诗经》政治说教功能的人是顾颉刚。他的学术路径便是以歌解诗，以自然人情破解圣王贤妃之德。

首先，顾颉刚直接从比兴入手，解除了“兴”身上的“比”的“负担”，真正实现了朱熹的纯形式意义上的“兴”的功能。朱熹虽然在理论上划清了比与兴的界限，但是在具体的解诗过程中，却常常是比兴纠缠，其主要原因是，他心目中总有个诗教的观念存在，所以在解诗时总要把诗

① （明）李梦阳：《诗集自序》，《李空同全集》卷五十，明刻本。

② “思无邪”，包咸注曰：“归于正”，即“《诗》之为体，论功颂德，止僻防邪，大抵归于正，故此一句可当也”。（魏）何晏注，（宋）邢昺疏，《十三经注疏》整理委员会整理，李学勤主编：《论语注疏》，北京大学出版社 1999 年版，第 14、15 页。

③ （宋）朱熹：《诗集传·郑风》，朱杰人、严佐之、刘永翔主编《朱子全书》，上海古籍出版社、安徽教育出版社 2010 年版，第 480 页。

意引渡到这方面去。这样一来，“兴”自然不得不“比”了。顾颉刚把《诗经》看成民歌[①]，进而结合现存的民歌，揭示了兴的纯形式意义：“在苏州的唱本中，有两句话写尽了歌者的苦闷和起兴的需要：‘山歌好唱起头难，起仔头来便不难。’”[②] 这样一来，兴就只是唱歌的“起头”了，与意义无涉。

其次，在解除了比兴附会的说教内容之后，极力还原诗歌包含的人性内容。“郑康成实在是汉代第一个老学究，他因为《周南》是文王之化，《关雎》尤为圣门最称道者，必须使得他庄严神圣。故说采荇菜为事宗庙；说好逑为和好众妾；说辗转反侧为求贤女同采荇菜；说雎鸠之德致于君臣敬、朝廷正、王化成。好好一首乐而不淫的情诗，却被他附会做了后妃进贤的妇德诗。实在可笑。”[③] 仅仅证明“乐而不淫”的情诗存在于《诗经》，顾颉刚似乎还不满意，他也要为“乐”并且可以“淫”的诗争取个位置。在解读《野有死麕》时，他实现了自己的意图。他把“舒而脱脱兮，无感我帨兮，无使尨也吠”解释为：“‘你慢慢儿的来，不要摇动我身上挂的东西，不要使得狗叫。’这明明是一个女子为要得到性的满足，对于异性说出的恳挚的叮嘱。”[④]

但是，所谓文明者，意味着人的自然属性，只有经过卫生化处理之后，才可以进入学术、文学的文本。这一点，虽在“五四”，也不能免俗。顾颉刚把自己对《野有死麕》的看法与胡适交流，胡适回信说：“‘性的满足’一个名词，在此尽可不用，只说那女子接受了那男子的爱情，约他来相会，就够了。”[⑤] 学术著作应该避免含糊表达，用胡适的表达方式，顾颉刚的新“发现”也就一团含糊了。一团含糊是所有禁忌时代惯用的表现手法，在《百花齐放》附注中，郭沫若注释“圣玛利亚”：“是耶稣的母亲，据说她没有结婚便生下了耶稣。”[⑥] 经郭沫若这么一表

① 顾颉刚：《传说中的诗人与诗本事》，《古史辨》第三册，上海古籍出版社 1982 年版，第 312 页。

② 顾颉刚：《起兴》，《古史辨》第三册，上海古籍出版社 1982 年版，第 677 页。

③ 顾颉刚：《顾颉刚日记》第一卷，台湾联经出版事业股份有限公司 2007 年版，第 63 页。

④ 顾颉刚：《野有死麕》，《古史辨》第三册，上海古籍出版社 1982 年版，第 440 页。

⑤ 胡适：《论〈野有死麕〉书》，《古史辨》第三册，上海古籍出版社 1982 年版，第 442 页。

⑥ 郭沫若：《百花齐放》，上海文艺出版社 1959 年版，第 206 页。

达，神子耶稣平白无故地就成为私生子了，而他的母亲，在私生活上似乎很不检点。

性禁忌，在“十七年”文学中更加严重，这为爱情的书写设置了难题。在时代语境中，爱情表达，面临着三种情况。

1. 作为奖品的爱情。

在诗歌中，女人失去了性别表达、性情表达的机会，她们成为时代精神的发声器官，她们成为时代考核男子的政治标准，她们的爱情——成为一个奖品：奖给那些积极上进的男青年。

闻捷最先取得了表达爱情的通行证，他的《种瓜姑娘》，堪称新时代的传奇，有此类传奇千篇一律的书写模式。它仿写和改造了古代传奇中百写不厌的事件：招亲与求爱。

女主角艳绝千里，声名远扬：“东湖瓜甜百里香，/东湖瓜名扬全疆，/那里有个种瓜的姑娘，/姑娘的名字比瓜香。/”[①] 传说在一个遥远的地方，有一个美丽姑娘，这是爱情传奇一般的开头模式——从传闻入手，先写她的名气。闻捷延续了这种书写方式，不过在传统文本中，这个姑娘一般是仙女、公主、或歌女。在闻捷的诗歌中，她美丽，是因为劳动者最美，这是改写。在写了女子的名气之后就要推进镜头，对女子进行容貌描绘，在古代传奇一般都是虚写，借花花草草对女子的体貌进行比喻。闻捷延续了这种写法，不过瓜田里的仙子，全身上下都是“瓜”的样子：眼珠像瓜子，脸蛋像瓜瓤，“两根辫子长又长，/好像瓜蔓蔓拖地上。”[②]

求爱者蜂拥而至——这是传统爱情传奇的“仪式”：这个仪式要把女主角推到最高点，在万众瞩目中宣读自己的爱情宣言。最终，“王子”、“才子”或者“英雄”留下，更多的人只能充当群众演员。在《种瓜姑娘》中，这种“蓄势”的艺术策略得到很好的运用：经过瓜田的男青年都央求她摘个瓜尝尝，“瓜子吐在手心上，/带回家去种在心坎上。”[③] 求爱的情歌“在天山南北飞翔”。[④]

女子宣布择偶标准，这是此类传奇的高潮。《种瓜姑娘》的宣言是：

---

① 闻捷：《种瓜姑娘》，《天山牧歌》，作家出版社 1956 年版，第 38 页。

② 同上。

③ 同上书，第 38、39 页。

④ 同上书，第 39 页。

“枣儿汗愿意满足你的愿望，/感谢你火样激情的歌唱；/可是，要我嫁给你吗？/你衣襟上少着一枚奖章。”[①] 有意思的是在故事的结尾，“王子”、“才子”或“英雄”并没有出现，因为“他”不需要出现，“他”不再是“王子”、“才子”和“英雄”——这些靠个人身世、才华和武功卓然独立于大众之外的人，早已经随着帝王将相、才子佳人、仙子剑客的背影退出历史舞台，新时代的男主角是失去个人气质与个性光环的人，是时代的化身。《种瓜姑娘》戛然而止，把荷尔蒙旺盛的男人赶到生产斗争的第一线，而把等待爱情的女人，钉在了论功行赏的记录簿上。时代促成了闻捷“爱情+奖章”的诗歌模式，时代把这种模式广泛推广开来。《红旗歌谣》中有这样的诗句：“尽管你把口弦吹得再响，/姑娘的心呵，一点也不变样；/生产大跃进中你得了第一，/我的荷包自然送上。”[②]

同时，在时代风尚中，“奖品”可不愿意仅仅站在表彰大会的领奖台上向男人发出召唤。她们也要奔赴生产第一线，以自己的行为，为男人们制造压力、提供动力。在闻捷的《金色的麦田中》，女主人公愿意和男主人公一起进步，她希望男子成为生产队长，而她自己，要成为青年团员[③]。革命第一，爱情第二：“封不好山不出嫁，/治不服水不出庄！/青山绿水当花轿，/满山花果当嫁妆。”[④] 女子堪比须眉，男人们怎能在爱情中浪费精力呢？

2. 比喻中进行的爱情

人们广泛运用比喻，不仅仅是出于修辞的需要。在很多情况下，诗人通过它的伪装，突破了话语禁忌。就“十七年”诗歌而言，通过比喻，人们获得了表达爱情的机会。有两种比喻的方式。

第一种方式是，把爱情作为时代精神的喻体。

“古人作诗，取在兴象，男女以寓忠爱，怨诽无妨贞正，故《国风》可录，而《离骚》经辞乃称不淫不乱……”[⑤] 但是，这不是说中国人没有

---

① 闻捷：《种瓜姑娘》，《天山牧歌》，作家出版社1956年版，第39页。

② 《口弦吹得再响也无用》，郭沫若、周扬主编《红旗歌谣》，人民文学出版社1979年版，第132页。

③ 闻捷：《金色的麦田》，《天山牧歌》，作家出版社1956年版，第35页。

④ 《问姑娘》，郭沫若、周扬主编《红旗歌谣》，人民文学出版社1979年版，第134页。

⑤ （清）毛先舒：《诗辩坻》卷一，郭绍虞编《清诗话续编》，上海古籍出版社1983年版，第8、9页。

爱情的表达。中国人的爱情，是在比喻中进行的。我们很难分辨，在古代，到底是“男女以寓忠爱”还是“忠爱以寓男女”。很有可能，当一个男人在对皇权信誓旦旦时，他其实变相地满足了心中的爱情诉求，向皇帝表忠心成为假动作，借此机会，他在文本中尽情宣泄了他对爱情的欲望。白居易以风雅比兴、讽喻时事为写作准则，但是在《长恨歌》中，“重色思倾国”仅仅是个帽子，帽子之下，是风流才子对爱情的幻想。一样的道理，“十七年”诗歌中，在对太阳、对大好河山、对建设场面的咏叹中，诗人变相地满足了爱情的渴望。是爱情，让正襟危坐的政治抒情变得情意缠绵、活泼可爱：“荒山穿起花衣裳，/变成一个美姑娘，/白云看见不想走，/整天缠绕在身旁。”[①] 在新民歌中，这首歌堪称典范之作。第一，用爱情的场景比喻生产斗争的胜利；第二，在政治抒情中，爱情获得了变相的满足；第三，在变相满足爱情的时候，不逾矩不越轨。

为什么说《白云看见不想走》在变相地表达爱情时不逾矩不越轨呢？因为，这种比喻中进行的爱情是卫生的。作为“爱情”的当事人，“荒山”和“白云”，它们没有发生身体的接触行为。如果在比喻中，作为喻体，它们之间发生接触，叫人产生肉体的联想，那这种“爱情”会被叫停。邵荃麟讲到这样一件事，“有人把‘人民文学’二月号上的‘农村四首’念给农民听，其中有一首叫‘给一条河’，中间有这样几句：‘呵，我多想抱起你/抱起你，紧紧地亲你/因为我们寻求你，呼唤你/已经多少个世纪’……农民们听不懂，其中有一个青年妇女听懂了，她的反映却说‘臊死了！’”[②]。邵荃麟借群众之口，否定了这个比喻。原因是这个比喻太“臊”了。现在看来，《诗经》也很“臊”，解经的策略是通过比兴的意义转换，从“臊”中读出正经的东西来。50年代以后，对文字的卫生化要求提高了，即使诗人自己在文本中安装了比兴转换的按钮，评判者也没有兴趣去按这个按钮，因为作为喻体，它们也必须是纯洁的。

第二种方式是用其他事物来比喻爱情。借物寓意，借花草树木的形象表达爱情，是诗歌的惯用手法。在诗歌《傣村夜曲》中，丁芒延续了这种方式。

---

① 《白云看见不想走》，郭沫若、周扬主编《红旗歌谣》，人民文学出版社1979年版，第210页。

② 邵荃麟：《门外谈诗》，《诗刊》1958年4月号，第8页。

含羞草的叶子合拢了，
吮吸甜蜜的露珠。
姑娘避开深情的目光，
用头巾把嘴唇遮住……①

倦舞的人们悄然四散，
去寻找竹影花丛。②

藤萝把篱树缠裹，
袅娜的茎须轻轻颤动……③

1960年1月，《诗刊》发表了王澍和易莎的文章，主要评论丁芒的诗集《快乐的阳光》。作者认为，作者借物寓意，借花草树木的形象表达爱情，本无可厚非，但这是怎样的爱情呢？“这不是真正生活的真实，这不过是作者在那儿宣泄自己的低级趣味罢了。诗里所描写的难道还不露骨么？在‘竹影花丛’里，那些‘倦舞的人们悄然四散’干什么去了呢？作者的回答是：‘藤萝把篱树缠裹，袅娜的茎须轻轻颤动。’”④ 禁欲时代，人们的“窥视”心理与色情的想象力只会更加发达，从“悄然四散”马上想到“藤萝”和“篱树”的亲近，作者的“破案”能力在此可见一斑。毋庸讳言，这首诗歌存在着性暗示，但是这种暗示和中国传统的情色小说中的性隐喻还是有区别的。整体而言，飞扬的人性只是像“含羞草”一样分散、隐秘地点染在阳光明媚的生活场景中的，其本身并不是诗歌的主体，远远没有达到“露骨”的程度。旧情色小说把所有的性暗示意象集中在一处，在具体的情节语境中暗示性行为的进行。与之相比，丁芒的描写还是很有分寸的，整体的人性的活泼淡化了具体的性隐喻。但是，本文作者的批评也是“合理”的，因为这些人性的内容——即使是含羞隐

① 丁芒：《傣村夜曲·会见》，《欢乐的阳光》，新文艺出版社（上海）1957年版，第33页。

② 同上。

③ 同上书，第34页。

④ 王澍、易莎：《庸俗的感情，阴暗的心灵——谈丁芒同志的诗》，《诗刊》1960年1月号，第80页。

现的人性内容，不是“真正生活的真实”。“真正生活的真实”是典型环境中典型人物的活动，在“十七年”文学中，所谓典型环境，意味着照耀着文本的，不是自然的人性的光芒，而是时代精神；所谓典型人物，就是代表时代精神的先进人物，他们是完全摆脱“低级趣味”的人。

在指出丁芒的“低级趣味”之后，该文作者提出了一个至关重要的问题：比喻资源的分配、比喻权力的争夺。作者说：“在他的黄色眼镜的透视下，连含羞草和藤萝树这些本来优美、宁静的景物也成为充满低级趣味的了。”[①] 同时作者指出，诗人用“乳头”比喻“洱海云雾”、“妖冶风骚”的女子比喻“高山”，都是用“他庸俗、苍白的感情来糟蹋祖国的大好河山”。[②] 一言以蔽之，该文作者指出了一个时代的文学命题：自然景物可不可以用来比喻性爱，人的身体可不可以用来比喻自然景物？作为文学世界的公共资源，自然景物面临着重新分配的问题，谁有权力占有它们，支配它们？一边是国家，一边是个体，一边是时代精神，一边是人性欲望，一边是上半身的崇高，一边是下半身的卑贱……这两方面斗争，谁胜谁负？答案没有任何悬念——作者的判决是：诗人糟蹋了祖国的大好河山。当自然景物成为祖国的大好河山时，它们便不能再被诗人染指——用它来比喻卑微的人性欲望。在“十七年”文学中，自然景物列队整齐，时刻准备着，把自己的比喻之躯，奉献到宏大壮观的国家抒情中去；而在阴暗的角落里，见月伤心的传统文人，仓皇失措的小资产阶级，守着心中微弱的人性光芒，向“踏上征程”的自然景物，伸出卑贱的双手，索要一份比喻的权力。

身体，是人在世界上，最后可以留恋的“自然”。当身体的表达成为禁忌，诗人们有“天赋”通过比喻缅怀自己的身体欲望。而那些没有比喻才能的人呢？他们可以守卫自己的身体之美吗？

头发梳得光，
脸上搽得香，
只因不生产，

① 王澍、易莎：《庸俗的感情，阴暗的心灵——谈丁芒同志的诗》，《诗刊》1960 年 1 月号，第 80 页。

② 同上。

人人说她脏。[1]

在《人人说她脏》中，这位女子因为追求身体之美而受到嘲讽，这样的场景还出现在小说《小二黑结婚》里。当刘仙姑用黑布裹住自己的头，用粉擦白自己的脸时，她希望留住自己凋零的青春，她在祭奠年轻的肉体给予自己的美丽。但是，群众，以及她的创造者赵树理，都站在审判她的门外，无情地嘲笑了她。上面这首诗的主人公，显然比刘仙姑年轻，梳头、搽粉——她所做的，只不过是为了让自己的身体更加美丽。她和刘仙姑一样，被时代遗弃。

3. 当爱情遇到革命

自革命以来，爱情一直在寻找着与革命和谐相处的方式。30 年代"革命+恋爱"的小说，就是作家对这种相处方式的实验。1957 年，郭小川写《白雪的赞歌》，可以看成是这种愿望的延续。

这首诗歌讲了这样一个故事，女主人公于植的丈夫在战争中被敌军俘虏，下落不明。在此期间，她的孩子病了，她与医生产生了感情。他们陷入到激烈的思想斗争中，这时候，丈夫回来了。也正好是在这个时候，女主人公与医生用理性战胜情感，用革命友谊代替了男女爱情。女主人公在丈夫的感化与教诲之下，感情更加纯洁，思想更加明朗。雪过天晴，于植和丈夫到外边散步，太阳下的白雪，激起于植和她丈夫的诗情，他们夫妻搭档，完成了一个比喻：

女主人公说："今天的雪格外叫人喜爱，也可以说是我们的生活的象征吧，因为我们的感情跟雪一样洁白。"[2]

男主人公说："不仅要像雪那样洁白，而且要像雪那样丰富又多彩！"[3]

郭小川企图用这个比喻照亮文本中的暧昧地带，使诗歌的意义最终能为时代精神服务。在女主人公经历过的感情风暴之后，以"洁白的雪"表明内心，显然带有忏悔的意味，同时，也是对婚姻对革命的宣誓仪式，

① 《人人说她脏》，郭沫若、周扬主编《红旗歌谣》，人民文学出版社 1979 年版，第 142 页。

② 郭小川：《白雪的赞歌》：《诗刊》1957 年 12 月号，第 30 页。

③ 同上书，第 31 页。

要对丈夫——对党的战士，保持灵魂的忠贞。而他的丈夫的话，“像雪一样丰富多彩”，应该指的是更“广大的爱”——对人民对党的热爱，“我想明天就向组织上请示，让我马上回到前方去”①。

可是，这注定成为一个极“不恰当”的比喻。这个“不恰当”的比喻高悬在文本深处，像月亮代替太阳一样，使整个文本笼罩着一种暧昧、迷离的光芒。月移花影，意义含混，令人浮想联翩。最终，“洁白”的雪无法保持洁白，而丰富多彩的雪，用它与生俱来的丰富多彩，背叛了郭小川刻意安排的“丰富多彩”。

女主人公似乎“洁白”得并不彻底，从始至终，她都无法抑制内心的波澜，并不是一个符合时代要求的革命者的妻子。年轻的气质忧郁的医生，掀起了女主人公的内心波澜，她用一只手理性地推开迎面而来的感情风暴，而另一只手，却长久地停在波澜隐去的空中，在寂寞的空气中触摸着没有褪尽的湿润，似乎在挽留、在召唤……

医生在临别时留下一封信：“亲爱的同志，你好！我已经带着医疗队来到了前线。从此，我永远斩断我可耻的思想，抹去我最后见面时无声的语言。”② 医生，一个革命的同路人，能够用革命的道德为爱情判刑，而女主人公——革命者的妻子，却无法掩饰自己的彷徨，她说：

> 医生，你是我的最好的同志和朋友，
> 对于你，我永远怀着尊敬和歉疚，
> 即使你是热心地爱着我，
> 但，爱的人为什么一定要占有！③

“同志和朋友”——这个称谓暴露了女主人公的心理矛盾：用“同志”关闭爱情的大门，用“朋友”，为这扇门留出一个缝隙。因为做“同志”的话，二人之间只有革命者的友谊，而“朋友”，却可以保持心照不宣的爱情。“对于你，我永远怀着尊敬和歉疚”：尊敬可以理解，这是一个革命者对革命同路人的姿态，谦逊的同时还有客气，而“歉疚”从何

① 郭小川：《白雪的赞歌》，《诗刊》1957年12月号，第31页。

② 同上书，第24页。

③ 同上书，第25页。

而来？“歉疚”是希望给予对方什么东西，而最终没有给予，女主人公希望给对方什么呢？是爱情吗？这里明显存在着“恨不相逢未嫁时”的味道；“即使你是热心地爱着我，但，爱的人为什么一定要占有！”两情若是久长时，又岂在朝朝暮暮……如果相爱，不一定非要结婚……自古以来，从传奇小说到影视屏幕，恋爱中的男女频繁运用这个句式，这是他们面对悲剧结局时，唯一自我勉励的方式，也是他们超越时空，把现实爱情转变成柏拉图式爱情的方式。爱情中不能结合的男女，用这个句式，为现实爱情画上句号，同时为精神恋爱打开大门——“藕”虽然断了，却找到了永远联系在一起的“丝”。女主人公是典型的藕断丝连，她甚至责备医生的无情：“朋友，你的错误是你的信件，世界上有许多事情本就不该说穿。”[1] 说穿了，就没有了，就意味着在男女之间，摆明了一个非此即彼的选择，而女主人公，不愿意面对这个选择。她更愿意将虚弱的情感，安置在暧昧的地带，她害怕阳光，拒绝明朗。

奥德修纪归来，用刀箭击败了妻子的追求者。革命者归来，用一场洁白的雪，击败了妻子心中的魔鬼。女主人公终于恢复了内心的平静，睹物思情，“洁白的雪”正当其时：

> 我的话被热情推拥着说了出来：
> “今天的白雪格外叫人喜爱，
> 也可以说是我们的生活的象征吧，
> 因为我们的感情跟雪一样洁白。”[2]

她似乎想用一场大雪，覆盖自己内心无法平息的波澜。但是，她做到了吗？以雪明志之后，她说：“……这个医生真是好同志，我们一向得到他极大的支持，他呀，实在没有什么私心。怀抱着的是革命的人道主义……”[3]但是，连她自己也不明白，自己为什么要为医生辩解，“我为什么要把医生提起，连我自己也感到几分惊奇”。[4] 雪色掩映之下，不知道

① 郭小川：《白雪的赞歌》，《诗刊》1957年12月号，第25页。
② 同上书，第30页。
③ 同上书，第31页。
④ 同上。

女主人公是在为曾经内心的出轨而感到不安，还是因为雪色媚人，禁不住偷偷品尝了一口心中封藏的甜酒。

女主人公的内心世界如此“丰富多彩”，评论界非常不满。“真是不可理解，于植何以要在同志的关系上披一件温情脉脉、含含糊糊、朦朦胧胧的虚伪纱幕呢?”[①]“即使你是热心地爱着我吧，/但，爱的人为什么一定要占有!”——针对于植的心理，作者评道：“这是一种什么样的爱情哲学！一面是拒绝，一面又是含糊的保留，我们不想妄加推测，让读者来下结论吧……于植哪里还有一点党性！倒有些像玩弄权术的多情小姐。”[②]在爱情缺席、婚姻政治化的时代语境中，作为党内人员——女主人公和郭小川本人，他们从始至终都在玩弄“权术”——他们最大限度地利用了语言的修辞权力，在隐蔽的话语缝隙中充分挖掘了语义的剩余价值，以此来兑换爱情表达的机会。

郭小川安排的情节也成为一个大问题，臧克家说：“我们真担心医生那次的夜晚叩门，如果他送来的不是于植爱人生而是死亡的消息，那结果将会如何呢?”[③] 可以顺着臧克家的思路再问一个问题：革命者死了，他的女人可以改嫁吗？应该是可以的，在《青春之歌》中，卢嘉川死后，林道静嫁给了江华。时代容许林道静改嫁，这是因为卢嘉川和江华，是同一精神的两个肉身——他们都代表了最先进的阶级，是党的化身，在此条件下，爱情转移是合法的。林道静改嫁了，但是她没有动摇；而于植，虽然她最终回到丈夫身边，但她是不可饶恕的，因为她动摇了——他爱过的人无法成为丈夫的替身。动摇的女人，是不可以“跟雪花一样洁白”的。

在《白雪的赞歌》中，有一个意义进行的内在结构：第一个层次是丰富多彩的自然人性和个人感情；第二个层次是时代精神对自然人性、个人感情的规训，所谓像雪花一样“洁白”；第三个层次是自然人性、个人感情在经过革命改造之后，自觉地以牺牲为荣，享受到更高级的快乐——所谓阳光照耀下，雪花更加“丰富多彩”。在这三个层次中，核心环节是第二个层次，第二个层次是否能够实现，取决于第三个层次对第一个层次

---

① 殷晋培：《唱什么样的赞歌？——评〈白雪的赞歌〉中于植的形象》，《诗刊》1960 年第 1 期，第 87 页。

② 同上书，第 88 页。

③ 臧克家：《郭小川同志的两篇长诗》，《人民文学》1958 年第 3 期，第 117 页。

的斗争：革命的乌托邦是否能够战胜人性的欲望？在这个关键的战场上，女主人公和作者都失败了，而这种意外的失败，却体现了诗歌的胜利、人性与个体的胜利。

这种胜利让第三个层次的“丰富多彩”黯然失色，而让第一个层次的丰富多彩熠熠生辉。一次是意外，两次呢？三次呢？屡次呢？郭小川在50年代的诗歌战场上屡屡失败，表现出他对第一个层次的痴迷，他的主人公可以在革命的征程中绝望（《深深的山谷》）；他的主人公可以在人定胜天的时代对天兴叹（《望星空》）；他的革命者还要遭遇革命的误解（《一个和八个》）……那么，很自然，他的女主人公也可以在革命者失踪之后，偷食爱的禁果。在《白雪的赞歌》中，战士郭小川成为“将军”郭小川——他在自己的疆土上，给每个人一次胜利的机会：在诗歌结束时，他让革命者奇迹般地复活，是为了让意识形态获得最后的胜利，不管是男人奥德修纪，还是革命者奥德修纪，都必须回家，传统的道德伦理与革命的意识形态，都不容许别人侵犯他的财产——这份财产中最具象征意义的就是女人；但是，在诗歌开始时，借着艺术的理由，郭小川有权力制造一次神秘的失踪，他成功地“绑架”了革命者。因为只有革命者“失踪”了，爱情才有机会胜利，革命者的妻子才有机会，品尝小资产阶级的甜酒。果然，革命者刚一失踪，他的妻子就爆发出强烈的爱情能量：“风雪呵，你不要把我的爱情耗损，我要将它像大雪那样厚厚积存，当我带着孩子跟他重新相见时，会像滚滚江河冲击他的周身。”[①] 这是一个事实，革命在场的时候，“滚滚江河”般的爱情是没有表达机会的，只有在革命“失踪”之后，才可以在它腾出来的空地上，用想象，为“他”重塑一个活生生的肉身，和“他”交换爱情“冲击”的热量。如果它在场，它回来了，他就会再一次失去肉身，成为一个象征，成为一个乌托邦。最终，它回来了，他也回来了，他“轻轻地把我的头扭过来”——“轻轻地”，是丈夫的、温柔的动作幅度，在这种让人陶醉的动作幅度里面，蕴藏着一种不容置疑的、爆发着阳刚美学的、带着粗野诱惑的革命力量——“扭”，必须把“她”的头从一个世界“扭”到另一个世界，一个“洁白”之上的更加“丰富多彩”的世界，他说：

---

① 郭小川：《白雪的赞歌》，《诗刊》1957年12月号，第4页。

你看呀，雪花有六个瓣，
它在阳光下显得多么灿烂！
黄的、红的、绿的、紫的，
什么花朵能有这样好看？①

当郭小川安排他的革命者说出这段话时，他应该想到，就在半年前，一篇受到批判的文章中引用了这样的话：“你们赞美自然界那种悦人的千变万化，那种无穷无尽的宝藏。你们不要求玫瑰花和紫罗兰发出同样地香气，但是，一切中最丰富的东西——精神，却只准生存在一个形式里？……太阳映照着每一滴露珠，都闪耀着无穷无尽的色彩，但是，精神的太阳可以照徹这样多不同的人与物，而它只准许产生一种色彩，官方色彩。”②

① 郭小川：《白雪的赞歌》，《诗刊》1957年12月号，第31页。
② 李白凤：《写给诗人们底公开信》，《人民文学》1957年7月号，第68页。

第三章

朦胧诗与比兴研究

第一节　最后的“诗谏”

长期以来，人们认为新时期的开始，就是回归“五四”。这是一个认识的误区，是典型的粗线条的历史陈述。在70年代末到80年代初，人们反思“文化大革命”的话语方式，一部分来自“文化大革命”本身——群众与知识分子把曾经批判刘少奇、批判林彪的语言转移到“四人帮”名下；一部分来自“十七年”、来自传统文化——群众与知识分子在反思“文化大革命”时，延续了“十七年”时期美刺讽谏的话语方式；只有很少的一部分来自“五四”，但是这种个人至上的思想在当时根本没有得到完全的发展，只有依附、收编于前两种话语体系中，它才可以获得言说的合法性。历史转型期，改革是现实需要，稳定是政治需要。在这两重需求之下，诗人们纷纷以诗为谏，延续美刺讽谏的话语方式。但是，这注定是最后的“诗谏”：从社会层面来看，国家逐渐告别频繁的政治运动，走上现代化建设的轨道；从诗歌的发展来看，新一代诗歌——“朦胧诗”的兴起，表明诗人主动摆脱了“谏者”的角色，以个体的立场介入现实。

一　“诗谏”的发生——悼贤臣、清君侧

“十七年”时期乍暖还寒的政治气候，让当代特色的美刺讽谏处于未歌先敛、欲说还羞的姿态。“文化大革命”结束，正是这种话语方式爆发的最佳时机。这种话语方式真正展开，必须依赖一种稳定和谐的话语秩序。这种秩序由三个因素组成：官方，知识分子和民众。同时，这三方面还要达到一定程度的平衡：民众——在社会基层，推动着时代的走向；知识分子把握了跃动的脉搏，把这种时代动向形象化，理论化，为官方提供

参考信息；官方意识到这些问题，在政治政策层面做出调整与改革。反之亦然，官方意识到大量的社会问题，在奏响旋律、控制节奏的同时，给予知识分子与民众开阔的言论空间。在“十七年”时期，政治政策变动太频繁，知识分子始终无法准确把握自己的言说内容、言说姿态，到了“文化大革命”，基本上处于失语状态；而民众，长期以来，置身于敌我对立的虚拟斗争中，现实的生活苦难是被遮蔽的。“文化大革命”结束后，官方要对“文化大革命”进行反思；长期被批判被压抑的知识分子，以“归来者”的姿态重新找到了自己的表达空间；民众积郁了太多的痛苦，需要找到宣泄的渠道与解决的方案。这三方面，在特定的历史时期，达成共鸣。

在这个话语空间中，诗歌具有得天独厚的优势：迅速地集结时代信息，迅速地传播时代信息。诗歌的创作者，民间的知识分子与体制内知识分子，被推到时代舞台的中央：一方面，以诗为“谏”，反映民间呼声，为政治变革提供灵感；一方面，适应政治需要，引导民间舆论。他们的话语方式，外壳是“十七年”时期培养的革命话语，内核是传统的美刺讽谏。

1976年，周恩来逝世。周恩来，以其一贯正直、敬业、亲民的形象深入人心。巨星陨落，万民悲泣。纵观周之一生，“始终为争取政权的威信而永存/执行权力而从不为权力的化身”①，“平静、完美、大度、无私/从不争夺，只是给予/这就是他和大地共同的真理”②，这是诗人蔡其矫笔下的周恩来——诗人心中的马克思主义者。但是，不管是民众，还是知识分子，大多数人都没有达到这样的认识高度。更普遍的认识是，把周恩来看作贤臣，看作为领袖和民众分忧解难的宰相。现在，贤相离去，围绕在领袖周围的是逆臣贼子，他们为领袖担忧，为领袖看不见人民的苦难而恐惧。“悼贤臣”、“清君侧”、拥护领袖——以诗为“谏”，成为周恩来逝世后，诗歌的主要内容。

1976年3月底，首都民众聚集到天安门广场，悼念周恩来，声讨“四人帮”。4月4日、5日，运动达到高潮。这次事件，是群众自发的行动，是典型的万民谏。作为民众中的特殊群体，知识分子在这次事件中起到独特的作用。他们记录歌谣、创作诗歌、分析宣传政治动态。到1978

① 蔡其矫：《泪洒大地》，《诗刊》1979年2月号，第34页。

② 同上。

年，官方为这次事件平反的时候，他们配合政治形势，总结升华了这次事件的历史意义与政治意义。《天安门诗抄》，成为最具代表性的历史文献：民间创作，知识分子整理、华国锋题签。现在，以《天安门诗抄》为例，分析这个时期诗歌的话语方式。

自从盘古开天地，
三皇五帝至于今，
谁见宰相平民爱，
唯独总理第一人。[①]

自古多少将相才，
何足与您论贤愚。
诸葛只争刘家地，
天祥却为半壁山，
怎比你，
紧随导师拯斯民，
踏遍五洲四海，崇岭高山。[②]

革命伦理与传统的君臣伦理相结合，给予了周恩来“一人之下、万人之上”的高度。这是最恰当的高度，“一人之下”，象征忠诚；“万人之上”，成为偶像。在“一人”与“万人”之间，周恩来成为最光明最温暖的联系，而周恩来的离开，意味着这种联系中断——“顶天柱折普天恸，此悲难收九州同”。[③] 乌云蔽日，佞臣乱世，群众向离去的总理哭诉：“他们背着毛主席要两面派，传达毛主席指示断章取义，对广大人民群众掩掩盖盖，对几位老帅造谣生事，歪曲事实，大帽子往头上戴，目的是：一个一个全打到，架空毛主席，以便在中国复辟资本主义。”[④] 声讨“四人帮”，在保卫领袖，悼念忠良的情境中展开了，情真意切，凄凉而悲壮：

① 童怀周编：《天安门诗抄》，人民文学出版社 1978 年版，第 30 页。

② 同上书，第 209 页。

③ 同上书，第 26 页。

④ 同上书，第 353、354 页。

总理是我慈父亲
叫我不祭难！难！难！
横眉冷对狗男女，
再敢放屁污苍天！
要杀就杀，
要砍就砍，
断头犹如风吹帽，
拼将丹心献父前，
自心多安然。[①]

另外，奸臣的形象塑造，也受到传统观念的影响。娥眉不肯让人，让人把江青同历史上包藏祸心、窥窃神器的女政治野心家联系起来——“牝鸡司晨混晓明”[②]，这里有传统观念中对女人专权的警惕。“杨花开过青蒿出，苍天从来不糊涂。忽然一阵无情火，骄杨耸立青蒿枯。”[③] 把杨开慧与江青蒙太奇链接，在女人之间展开对比，贤良与奸恶、本分与野心愈见清晰，怀念与鄙视断然分明。除了政治野心，江青在演艺界的经历，也是民间与官方厌恶江青的原因之一。30 年代，江青是上海滩的歌手与演员。身份改变后，她最不愿意让人知道的，就是这段历史，“文化大革命”发生之初，曾派人到上海逮捕了一部分知情人士，抄了他们的家。“文化大革命”期间，冒着危险，田家英一直收藏着一张 30 年代上海百代公司灌制的江青的唱片，作为历史的见证。[④] 而在民间，这种信息最容易流传，在天安门诗歌中，这段历史再次被挖了出来：“今日登台何‘英雄’？三十年前剧明星。企图翻天兴风浪，千钧痛打白骨精。”[⑤] 优伶乱政，所以要揭穿江青的“戏子”身份，狐媚惑主，所以喻之为白骨精。这是传统的政治经验，也是男人的政治经验，有中国特色的文化色彩。

同时，在这次诗歌运动中，传统的“风刺”技巧，也被娴熟地运用

① 童怀周编：《天安门诗抄》，人民文学出版社 1978 年版，第 253 页。

② 同上书，第 97 页。

③ 同上书，第 49 页。

④ 陈烈：《江青和她的〈王老五〉》，《田家英与小莽苍苍斋》（增订本），生活·读书·新知三联书店 2011 年版，第 132 页。

⑤ 童怀周编：《天安门诗抄》，人民文学出版社 1978 年版，第 45 页。

起来：

黄浦江上有座桥，
江桥腐朽已动摇。
江桥摇，
眼看要垮掉；
请指示，
是拆还是烧？①

在这首《向总理请示》的诗歌中，很好地运用了谐音讽喻的技巧，在《天安门诗抄》中，“江桥摇”的景致多处出现，喻指影射“四人帮”集团。在“文化大革命”末期，民众和知识分子，有效地运用了传统话语方式，参与国家政治事件。从修辞到观念，中国民众和知识分子对比兴、讽谏之术，娴熟于心。

1976年4月5日的抗议行为，被判定为“反革命事件”②。1976年10月6日，中共中央隔离审查“四人帮”，揭批“四人帮”的运动全面展开。“文化大革命”后期，“四人帮”肆无忌惮的行为导致了“四五”运动的发生，那么，逮捕“四人帮”之后，怎样看待“四五”运动呢？很显然，当时的一切，还在坚持“文化大革命”的政策框架内进行，而悼念总理、声讨“四人帮”的行为，和民间支持邓小平、反对冤假错案、厌倦阶级斗争的心理有关，在这种情况下，为“四五”运动翻案是不可能的。1976年12月5日，中共中央发出通知，允许为“纯属反对四人帮”的人翻案，“凡不是纯属反对四人帮而有反对伟大领袖毛主席、反对党中央、反对无产阶级文化大革命或其他反革命罪行的人，绝不允许翻案。”③ 所有这些，都表明，国家的“理”和“礼”，都还没有回到正常轨道上来。讽谏美刺的诗歌，都在呼吁国家的“理”和“礼”。

一直到1978年11月15日开始，为“四五”运动平反的行动才陆续展开。到1978年12月十一届三中全会召开，反思“文化大革命”的讨

① 童怀周编：《天安门诗抄》，人民文学出版社1978年版，第262页。
② 《天安门广场的反革命政治事件》，《人民日报》1976年4月8日。
③ 傅颐：《北京市委与天安门事件的平反（上）》，《百年潮》2003年第9期，第13页。

论才全面展开。①

二　“诗谏”的高潮——“一切政策必须落实”

“文化大革命”十年，民间积郁了太多的痛苦，到1976年3月底彻底爆发了。而从1976年4月到1978年11月，对这一事件的政治判决，再次压抑了漫长时期内积郁的的痛苦。如此一波三折，到这一事件终获平反时，从北京到全国、从高级官员到基层干部、从底层民众到知识分子、从天安门事件到无数的冤假错案、从反右到“文化大革命”……漫长时间内积郁的痛苦都需要倾诉、漫长时间内积攒的期待需要表白。对于诗人而言，这是一个最适合歌唱的时期，有论者指出：“去年十一月十六日天安门事件平反后，人民是多么热切地期待诗人们以自己的作品对这一重大事件作出反应和回答啊！”②

于是，为民请命、代民立言，成为知识分子的职责。当时的诗人普遍认识到这一点：“只要作者之志即人民之志，作者之情与人民之情相通，想人民所想，怒人民所怒，从生活出发，运用一切艺术手段，喊出时代的声音。诗，就有了强大的生命力，而诗人，也就是人民的亲人。”③ 同时，知识分子自己，也有巨大的痛苦与期待，柯岩动情地描述了自己的感受：“粉碎‘四人帮’后，也不知为什么，我变得爱哭了。而且发现：不光是我，好像大家都如此，特别是一些年逾花甲的老前辈……我要扑在我们老一辈饱经沧桑的文艺家的怀里哭；要抚摸着我同辈的早生的苍苍白发哭；要拉着来自基层，为了他们根本扯不上的‘文艺黑线’而受尽非人折磨和凌辱的兄弟姐妹的断肢残臂哭……不是在去年的文联全委扩大会议上，

---

① 1978年11月15日，新华社播发《中共北京市委宣布1976年天安门事件完全是革命行动》的消息。1978年11月16日，《人民日报》在头版登了这个消息，强调：“对于1976年清明节，因悼念敬爱的周总理，反对‘四人帮’而受到迫害的同志要一律平反，恢复名誉。”12月，十一届三中全会公报中，再此肯定了这一观点，并给天安门事件以巨大的历史意义。详见《中共北京市委宣布1976年天安门事件完全是革命行动》，《人民日报》1978年11月16日；傅颐《北京市委与天安门事件的平反（下）》，《百年潮》2003年第10期，第28—36页；朱幼棣、蔚建民《〈1976年天安门事件完全是革命行动〉的消息是怎样发出来的》，《中国记者》1999年第2期，第32页；余焕春《人民日报与1976年天安门事件》，《百年潮》1998年第2期，第48页。

② 匡汉、匡满：《艾青还是艾青——读艾青近作》，《长春》1979年第6期，第73页。

③ 柯岩：《为新诗和文艺队伍说几句话——在中国作家协会第三次会员代表大会上的发言》，《诗刊》1979年12月号，第9页。

服务员见了我们都哭了么？说：‘开了这么多会，你们文艺界最惨，不像个队伍，倒像个伤兵医院……’”① 抒人民之情，这句“十七年”时期的文学宗旨在“文化大革命”之后成为现实。因为，当知识分子在为民众表达时，也表达了自己。

这个时期流行的诗歌有《周总理，你在哪里?》（柯岩），《在浪尖上》(艾青)，《阳光，谁也不能垄断》（白桦），《小草在歌唱》（雷抒雁)，《沉思》(公刘)，《假如生活重新开始》（邵燕祥）等。悼念伟人、哭诉自己、控诉历史、呼唤明天，贯穿始终的只不过是一份生而为人、生而为民的卑微诉求。而这一切，却需要付出十几年的苦难代价，需要集体的振聋发聩的大合唱来表达，需要声泪俱下的倾诉与千篇一律的诗行来呼吁……劫后余生，这是大家共同的节日。1978 年 11 月 25 日，《诗刊》社和中央人民广播电台在北京首钢礼堂和工人体育馆举行“为真理而斗争”的诗歌朗诵会。读者来信，谈到了对《在浪尖上》的感受：“我完全被你的诗作《在浪尖上》所感动，我使劲地鼓掌，手都拍疼了。这是因为你的诗说出了亿万人民的心里话，说得深刻，问得有理、有力。我仿佛看见你就在我们的身边，就在观众席上，就在人民的队伍里，我们仿佛看见四月五日，你与人民共同战斗在天安门广场上……”②

柯岩描绘了当时的现场情况：

演员朗诵艾青的《在浪尖上》，念道“一切政策必须落实……”时，“雷鸣般的掌声，整个体育馆都震动了起来……”③

朗诵白桦的《阳光，谁也不能垄断》，当演员念道“有些人以真理的主人自居，真理怎么能是某些人的私产！他们妄想象看财奴放债那样，靠讹诈攫取高额的利钱；不，真理是人民共同的财富，就象阳光，谁也不能垄断”，“观众哗然大笑，有人失声叫好，继而掌声雷动……”再往下念：“旗帜的真正捍卫者是人民，人民为了保卫旗帜白骨堆成山，人民为了保卫旗帜鲜血流成河，谁也无权自任掌旗官……”“掌声简直不

① 柯岩：《为新诗和文艺队伍说几句话——在中国作家协会第三次会员代表大会上的发言》，《诗刊》1979 年 12 月号，第 5 页。

② 匡汉、匡满：《艾青还是艾青——读艾青近作》，《长春》1979 年第 6 期，第 73 页。

③ 柯岩：《为新诗和文艺队伍说几句话——在中国作家协会第三次会员代表大会上的发言》，《诗刊》1979 年 12 月号，第 8 页。

能平息了。”①

朗诵《小草在歌唱》，当演员念道“她，被枪杀了，倒在生她养她的母亲身旁……”“观众席上一片唏嘘”；当念道“让我清醒！让我清醒！昏睡的生活，比死更可悲，愚昧的日子，比猪更肮脏”时，“观众象被鞭子抽在心上一样，一阵颤栗，然后是暴风雨般经久不息的掌声”。②

这是当时不断重复的场景，这是一个让后世诗人艳羡不已的时代，没有一个时代，诗歌以如此巨大的魔力走进民众的心；但是，这也是任何一个有良知的诗人都不愿意再次享受的“荣耀”，因为，共鸣的不是诗歌，而是苦难，是苦难之后蓬勃爆发的卑微愿望。

综上所述，这个时期，知识分子以诗为谏，反映了民间呼声。同时，之所以称之为“谏”，是因为知识分子的表达，和国家政策是高度一致的。他们希望，国家的“理”和“礼”，都尽快回到正常轨道上来：

“一切政策必须落实，/一切冤案必须昭雪，/即使已经长眠地下的，/也要恢复他们的名誉！”③

“如果正义得不到伸张，/红日，/就不会再升起在东方！/我敢说：/如果罪行得不到清算，/地球，/也会失去分量！”④

“‘我们要思想再解放一点，/胆子再大一点，/办法再多一点。’/多么热诚而迫切的希望，/多么准确而深刻的语言。”⑤

“正因为真理对人民有用，/人民才有权让真理接受实践的检验；/人民有权在实践中鉴定真理，/充实它，让它和人类社会一起发展。”⑥

“实践是认识的阶梯/科学沿着实践前进/在前进的道路上/要砸开一层层封锁/要挣断一条条铁链/真理只能从实践中得以永生。”⑦

代民立言，这是“谏者”的职责；频繁引用官方社论、引导舆论走向，这是“谏者”捍卫国家之“理”、遵循言说之“礼”的表现。民间、

① 柯岩：《为新诗和文艺队伍说几句话——在中国作家协会第三次会员代表大会上的发言》，《诗刊》1979年12月号，第8页。

② 同上书，第8、9页。

③ 艾青：《在浪尖上》，《诗刊》1978年12月号，第19页。

④ 雷抒雁：《小草在歌唱》，《诗刊》1979年8月号，第23页。

⑤ 白桦：《阳光，谁也不能垄断》，《诗刊》1978年12月号，第28页。

⑥ 同上书，第33页。

⑦ 艾青：《光的赞歌》，《艾青诗全编》，人民文学出版社2003年版，第1137页。

知识分子、官方达到空前的平衡与和谐，这种平衡与和谐，促成了这个时期诗歌的繁荣。

三“诗谏”的尾声——控诉官僚主义

历史发展，总是遵循着一条能量守恒的定律。“文化大革命”培养的革命激情，在生产瘫痪、经济凋敝的现实中，被悬置起来；“文化大革命”结束，这种悬置的激情在批判“四人帮”的声浪中得到合法释放；而当批判“四人帮”告一段落时，现代化成为时代的主题，反思“文化大革命”的过程中培养的政治热情再次搁浅；在改革开放之初，随着现代化过程中新问题的出现，这种政治热情再次高涨，诗人们乘着反思“文化大革命”的余波，把渐渐式微的“诗谏”浪潮再次掀起来。

粉碎“四人帮”后，有很多人到北京反映问题。越来越多的人群，积聚多年的问题，是难以通过正常的方式解决的。于是，在北京长安街西单地段的砖墙上，群众以大字报的形式，张贴个人冤屈、表达个人诉求。到了1978年秋，在西单墙上出现了民间政论，呼吁邓小平复出。“民主墙是个好东西”①，在1978年秋到1979年初，国家领导人是赞成大字报与民主墙的，认为贴大字报是为了发扬民主，西单民主墙推动了历史的发展。1979年4月，曲有源发表《我歌颂西单民主墙》。在诗歌中，作者交代了西单民主墙的由来：“你是‘四五’英雄/在幅员辽阔的祖国/开垦的一块/小小的园地！”② 在“四五”运动获得平反，国家走向现代化建设的时代，曲有源呼唤一个扩大化的西单民主墙：

> 扩大民主墙的面积呵
> 不仅用毛笔，
> 而且还需要友谊农场
> 那275马力的拖拉机；
> 浇灌民主墙的幼苗呵

---

① 北岛：《断章》，北岛、李陀主编《七十年代》，生活·读书·新知三联书店2009年版，第48页；陈丹青：《幸亏年轻》，北岛、李陀主编《七十年代》，生活·读书·新知三联书店2009年版，第73页；刘洪彬：《北岛访谈录》，廖亦武主编《沉沦的圣殿》，新疆青少年出版社1999年版，第333页。

② 曲有源：《我歌颂西单民主墙》，《长春》1979年4月号，第30页。

不仅用墨汁，
而且还需要那
最先进的人工降雨……①

1982年，《长春》发表了批判曲有源的文章。② 批判者认为："在十年内乱中，我们吃无政府主义大民主的亏是很大的。粉碎'四人帮'之后，我们批判了极"左"路线，批判了无政府主义，可是在一九七九年四月，作者却又发表了《我歌颂西单民主墙》这样宣扬资产阶级人权、自由、民主的诗。"③ 很显然，以西单民主墙为代表的"民主"形式，在1980年代已经不符合时代的要求了。第一，它是"文化大革命"式的无政府主义的大民主；第二，它是西方式的资产阶级民主。这两种民主形式，都不适合中国特色的社会主义民主道路。1979年始，现代化建设正式展开，一个告别政治讨论、以经济建设为中心的时代开始了。1979年春，取缔西单民主墙，这意味着"文化大革命"后培养的民主热情必须经过意识形态的检阅，必须符合法律的程序。在这个时期，曲有源发表《我歌颂西单民主墙》，显然是不合时宜的，"作者如此歌颂'民主墙'，是因为把'民主墙'视为'民主'的象征，这在政治上起码是轻率的、幼稚的，没有看清'民主墙'还在它蕴生的过程中，就逐渐滋生着无政府主义和极端的个人主义，以致出现魏京生之流打着'争民主'、'争人权'、'争自由'的旗号，四处活动，危害安全团结，直到后来党和国家不得不取缔这个非法阵地"。④ 但是，曲有源代表了时代民众的惯性思维，在体制化的社会生活中，依然眷恋社会转型期在体制罅隙中洞开的表达平台，并且把这种平台理想化。

另外，还应该注意到，曲有源畅想的"西单民主墙"是为社会主义现代化建设服务的：

让我们推广这块园地

---

① 曲有源：《我歌颂西单民主墙》，《长春》1979年4月号，第31页。

② 《长春》1982年1月号，第64页。编者按："过去，由于受到资产阶级自由化思潮的影响，本刊发表了曲有源同志《为了明天的回想》《我歌颂西单民主墙》两首有严重错误倾向的诗，并未能及时开展批评，有负于读者的期望。为了改正错误，本期发表两篇批评文章。"

③ 张骥河：《评〈为了明天的回想〉及其他》，《长春》1982年1月号，第68页。

④ 杨荫隆：《评曲有源同志两首诗的错误倾向》，《长春》1982年1月号，第69页。

培育的良种吧！
如果它得不到
鉴定、承认
和普及，
那么
四个现代化的幼苗
就经受不住
官僚主义
冰雹的袭击！①

曲有源忧虑的事情很快就发生了，《将军，不能这样做》，披露的正是现代化过程中的官僚主义。在诗歌引言中，叶文福讲述了这样一件事："一位遭'四人帮'残酷迫害的高级将领，重新走上领导岗位后，竟下令拆掉幼儿园，为自己盖楼房；全部现代化设备，耗用几十万元外汇。"②

"文化大革命"的乌托邦理想是摧毁权力等级与权力秩序，而最终，却让投机者巧取豪夺，攫取了没有法律限制的权力。"文化大革命"结束，拨乱反正，恢复权力秩序的目的不在权力本身，而在社会秩序——即在民主社会中，执掌权力的人不能成为权力的化身，不能利用权力攫取私利。但是，不管是对一个民族而言，还是对于个人，现代化都意味着物质的诱惑，而执掌权力者，面临着更大的诱惑。"历史，总是艰难地解答一个又一个新的课题而前进的"③，叶文福提出的就是一个"新的课题"——"文化大革命"之后，恢复权力的人怎样利用权力？为此，诗人禁不住高呼：

真不幸——
我的将军！
第一次长征
你征服了大渡河，

① 曲有源：《我歌颂西单民主墙》，《长春》1979年4月号，第31页。
② 叶文福：《将军，不能这样做》，《诗刊》1979年8月号，第50页。
③ 同上。

而今天
新的长征，
你想过了没有——
你再后退一步
就会变成了
大——
渡——
河——①

1980年1月，熊召政在《长江文艺》发表了《请举起森林一般的手，制止！——致老苏区人民》，揭露了基层官员中的腐败问题："颂词篇篇"，"彩舞绸裙"；"报纸力夺的丰收"，"红扑扑的诗句"，"旧貌变新颜"；"急需救济的有县委书记的远亲，区委书记的老表，公社书记的外甥"；救灾物资用来营建"土皇帝的别墅"、"新贵族的客厅"，救灾粮食变成了"增产的指标，丰收的凭证"；"王守信"式的人物送礼，请客，搜刮民膏，"换取自己的高官厚禄，赢得上司的至亲宠信"；而社员缴粮回来，又挑着箩筐去买粮；揭露事实的被下狱、打死；穷困的百姓讨饭、卖女……②诗歌发表后，中共湖北省政策研究室三位同志撰文批判，认为该诗是捏造事实，污蔑地方干部。③

以上三首诗在不同的程度上都受到批判，但是可以肯定，他们在政治上是没有问题的。因为，他们秉承着一种传统的同时又很具当代特色的诗歌传统：诗谏。谏者绝对是忠诚的。

在当时，就有论者指出，《将军，不能这样做》是"诗谏"④。其实，上面论及的三首诗，都是典型的"诗谏"。在《我歌颂西单民主墙》受到批判后，诗人曲有源再次写出《我在"墙"前寻找失踪的"民主"》，并

① 叶文福：《将军，不能这样做》，《诗刊》1979年8月号，第55页。

② 熊召政：《请举起森林般的手，制止！——致老苏区人民》，《长江文艺》1980年第1期，第4—7页。

③ 闻洁、张旭、尹良荣：《一篇有严重缺点错误的作品——评〈请举起森林一般的手，制止！〉》，《长江文艺》1980年11月号。

④ 匡满：《为人民鼓与呼——读〈请举起森林一般的手，制止！〉》，《文艺报》1980年第6期，第53页。

托人抄贴到西单民主墙上。在批评者看来，这是执迷不悟散布不满情绪的表现[①]。其实，从中国知识分子的谏者情结来看，这恰恰是忠诚的体现。因为，在谏者曲有源眼里，西单民主墙“是人民意志的晴雨表”，是“党挂在街头的意见簿”[②]。对于诗人叶文福而言，他想用诗歌，进行一次勇敢的“直谏”：

但愿我的诗句
也化作万钧雷霆，
挟带着雄风
冲进你的耳朵，
冲进你的心窝，
在这新长征的路上
且听前进的后人
和前进的法律一道
大喝一声：
“将军，
不能
这样做！”[③]

《请举起森林一般的手，制止！》是一封以诗的形式写成的调查报告和控告信，不管诗人和替他辩护的评论家怎样否定这个看法，怎样从文学的特殊性上去理解这首诗的价值，这首诗歌在当时引起共鸣的原因，恰恰在于它替民众反映了问题，替民众表达了冤屈。有群众来信：“书上说的，一点一滴都是真的啊，我们在田畈里不晓得说几句，就是不中用；没想到上头还有人来帮我们社员说句真心话。”[④] 而且，诗人自己，也情愿扮演这个为民请命为民申冤的谏者：

① 张骥河：《评〈为了明天的回想〉及其他》，《长春》1982 年 1 月号，第 68 页。
② 曲有源：《我歌颂西单民主墙》，《长春》1979 年 4 月号，第 31 页。
③ 叶文福：《将军，不能这样做》，《诗刊》1979 年 8 月号，第 55 页。
④ 王介贤：《心声·心律》，《长江文艺》1980 年第 4 期，第 78 页。

我多么地希望
我的诗能长上
强健的翅膀，
飞到省委领导同志的
办公桌上，
飞到“中央纪检”的
公文袋里。
让我们的党知道：
中国
有这么一个县境，
党内
有这么一个小小的佞臣。[①]

现代化建设之初，“思想解放的潮流冲击到偏僻的农村，农民也从十年恶梦中惊醒。他们要说，要唱，要喊，要叫，把压抑在心头的屈辱、痛苦、悲伤、愤懑、抗争统统宣泄出来，让我们的党知道。生活召唤着与农民同呼吸，共命运的代言人。当一个正直的诗人不愿保持沉默的时候，农民就把信任的目光投向他”。[②] 正是在这个意义上，熊召政、叶文福以及更多的诗人，在最后的政治抒情诗浪潮中崛起，成为诗歌英雄。

1976 年的天安门事件中，诗歌承担了悼念总理、声讨“奸臣”、拥护领袖的职能；1978 年年末，粉碎“四人帮”之后，诗人代表民众，表达冤屈，表达愿望；1979 年到 1980 年代初期，诗人再次代表民众，表达民间疾苦，控诉官僚主义。在这短短的三个阶段里面，诗人自觉地以诗为谏，向政府反映问题，共和国文人与传统文人的精神相得益彰，其实难分。传统思维像一个幽怨的梦，出没在现代化的夜晚。然而，“诗谏”仅仅是露出水面的冰山一角，水面之下，是最普遍的大众心理。大众有两种期待，第一是盼望“清官”出现，第二是希望被“代言”。1979 年年初，诗人白桦谈到这样的经历：“最近看到一些清官戏，不仅农民们感动，我也很

① 熊召政：《请举起森林般的手，制止！——致老苏区人民》，《长江文艺》1980 年第 1 期，第 7 页。

② 邹贤敏：《大胆的揭露，悲愤的控告》，《长江文艺》1980 年第 11 期，第 74 页。

感动，不仅农民盼清官，我也盼清官。除了感动之外，我认为是非常可悲的事情……最近，每当一个新的省委书记上任之后，就有各种各样的微服私访之类的故事。就有民谣，如：‘要吃粮，找紫阳；要吃米，找万里’之类……在全国范围内宣传了三十年马克思列宁主义，还要出现微服出访，而且清官还那么少，还要盼，还要哭。我想到这里，实在是很伤心的。”① 清官难得，遂盼谏者——这是大众对文学的愿望。1997 年，一位离休经济师给《诗刊》社写信：“从各栏目到各个诗篇，都超脱于反腐败斗争之外，向来有‘愤怒出诗人’之特色的诗歌领域，面对着事关党和国家前途命运的反腐败斗争，为何那么平心气和，不拿起笔杆怒斥这种有亡党亡国危险的腐败行为？对腐败分子默默宽容，就是对党对人民不爱不忠，是诗人缺乏时代责任感、爱憎不鲜明、褒贬不分明的表现。”② 一直到世纪末，人们还有这种对诗的期待——配合政策，为民请命。而诗人，似乎已经淡漠了这个“古老”的职责。倒是小说家，依然自觉地承担着这种责任。1990 年代，反腐小说兴起，一言以蔽之：谏者之文，谏者之梦。

第二节　告别“谏者”

“朦胧诗”③ 兴起，意味着一个告别“谏者”的时代开始了。这是因

① 白桦：《五点和诗有关的感想》，《诗刊》1979 年 3 月号，第 19 页。

② 《诗刊》（读者来信）1997 年 7 月号，第 80 页。

③ 1978 年 12 月底《今天》创刊，“朦胧诗”的命名，是在对以《今天》为代表的新诗的论争中形成的。第一，这是一个很不成熟的带有审美、政治偏见的“命名”。第二，“朦胧诗”的作者群在构成上很驳杂，在诗歌风格上存在差异，相对统一的是《今天》的作者群。第三，在当时的论争与以后的文学史写作中，逐渐形成的以舒婷、北岛、顾城、江河、杨炼为代表的朦胧诗群，这意味着对其前身的忽视。比如，就《今天》的作者群而言，食指以及白洋淀诗群的诗人，大多数处于“朦胧诗”的边缘。但是，一个概念一旦形成，便有了约定俗成的意义。脱离了它，总会造成指称的困难。本文采取折中的办法：鉴于“《今天》派”的提法尚未达成共识，本人在论述中仍然沿用“朦胧诗”的说法，但是在涉及的诗人方面，主要以《今天》杂志的作者群为参照，把食指、白洋淀诗群纳入到论述范围之内。在洪子诚、程光炜主编的《朦胧诗新编》中，“朦胧诗”也仅仅成为一个“提法”，他们在作者与作品的选择上，以《今天》为核心，采取了“前松后紧”的办法，尽量纳入了“文化大革命”地下诗潮中表现出新的诗学追求的诗人，这里面不仅有食指、白洋淀诗群，也有贵州的黄翔等诗人；而对“朦胧诗”论争中大量涉及到的诗人，则保持谨慎：把那些与“文化大革命”地下诗潮、与《今天》没有精神联系、美学联系的诗人排除在外。

为，“朦胧诗”的写作，是从对时代之“理”的质疑和对时代之“礼”的叛逆开始的，这一代诗人主动背离了“谏者”的话语姿态，以个体的姿态进行写作。

一 个人英雄的出现

对于一个谏者而言，占据一个“中间”的说话位置很有必要。在传统社会，当文人作为谏者出现时，他们占据了“中间”的说话位置：一边是皇帝和朝廷，一边是社会与民众。在70年代末期到80年代初的主流文学中，作家延续了传统谏者为民请命、代民立言的发言方式。对于官方而言，他们是民众的一部分，他们代表了民间的声音；对于民间而言，他们是官方的一部分：他们是上头的人，他们是帮百姓说话的人①。但是，从本质上看，不管是传统的谏者，还是当代的作家，他们都是国家体制中的人。在古代，学而优则仕，他们读书是为做官做准备的，许多诗人，都有过做官的经历；在当代，文联与作协的成立，意味着作家也是国家单位的工作人员。他们以文学的方式介入现实，是他们建构国家、时代价值系统的具体表现。

谏者的当代身份是“代表”，作家的文学观念建构在“代表”的社会职能上，他们愿意成为“人民的代言人”。到了“朦胧诗”这一代诗人，最大的突破是，他们再也不愿意当“代表”了——“在这帮人里，谁也不能代表谁”②！

但是，只要文学介入现实，就意味着文学不仅仅是一种私人表达。在诗歌中，这一点表现得尤为明显，一个有社会责任心的诗人，总希望自己可以为别人而说话：

“我，站在这里/代替另一个被杀害的人”③；

“在渤海湾/铅云低垂着挽联的地方/有我七十二名兄弟”④；

“我被固定在这里/山峰似的一动不动/墓碑似的一动不动/记录下民

① 王介贤：《心声·心律》，《长江文艺》1980年第4期，第78页。

② 刘洪彬整理：《北岛访谈录》，廖亦武主编《沉沦的圣殿》，新疆青少年出版社1999年版，第338页。

③ 北岛：《结局或开始》，北岛《北岛诗歌集》，南海出版社2003年版，第23页。

④ 舒婷：《风暴过去之后——纪念渤海2号钻井船遇难》，《一种演奏风格——舒婷自选诗集》，作家出版社2009年版，第36页。

族的痛苦和生命”①；

“我又一次来到这里/反抗被奴役的命运/用激烈的死亡震落墙上的泥土/让默默死去的人们起来叫喊”②；

这种抒情姿态，依然是“我代表……”，被代表的，常常是朋友、死者，或者更抽象的名词，诸如历史，人民、民族、祖国等等，他们共享了前一代诗人的政治抒情诗模式；但是，他们在这种言说模式之内，嵌入自己的诗歌内核：个人英雄主义，人道主义的英雄主义。

1985年3月，北岛到重庆，和柏桦、张枣、傅维等四川诗人见面。两代诗人，展开一场有关诗歌的对话。

> 寒暄一阵后，还是张枣率先打开了僵局，张枣对北岛说，我不太喜欢你诗中的英雄主义。北岛听着，好一会儿没有说话。听张枣把所有的看法说完了以后，北岛没有就张枣的话做出正面回答，而是十分遥远而平静地谈到了他妹妹的死，让北岛十分震动和悲伤，谈到他在白洋淀的写作，谈到北京整个地下诗坛的状况，最后说，我所以诗里有你们所指的英雄主义，那是我只能如此写。③

赵珊珊，北岛之妹。1972年，作为干校知青，分配到湖北南漳县一家工厂工作。1976年，为救同伴，溺水身亡。在给朋友的信中，北岛说：“她正像安葬她的那条河那样明朗、宁静，她用死否定了那个恰恰相反的世界……如果，死是可以代替的，我情愿去死，毫不犹豫，换回我那可爱的妹妹……有时候我真想迎着什么去死，只要多少有点价值和目的……可是我还有一个家呀，还有一个年老体弱的妈妈呀……”④

在家人中，北岛和妹妹感情最深。赵珊珊之死，对他刺激很大，这种

① 杨炼：《大雁塔》，洪子诚、程光炜编选《朦胧诗新编》，长江文艺出版社2004年版，第280页。

② 江河：《没有写完的诗》，洪子诚、程光炜编选《朦胧诗新编》，长江文艺出版社2004年版，第253页。

③ 傅维：《美丽如一个智慧——忆枣哥》，宋琳、柏桦选编《亲爱的张枣》，江苏文艺出版社2010年版，第100页。

④ 1976年8月18日，赵振开致史保嘉书信。徐晓主编：《民间书信——中国民间思想实录1966—1977》，安徽文艺出版社2000年版，第411页。

出于私人情感的刺激，必然在由观念、憧憬构成的思想平面上，洞开裂隙——灵魂辗转其中，寻求最佳的呼吸方式："珊珊，我亲爱的妹妹，我将追随你那自由的灵魂，为了人的尊严，为了一个值得献身的目标，我要和你一样勇敢，绝不回头……"[①] 在为妹妹制作的纪念册上，北岛写下这样的话，这意味着一个更加广阔的思想世界打开了。而小说《波动》的写作，既可以看作是诗人的自我治疗，也同时是诗人走出回忆，向一个更大的文学空间迈进的标志。

"我，站在这里/代替另一个被杀害的人。"[②] 这种"我代表……"的发言方式，从北岛开始，发生了质的变化。因为它的意义指向，不是政治，而是人：

我是人
我需要爱
我渴望在情人的眼睛里
度过每个宁静的黄昏
在摇篮的晃动中
等待着儿子第一声呼唤
在草地和落叶上
在每一道真挚的目光上
我写下生活的诗
这普普通通的愿望
如今成了做人的全部代价[③]

"另一个被杀害的人"指遇罗克。1966年，遇罗克写作《出身论》，驳斥"血统论"，1970年被判死刑。这是一个典型的政治事件，北岛发掘了这个政治事件的背后原初意义：人的自由与平等，人的表达权力。许多现实事件，嵌入在政治时代的表达模式中，诗人要重新表达，必须从业已

① 北岛：《断章》，北岛、李陀主编《七十年代》，生活·读书·新知三联书店2009年版，第45页。

② 北岛：《结局或开始》，《北岛诗歌集》，南海出版社2003年版，第23页。

③ 北岛：《结局或开始——献给遇罗克》，《北岛诗歌集》，南海出版社2003年版，第25页。

定型的政治思维中脱身而出，只有如此，才可以“起死回生”。而“文化大革命”之后，比如在悼念张志新的诗文中，许多诗人没有做到这一点，他们把张志新塑造成坚持“真理”的烈士、民族的良心；张志新的对立面，就是“四人帮”——民族的败类。在这种政治模式中，张志新和他的敌人，共同争夺一面旗帜，而在旗帜争夺的场域之外，更多的有关人的真理被遮蔽。买椟还珠，终究不是“起死回生”，而是出“生”入“死”。

所以，对于北岛而言，第一，在“我”与“我代表”的人之间，存在着个体的情感联系（妹妹），我这样说话，是因为我自己已经是受害者。第二，存在着命运的联系（遇罗克），我代替别人说话是因为我也是一个人，如果我不替他说话，我就会成为他。所以，在北岛这一代，英雄主义抒情的模式之下，有一个清晰的思维转换的逻辑：从“我”到“我们”，从人到人民，从道义到政治。而他们的上一代诗人，正好相反。中国现代诗歌中的英雄主义情结，始于“五四”，以郭沫若为代表，那时的抒情主人公是个人英雄。50年代以来，政治抒情诗也有浓郁的英雄主义色彩，但这时候的英雄主义，是排斥个人的，如郭小川“我号召”式语言就遭到非议①，这时的英雄必须是言人民之志抒人民之情，“喝令三山五岳开道，/我来了！”②——“我”即“我们”。在最高精神的指示下，把“我”融进时代浮雕里，进行英雄主义抒情，在红卫兵诗歌中达到极致。“文化大革命”之后，主流诗歌的英雄主义，是“十七年”时期言人民之志抒人民之情与传统谏者代民立言为民请命的结合。

北岛这一代的英雄主义，从本质上看，是“五四”式的个人英雄主义。个人英雄崛起，呐喊，承担启蒙的责任。而这种个人英雄之所以饱含革命的激情，是由中国长期的革命语境决定的——历史的肃杀之气与现实的风声鹤唳发生共振，在共振的和弦上，对英雄主义的选择，成为诗歌的修辞惯性。正如宗教的苦难必须由宗教的语言塑造一个宗教的圣徒来受难、承担与审判；革命造成的苦难必须由革命的语言来塑造一个革命者的

① 萧三：《谈〈望星空〉》，《人民文学》1960年第1期。在批评《望星空》之前，萧三追本溯源、回顾郭小川新中国成立初的创作：“他诗里的‘我’字用得很多，比如说‘我号召’……‘我号召’你们如何如何，已经是将自我凌驾于集体、阶级之上了。”

② 《我来了》，郭沫若、周扬主编《红旗歌谣》，人民文学出版社1979年版，第159页。

形象，来受难、来承担、来审判：

即使明天早上
枪口和血淋淋的太阳
让我交出自由、青春和笔
我也决不会交出这个夜晚
我决不交出你
让墙壁堵住我的嘴唇吧
让铁条分割我的天空吧
只要心在跳动，就有血的潮汐
而你的微笑将印在红色的月亮上
每晚升起在我的小窗前
唤醒记忆①

通过这首诗，北岛走进了革命的虚拟语境。如果把这首诗放在中国的20世纪30年代，它就成为革命者誓死保卫爱人的故事。这显然不是一个成功的革命者，他有革命者大义凛然的面孔，有小资产阶级顾影自怜的灵魂，他会受到革命文艺家的严厉批判；如果把他放在日常生活中，北岛则有表演之嫌，借助革命舞台，运用革命的台词，表演了一出普通人的聚散离别。同样，诗歌会受到反政治抒情者的批判。不管怎么看，它都是一个怪胎。但是，正因为它是怪胎，它才可以获得表达诗意的能力。在这首诗中，出现了两组对立的意象：枪口，太阳，墙壁，铁条；夜晚，月亮，你的微笑，我的小窗。前面是政治记忆，后面是个人生活。保持干净的个人生活空间，是现代人的幸福；保持个人生活的叙述权力，是诗人的幸福。但是，“我写下生活的诗/这普普通通的愿望/如今成了做人的全部代价”②，这代价，正是：枪口，太阳，墙壁，铁条。在写“生活的诗”的同时，诗人无法逃避来自政治记忆的压迫感。这不仅仅是北岛个人的内心困扰，也是许多中国人在政治年代无法回避的记忆压迫。

① 北岛：《雨夜》，《北岛诗歌集》，南海出版社2003年版，第15、16页。

② 北岛：《结局或开始——献给遇罗克》，《北岛诗歌集》，南海出版社2003年版，第25页。

1946年，《传奇》增订本面世时，张爱玲对封面做了介绍："借用了一张晚清的时装仕女图，画着个女人幽幽地在那里弄骨牌，旁边坐着奶妈，抱着孩子，仿佛是晚饭后家常的一幕。可是栏杆外，很突兀地，有个比例不对的人形，像鬼魂出现似的，那是现代人，非常好奇地孜孜往里窥视。"[①]"那个尺寸大于古装人几倍的现代人的身形在画面上造成一种压迫感，室内原有的宁静、和谐全被打破了……这正是对《传奇》中人物的极好写照。"[②] 在北岛的早期诗歌中，政治记忆对个人表达形成一种压迫。从这个层面讲，《雨夜》就是北岛为自己早期的诗歌做的封面，他自己置身其中。一方面，他要用明亮的笔调，写下"生活的诗"；另一方面，他无法躲避窗户上、墙壁上幽幽闪烁的鬼影——那是生活的一部分。这种经验，让诗人常常陷入恐惧："在我早期的作品里，带有很强的政治色彩，和当时的具体的个人经验也很有关系，当时整天面临着生离死别，就是这样，每天都有威胁，所以它构成了一种直接的压力。"[③] 结合"文化大革命"后乍暖还寒的政治气候，北岛的叙述应该是可信的。在谈《今天》创刊时，他再次提到这一点："它作为一种生存的条件，和整个政治气候、整个西单墙运动是密不可分的，所以在《今天》一开始就存在着一个很大的问题，即是怎么在文学和政治之间作出选择？"[④] 不光是早期，到目前为止，北岛的诗歌创作，都没有摆脱"文化大革命"的政治记忆。他一直在同一个画面中创作：房间里是一个写作"生活的诗"的诗人，窗外是幽暗的政治记忆——像个比例不对、尺寸巨大的人形，孜孜地往里面看。这是宿命，作为诗人，北岛只能在这个画面中创作。区别仅仅在于，在前期，那个室内的写作者金刚怒目，披着英雄的盔甲，对抗外来的恐惧；在后期，他懂得了不动声色的力量，文字成为炭，蓄积着内心的热量。

早期"朦胧诗"，从整体上共享了一种英雄主义的气氛，他们气质不同，风格各异，但是在这一点上，不自觉地保持了统一。他们不约而同地

① 张爱玲：《有几句话同读者说》，张爱玲、胡兰成《张爱胡说》，文汇出版社2003年版，第228页。

② 余斌：《张爱玲传》，广西师范大学出版社2001年版，第122页。

③ 刘洪彬整理：《北岛访谈录》，廖亦武主编《沉沦的圣殿》，新疆青少年出版社1999年版，第339页。

④ 同上。

披上英雄的盔甲，对抗寒冷的历史记忆，对抗乍暖还寒的现实气候。除了北岛之外，顾城的《一代人》《我们去寻一盏灯》，江河的《纪念碑》《从这里开始》，杨炼的《大雁塔》，舒婷的《在诗歌的十字架上》《兄弟，我在这儿》等诸多诗作，都表现出相同的倾向，他们审判历史，他们呼唤人情，他们主持正义，他们追求自由……然而，这种英雄主义，起点是个体，终点是人道。正是在这一点上，他们为曾经泛滥一时的英雄主义抒情模式找到现实的肉身，正是在这个层面上，他们和前一代诗人分道扬镳。

二　从“相信”到“怀疑”

没有一个诗人，像郭小川一样，张开胸怀，让整个时代的印戳都打在自己身上。没有一个诗人像郭小川一样，只要打开喉咙，马上火焰升起，冰凌俱裂：一个时代的热与冷，全部随着他的歌唱，扑到我们面前。他像只烈焰鸟，盘桓在时代的高空，一只翅膀上燃烧着至死不悔的热情，一只翅膀上飞扬着痛苦的灰烬。出于本能，从50年代开始，他总是在时代的高音区发声歌唱，代表了那个时代最热情、最浮夸的一面；也是出于本能，他总是从时代的高音区跌落，为那些被时代压垮的同类，发出哀鸣。但是，即使是痛苦，是哭泣，在他的歌喉里，都会成为火焰。

渴望战斗，渴望献身，一切挫折，只不过是暂时的考验，他可以在一种观念支配下，至死不悔。“我知道，总有一天我会衰老、老态龙钟；/但愿我的心，还象入伍时候那样年轻。”[①] 是“战士”的身份确认，让郭小川一生保持斗志。在严酷的环境中，他始终以战士的品格自律、自勉：

战士自有战士的性格：不怕污蔑，不怕恫吓；
一切无情的打击，只会使人腰杆挺直，青春焕发。

战士自有战士的抱负：永远改造，从零出发；
一切可耻的衰退，只能使人视若仇敌，踏成泥沙。

---

① 郭小川：《秋歌》，《郭小川诗选》上册，人民文学出版社1985年版，第325页。

战士自有战士的胆识：不信流言，不受欺诈；
一切无稽的罪名，只会使人神志清醒，头脑发达。

战士自有战士的爱情：忠贞不渝，新美如画；
一切额外的贪欲，只能使人感到厌烦，感到肉麻。

战士的歌声，可以休止一时，却永远不会沙哑；
战士的明眼，可以关闭一时，却永远不会昏瞎。①

"文化大革命"期间，郭小川的创作受到限制，"不能用声音，只能用没有声音的'声音'加以表达。"② 在这种情况下，"战士"的表白，成为失去战场之后无法放弃的自我操练，成为四肢受缚之后靠意念进行的武学秘籍，成为一种情绪的体操、惯性的节奏。这是一种面壁的表达，在隔离的角落，通过自语的方式，向远方、向领袖、向乌托邦发射灵魂的信息，最后，通过幻觉的回音壁，获得答复。郭小川是用火疗伤的诗人，他只能成为用火疗伤的诗人："我知道，总有一天，我会化烟、烟气腾空；/但愿它象硝烟，火药味很浓、很浓。"③

"文化大革命"之后，郭小川的这些诗在老一代诗人中广泛流传，这些诗歌，引起同代人的强烈共鸣。柯岩说："一个战士在失去自由时，仍然向往着硝烟和炮火，向往着战斗和献身。这是多么可贵的忠贞啊！而这样的歌不止小川一人唱过，这样忠贞也不只是小川一人所具有。"④ 如果说郭小川是通过诗歌完成自我拯救的话，他的同代人，则通过郭小川的诗歌，照亮了自己——为那些黯淡、委曲的人生记忆，为那些散落四处的岁月残骸，找到了一只包装的盒子——一只绘满图腾、光泽耀眼的盒子。但是，这只盒子到底是什么，它有什么确定的意义，打开它的密码是什么……他们都不会考虑，他们只是坚信它上面闪烁的光芒，这种光芒叫人

① 郭小川：《团泊洼的秋天》，《郭小川诗选》上册，人民文学出版社 1985 年版，第 323 页。

② 同上书，第 322 页。

③ 郭小川：《秋歌》，《郭小川诗选》上册，人民文学出版社 1985 年版，第 325 页。

④ 柯岩：《为新诗和文艺队伍说几句话——在中国作家协会第三次会员代表大会上的发言》，《诗刊》1979 年 12 月号，第 12 页。

保持斗志，相信未来。

一种观念，上升成为信仰，一种信仰，内化为人格。而所谓苦难，只不过是上帝发给“圣徒”的一份答卷，他抱着这张答卷，因为痛苦而哭泣，因为快乐而歌唱：

你含泪微笑着的眼睛是一座炼狱
你的晶莹的泪珠焚冶着我的灵魂
我将在彩云般的烈焰中飞腾
口中喷出痛苦而又欢乐的歌声①

这是七月派诗人曾卓的诗歌，题目是《感激》。“感激”苦难，只有“圣徒”才能承受这份生命的重量，只有理想主义者，才能在苦难的炼狱中，提取人格的黄金：

我唱起了年轻时唱过的歌，
年轻时的梦想我并未遗忘，
一如当年，我向往
战斗的欢乐和喜悦；
一如当年，我的心
象白云那样温暖，明亮，
象云雀那样
在蓝色天空与绿色的大地之间
上下求索地翱翔……②

理想是一种具体的憧憬，一种有设计方案的蓝图。而理想主义，则仅仅是一种精神，一种生命的驱动装置，一种指向远方、指向未来的神秘力量。理想主义，是郭小川、曾卓这一代诗人的生命气质，也是他们的诗歌风格。他们在追求理想的过程中，也被理想格式化。所谓一代人有一代人的诗歌，这并不是一件好事，因为这很容易模式化。当理想主义也模式化

① 曾卓：《感激》，《诗刊》1979年9月号，第59页。
② 曾卓：《春的跃动》，《诗刊》1979年9月号，第59页。

的时候，理想本身被抽空了，诗歌成为一种高高挂起的节奏，填充进去的音符、语言，早已失去了生活的细节、生命的血气。引吭高歌，难以掩饰内空的紧张。在一首写给友人的诗中，昌耀写道："请听小川——/临终一曲《秋歌》，/唱得人——浩气淋漓，大汗湿透。"[①]"浩气淋漓"是必然的，因为这首诗歌很容易让人热血沸腾，但是，吟诵之间，难免"大汗湿透"！昌耀肯定感到了一种生命的紧张，一个不敢审视的深渊——正在吞噬他们发出的声音，吞噬他们赖以歌唱的信念，让他们感到虚无、恐惧。昌耀是他的同代诗人中蜕变最剧烈的诗人，在新时期的创作中，他像一只流浪日久、思乡成疾的秃鹰，扑在高原雪峰之上，呼号，腾跃，近乎饕餮，寻觅一种原初的信仰。这种举动，应该是"大汗湿透"之后，往惊醒的、荒芜的心灵里，填充精神的粮食吧！

1968 年，红卫兵运动结束，上山下乡的高潮兴起。在此期间，食指写下了《相信未来》。为了便于整体分析，笔者将全诗摘录如下：

当蜘蛛网无情地查封了我的炉台，
当灰烬的余烟叹息着贫困的悲哀，
我依然固执地铺平失望的灰烬，
用美丽的雪花写下：相信未来。

当我的紫葡萄化为深秋的露水，
当我的鲜花依偎在别人的情怀，
我依然固执地用凝霜的枯藤，
在凄凉的大地上写下：相信未来。

我要用手指那涌向天边的排浪，
我要用手掌那托住太阳的大海，
摇曳着曙光那枝温暖漂亮的笔杆，
用孩子的笔体写下：相信未来。

我之所以坚定地相信未来，

① 昌耀：《致友人》，《诗刊》1979 年 10 月号，第 60 页。

是我相信未来人们的眼睛——
她有拨开历史风尘的睫毛，
她有看透岁月篇章的瞳孔。

不管人们对于我们腐烂的皮肉，
那些迷途的惆怅、失败的苦痛，
是寄予感动的热泪，深切的同情，
还是给以轻蔑的微笑，辛辣的嘲讽。

我坚信人们对于我们的脊骨，
那无数次的探索、迷途、失败和成功，
一定会给予热情、客观、公正的评定，
是的，我焦急地等待着他们的评定。

朋友，坚定地相信未来吧，
相信不屈不挠的努力，
相信战胜死亡的年轻，
相信未来、热爱生命。①

这首诗歌里，最迷人的是“时间”。前三节是童声吟唱，清纯明亮；中间一节玉树临风，完成转换；后三节瞬间沧海桑田，慷慨悲凉。“相信未来”是需要战胜“时间”的，因为“时间”给人经验。而经验是个可怕的东西，它常常给予未来以嘲讽。前面列举的三位诗人，当他们说出相信未来的时候，都有一个相同的、虚拟的动作：回到年轻的时候。② 食指更彻底，用童年的发声方式唱出“相信未来”，而当阐释“相信未来”的理由时：童生瞬间变须生。

写这首诗时，食指20岁。红卫兵运动告终，热心于革命、解放全世

① 食指：《相信未来》，《食指诗选》，人民文学出版社2009年版，第29、30页。

② 郭小川：“但愿我的心，还象人伍时候那样年轻。”（《秋歌》）曾卓：“我唱起了年轻时唱过的歌。”（《感激》）昌耀：“我的心，才像我们初见时/那般热烈……/我的爱，/才保持了我们年青时/那般的明净/净如清流。”（《致友人》）

界的青少年走上上山下乡的人生历程。在此情况下，所谓“相信未来”相信的是什么？相信红卫兵最初的革命理想一定能实现？相信伟大的无产阶级文化大革命一定能胜利？确切地说，“未来”成为一种虚设的指称——它的具体内容被抽空了，他成为一个形而上的名词，只在乌托邦的意义上起到驱动作用。这样看来，初上“革命”征程的食指，和历经波折的革命者郭小川、曾卓等诗人一样，陷入到同样尴尬的抒情之中。

但是，《相信未来》的意义不在“相信”，也不在“未来”，而在言说“相信未来”时，文本呈现的内在张力。“相信未来”，只是一个意义的空壳，真正吸引人的，是忧伤。两种意象清晰对峙：一边是“美丽的雪花”、“紫葡萄”、“鲜花”、“露水”、“排浪”、“大海”和“曙光”（温暖漂亮的笔杆），一边是“蜘蛛网”、“灰烬”、“凄凉的大地”和“枯藤”。在此之后，“迷途的惆怅”，“失败的苦痛”，“感动的热泪”，“深切的同情”，“轻蔑的微笑”，“辛辣的嘲讽”，“无数次的探索”，“迷途和失败”……复杂的苦痛纷纷扬起，挣脱意象束缚，如同群兽奔突骨骼碰撞，如同无边落木萧萧悲鸣。在这种诗歌氛围里，所谓“相信未来”，引出的只能是眼泪，而不是“相信”。

只能书写光明，不能揭露黑暗，只能乐观，不能悲观，这些文学的清规戒律，严重破坏了人们的泪腺组织。食指成长在这样的文学环境中，写了不少符合主旋律的应时之作。但是，作为诗人，“强大的本能是掩蔽不住的，它时时像野兽的爪牙从灵魂深处裸露、戳穿、撕碎企图‘走正道’的郭路生。”[①] 出于“本能”，食指在言说“相信未来”时、教给青年却是怎样去表达“忧伤”——在粗糙的时代，这是一个优雅的动作。

杨健认为，《相信未来》“是文化大革命‘新诗歌’的发轫之作。它的出现，唤醒了一代青年诗群”。[②]“发轫之作”是中的之语，“唤醒”一词，有所夸大。食指最大的意义在于，他懂得运用“雪花”、“露水”、“孩子的笔体”去写作，他教会诗人怎样擦去文字上的火药味。而所谓“唤醒一代青年诗群”，是《相信未来》这首诗歌所不能胜任的：因为“唤醒”意味着“不相信”。纵观食指的前期创作，总是表现出一种极不稳定的状态。在1967年和1968年期间，创作的《海洋三部曲》《鱼儿三

---

① 廖亦武主编：《沉沦的圣殿》，新疆青少年出版社1999年版，第56页。

② 杨健：《“文化大革命”中的地下文学》，朝华出版社1993年版，第90页。

部曲》《命运》等，表现出受挫时的怀疑，但是这种怀疑，多半是来自红卫兵之间此起彼伏的派系斗争和命运变化，而不是对“文化大革命”本身的怀疑，不是对滋生“文化大革命”的土壤的怀疑，不是对建构在“文化大革命”之上的价值系统的怀疑。在此之后，他还有许多应时之作，直到《疯狗》出现。所以，食指是一个情绪化的依赖于灵感的诗人，他并没有主动地把怀疑精神压入诗歌。

从历史的角度看，从模式化的“相信未来”到主动的叛逆与觉醒，需要一代人在思想上，逐渐蜕变，走向成熟。

真正表现出怀疑精神的是北岛的《回答》。这首诗歌发表于1979年3月号的《诗刊》。关于他的创作时间，存在分歧。普遍认为这首诗创作于1976年4月[①]。有研究者认为应该是创作于1978年才合理[②]。这两种看法，都有自己的理论依据。第一，把这首诗看成是1978年的作品，这种观点符合1949年后文学发展的模式，政治决定文学进程：“冰川纪过去了”——十一届三中全会召开。第二，把这首诗看成1976年的作品，则是另外一种历史观：天安门事件——人民创造历史，人民改变历史。如果说这首诗创作于1978年，那么诗人的觉醒是国家政策决定的；如果把这首诗看作是1976年的作品，那么，是“人民”让诗人成为代言人。

而了解作者情况的人，认为此诗创作于1973年[③]。这意味着少数人可以在政治之前觉醒，可以在大多数人沉睡的“铁屋子”里呐喊。显然，这是“五四”式的历史“神话”，它并不符合当代历史的叙述模式。但是，正是在这个意义上，以《今天》为代表的文学潮流比以“伤痕小说”为开端的主流文学更有深度。

从1968年年底到1970年，红卫兵退出政治舞台，他们要么成为知青上山下乡，要么到兵团或是当兵，还有少数徘徊在原来的城市……沸腾之后，便是冷落。1971年9月13日，林彪事败。中共中央“纠左”，政治气候相对缓和，知青之间，思想讨论之风悄然兴起，地下艺术沙龙开始活动。1971年年末，20岁的根子做着鬼脸，像魔鬼一样诅咒春天的一切，

① 北岛：《回答》，洪子诚、程光炜编选《朦胧诗新编》，长江文艺出版社2004年版，第5页。

② 徐晓：《〈今天〉与我》，廖亦武主编《沉沦的圣殿》，新疆青少年出版社1999年版，第393页；齐简：《诗的往事》，刘禾编《持灯的使者》，广西师范大学出版社2009年版，第13页。

③ 同上。

写下《三月与末日》。《今天》的精神谱系，可以追溯1970年代初期的地下文学，其中最重要的就是以根子为代表的白洋淀诗群。不管是从诗人阵容还是诗学积累上，白洋淀诗群都是矗立在《今天》上游的一座岛屿，而在这个岛屿的远处，则是许许多多的会思考的芦苇，这里面既有见载于民间思想史的遇罗克，也有以传播"禁书"、收藏地下文学作品为己任的赵一凡，还有无数的散居民间的一代精英，他们的阅读、思考与讨论，促成了反思"文化大革命"，从价值系统内部怀疑现实的局部气候——这种局部气候必然在适当的政治气候中形成燎原之势，促进社会的变革。1972年2月18日，北岛在给友人的信中写道："你在为一种'崇高的理想'而奋斗，你有着'无限的乐趣'、'无限的愉快和幸福'。我不否认，这种信仰的力量是巨大的，而且你确实是诚心诚意地信仰它。你并不像我时常遇到的一些假道学先生。可是你却忽略了一点，没有细看一下你脚下的这块信仰的基石是什么石头的，它的特性和它的结实程度，这样就使你失去了一个不断进取的人所必需的支点——怀疑精神，造成不可避免的致命伤。"①

在这种思想背景下，《回答》出现了。1973年3月15日，北岛写了《告诉你吧，世界》，这首诗歌正是《回答》的初稿：

卑鄙是卑鄙者的护心镜，
高尚是高尚人的墓志铭。
在这疯狂疯狂的世界里，
——这就是圣经。

冰川纪过去了，
为什么到处都是冰凌；
好望角发现了，
为什么死海里千帆相竞？

哼，告诉你吧，世界

① 1972年2月18日赵振开致金波书信。徐晓主编：《民间书信——中国民间思想实录1966—1977》，安徽文艺出版社2000年版，第162页。

我——不——相——信！
也许你脚下有一千名挑战者，
那就把我算作第一千零一名！

我不相信天是蓝的，
我不相信雷的回声，
我不相信梦是假的，
我不相信影子无形。

我憎恶卑鄙，也不稀罕高尚，
疯狂既然不容沉静，
我会说：我不想杀人，
请记住：但我有刀柄。①

这是齐简保存的手稿，从手稿可以看出，在这首诗歌中，《回答》的主干部分已经形成，诗歌的节奏与格局已经形成，诗歌的精神内涵已经形成。富于战斗节奏的铿锵诗行、审判性的警句、号召性的宣言……然而，这种浪漫主义的抒情方式，举起的不是火炬，而是灰烬。这是一个极具象征意味的诗歌动作，在政治抒情诗的躯壳中，站起来的是怀疑与绝望。至此，食指的《相信未来》与北岛的《回答》，成为两个诗歌时代的标志。《相信未来》之前是一个诗歌时代，歌唱乌托邦的时代；《回答》之后，是另一个时代，幻灭的时代。

当理想意味着乌托邦、意味着生命的格式化时，幻灭就具有了革命性的意义，它是回归真实的必然方式；当光明意味着白昼、意味着喧哗时，黑暗就有了哲学性的存在价值——只有熄灭灯火，心灵才能自燃；只有弃绝喧哗，个体才能说话。幻灭是种权力，必须由英雄肩住“光明”的闸门，放更多的人到“黑暗”的地方去——这意味着另外一种诗歌必然出现：黑夜里照镜子的诗歌，黑夜里数星星的诗歌。绝望和怀疑，其价值并不是单纯的批判某一段历史，甚至也不是批判任何一种意识形态。而是回到人性的颓废状态，回归个体的孤独状态——在成为局外人的情况

① 齐简：《诗的往事》，刘禾编《持灯的使者》，广西师范大学出版社2009年版，第13页。

下，保持理性的冷静。这是当代诗歌一直忽视的东西，也是一直被遮蔽的经验。

1979年3月，公刘在《星星》复刊号上发表了一篇文章，《新的课题——从顾城同志的几首诗谈起》，这篇文章提出的新课题是：怎样引导顾城这样的年轻诗人创作。其中，一个最重要的问题就是他们没有革命理想。该文认为，林彪、“四人帮”把一切都搞乱了，所以，“有一部分青年由此在政治上得出了不正确的结论，混淆了政治欺骗与革命理想的界限。更多的青年则陷入巨大的矛盾和痛苦之中，他们失望了，迷惘了，彷徨了，有的甚至踅进了虚无的死胡同而不自知。其中满怀激越，发而为声的，便是目前引起人们注意的某些非正式出版物上的新诗”。① 公刘提倡“引导”，顾城之父——诗人顾工自然责无旁贷，他的看法是：“应该让他多知道些革命、征战、老一辈走过的艰辛的路、滴血滴泪的脚印；努力驱散他心灵中的阴霾，让他的心灵永远充满瀑布般的阳光。”② 于是，顾工带着儿子，重走革命之路。他们去重庆，缅怀革命烈士。结局让顾工很失望，他看到了顾城写的“山城”：“这是一片未展平的土地/这是一封过时的遗书？”③ 他看到顾城写的嘉陵江：“戴孝的帆船，/缓缓走过，/展开了暗黄的尸布……”④

这是一场失败的对话。

然而，这场失败的对话，这种不可沟通的尴尬，意味着一种新的美学原则的确立。在顾城的诗歌中，有两种东西引人注目。第一，完全褪去了理想的光泽，心灵的痛苦褶皱直接暴露在空气中；第二，在修辞技巧上，一种背离传统的、更贴近内心斑斓的诗歌表达技巧出现。作为“新诗潮”，朦胧诗之“新”，在很大程度上，表现在这两个方面。在下一节，笔者将展开讨论这两个问题。

---

① 公刘：《新的课题——从顾城同志的几首诗谈起》，《星星》1979年10月复刊号，第89页。

② 顾工：《两代人——从诗的“不懂”谈起》，《诗刊》1980年第10期，第50页。

③ 同上。

④ 同上。

第三节　告别“温柔敦厚”——新的美学原则的确立

一　“温柔敦厚”的当代景观

蚌病成珠，诗歌来自苦难。怎样的珍珠才是好珍珠？沧海月明珠有泪，这样的珍珠才是好珍珠，因为泪光升华成珠光了。“文化大革命”结束，一批老诗人劫后“归来”。他们都怀揣着自己的“珍珠”：一组以“珍珠”、“化石”、“钻石”、“贝壳”为核心的“掩埋性”意象①频繁出现在诗歌中，成为“归来者”表达自我的主要方式。艾青有《鱼化石》《虎斑贝》《互相被发现——题常林钻石》，鲁黎、流沙河、梁南都写有《贝壳》的诗，蔡其矫有《常林钻石》《珍珠》，牛汉有《小鸟石化的梦》……诗人通过它们，感叹身世、托物言志。最有代表性的，莫过于流沙河的《贝壳》：

> 曾经沧海的你
> 留下一只空壳
> 海云给你奇异的纹理
> 海月给你莹莹的珠光
>
> 放在耳边
> 我听见汹涌的波涛
> 放在枕中
> 我梦见自由的碧海②

这是一首珠圆玉润的艺术精品，哀而不伤，怨而不怒。纵然苦难如海潮一样响起，落在枕边的时候，早已升华成一枚“贝壳”——他抚摸着岁月的“纹理”、凝视着生命的“珠光”，徜徉在一个美丽的梦里。

怎样才能确保哀而不伤、怨而不怒呢？公刘说：“诗中要有理想”，“即使是悲剧式处理，也要使人隐约望见希望之星。要立足于中国革命，

---

① 吴尚华：《中国当代诗歌艺术转型论》，安徽教育出版社2004年版，第204页。

② 流沙河：《贝壳》，《诗刊》1979年第4月号，第63页。

包括它的胜利与失败；写胜利，不要廉价的欢呼，写失败，不要一味生气，叹气，泄气。”[①] 这句话代表了老一代诗人的典型心态，也可以说，它是中国诗人的精神自律。“理想”成为“包治百病”的精神良药，它既可以解决人生的问题，也可以解决美学的问题。用理想的光辉遮蔽现实的苦难，保证了抒情的哀而不伤、怨而不怒。一首诗意犹未尽，再来一首《又写贝壳》：“贝壳说不是海潮声……是生命在呼唤已死的我。”[②] “生命在呼唤已死的我”，理想主义精神，是这类诗歌共同的特点。鲁黎的《贝壳》中有这样的句子：“这里有一丝红斑像晴空一道彩虹/将会让你极目而充满希望/这里有一滴血渍像一片火烧云/将会点燃你那灵魂的火焰，理想的火花。”[③]

另外，哀而不伤、怨而不怒，是因为心中有爱。因为爱祖国，爱人民，所以，在反思历史、批判现实时，完美地实现了温柔敦厚的美学准则。在1980年2月号的《诗刊》上，梁南发表了三首诗歌，形式上是三首，其实是一首诗的三节。这组诗可以成为当代诗人践行比兴之法的写作典范。梁南“先言他物”，以“贝壳”和“树”兴起：“纵然贝壳遭受惊涛骇浪的袭击，/不变它对海水忠实的爱情，/深深地，深深地，/噙着珍珠泪，没有嫌弃……”[④] “泥土纵然干涸得没有一丝水分，/眷恋它的树枯萎了也站在怀里，/象婴孩依偎于母亲，/落叶是树的眼泪，落满母亲的手里。”[⑤] 最后引出“我”的“所咏之辞”，“既有贝壳爱慕大海的深情，/也有山树苦恋大地的真意，/花香而微霜扑地的我的母亲祖国啊，/我愿做你爱的奴隶”。[⑥] 百般痛烈，沧海桑田，不过是为了成就一段传奇，不过是为了举行一次惊天动地的“爱情”宣言：“我愿做你爱的奴隶。”被比喻的“爱情”，具有强大的审美感化力量与道德驯服功能。她矗立在抒情的尽头，像女神一样含情脉脉：批判之剑，终成玫瑰；悲愤之兽，温柔匍

① 公刘：《诗与政治及其他——答诗刊社问》，《诗刊》1980年1月号，第56页。

② 流沙河：《又写贝壳》，谢冕、唐晓渡主编《鱼化石或悬崖边的树——归来者诗卷》，北京师范大学出版社1993年版，第119页。

③ 鲁黎：《贝壳》，谢冕、唐晓渡主编《鱼化石或悬崖边的树——归来者诗卷》，北京师范大学出版社1993年版，第137页。

④ 梁南：《贝壳》，《诗刊》1980年2月号，第40页。

⑤ 梁南：《树》，《诗刊》1980年2月号，第40页。

⑥ 梁南：《我》，《诗刊》1980年2月号，第40页。

地。他们累了，需要一个温柔的梦。

“爱情”，是一个古老的梦，只是这梦不是为情人做的。“古人作诗，取在兴象，男女以寓忠爱，怨诽无妨贞正，故《国风》可录，而《离骚》经辞乃称不淫不乱……”[①] 自毛郑注解《诗经》、屈原写作《离骚》以来，中国诗歌形成一个很重要的抒情传统——“男女以寓忠爱”。在这个传统中，诗人常常把君主、国家、政治幻化成爱情的表达对象。通过比兴的方式，政治生活中产生的痛苦，顺利地转移到“爱情”的倾诉场景中，坚硬的东西变得柔软，苍白的东西变得风情，受虐的体验变成情色的延宕与挑逗。但是，“爱情化”的书写有一种情感放恣的危险。对于一个爱情至上的人而言，必须在爱情之上建立一种纯洁的信仰，才可以在抒情的时候，保持哀而不伤、乐而不淫的艺术纪律。诗人在“男女以寓忠爱”时，成功借鉴了这样一种有理想烛照、有道德约束的抒情方式，“怨诽无妨贞正”，保持了哀而不伤、怨而不怒的君子风范。

劫后“归来”的诗人，都有一个共同的抒情姿态。第一，是理想主义；第二，是托物言志；第三，是哀而不伤，怨而不怒。理想主义剔除了生命的火气，抚平了苦难的疤痕；托物言志，把泪水包裹在光滑的“贝壳”里，变成圆润的珍珠；通过这两种方式，在苦难之后，诗人保持了哀而不伤，怨而不怒的抒情姿态。这种写作方式，遥遥呼应着中国的诗教传统——温柔敦厚。《礼记·经解》云：“其为人也温柔敦厚，《诗》教也……温柔敦厚而不愚，则深于《诗》者也。”[②] 孔颖达解释为：“温谓颜色温润，柔谓性情和柔。《诗》依违讽谏，不指切事情，故云温柔敦厚是《诗》教也……此一经以《诗》化民，虽用敦厚，能以义节之。欲使民虽敦厚，不至于愚，则是在上深达于《诗》之义理，能以诗教民也。”[③]

诗教温柔敦厚，对此，曾有人提出质疑：“按《礼记》出自汉初经生，所述孔子之言，不可尽信。然温柔敦厚之说，则深中于人心，此则以儒家思想支配中国社会，人人不敢有所违异故也。中国诗词每做委婉之辞，不敢有所指斥，兢兢焉恐失诗人忠厚之旨，皆出于《礼记》一语

---

① （清）毛先舒：《诗辩坻》卷一，郭绍虞编《清诗话续编》，上海古籍出版社1983年版，第8、9页。

② 《礼记正义·经解》，《十三经注疏》下册，中华书局影印本1980年版，第1609页。

③ 同上书，第1610页。

也。”[1]“温柔敦厚之说，深中于人心”主要表现在以下方面：

第一，“礼义”的人格信条与艺术纪律。虽说做人要“敦厚”——诚恳，厚道，但是不能执拗恣肆而“至于愚”，必须“以义节之”，使之“颜色温润，情性和柔”，这是人格的审美化；作诗为文，虽说是“发乎情”，但是不能放任性情，必须“止乎礼义”——这个“礼义”，是伦理的秩序，也是艺术的纪律。在“礼义”规训下，美便是“温柔”。“颜色温润”、“性情和柔”是君子文质彬彬的气质表现，也是文人行文作诗的美学形态。

第二，所谓“依违讽谏，不指切事情”，指的就是比兴。[2]“依违讽谏”，具体而言，就是用比兴之法美刺现实：“比见今之失，不敢斥言，取比类以言之。兴见今之美，嫌于媚谀，取善事以喻劝之。”[3]所以，作为修辞，比兴是与“温柔敦厚”的诗教捆绑在一起的，“夫诗，温柔敦厚者也，不质直言之，而比兴言之，不言理而言情，不务胜人，而务感人”。[4]

第三，以“中度”为美。

“温柔敦厚而不愚”，指的是“中度”的美的准则。《荀子·劝学》篇曰：“诗者，中声之所止也。”[5]“中度”为美，这是音乐的艺术纪律[6]，也是诗歌抒情的艺术纪律。钱锺书用“持”和“止”，解释这种“中度”法则的形成：

> 《诗纬含神雾》云：“诗者，持也”，即“止乎礼义”之“止”；《荀子·劝学》篇曰：“诗者，中声之所止也”，《大略》篇论《国风》曰：“盈其欲而不愆其止”，正此“止”也。非徒如《正义》所云“持人之行”，亦且自持情性，使喜怒哀乐，合度中节，异乎探喉

① 朱东润：《中国文学批评史大纲》，上海古籍出版社2001年版，第11页。

② 《礼记正义·经解》，《十三经注疏》下册，中华书局影印本1980年版，第1610页。

③ 《周礼·春官·大师》，《周礼注疏》卷二十三，《十三经注疏》本，中华书局影印本1980年，第796页。

④ （清）皮锡瑞：《经学通论·诗经》，中华书局1954年版，第58页。

⑤ （清）王先谦：《荀子集解》，中华书局1988年版，第11页。

⑥ 杨倞注：“诗，谓乐章，所以节声音，至乎中而止，不使流淫也。”（清）王先谦：《荀子集解》，中华书局1988年版，第11页。

肆口，直吐快心。《论语·八佾》之“乐而不淫，哀而不伤”；《礼记·经解》之“温柔敦厚”；《史记·屈原列传》之“怨诽而不乱”；古人说诗之语，同归乎“持”而“不愆其止”而已。陆龟蒙《自遣诗三十首·序》云：“诗者、持也，持其情性，使不暴去”；“暴去”者，“淫”“伤”“乱”“愆”之谓，过度不中节也。夫“长歌当哭”，而歌非哭也，哭者情感之天然发泄，而歌者情感之艺术表现也。“发”而能“止”，“之”而能“持”，则抒情通乎造艺，而非徒以宣泄为快，有如西人所嘲“灵魂之便溺”（seelisch auf die Toilene gehen）矣。“之”与“持”一纵一敛，一送一控，相反而亦相成，又背出分训之同时合训者。[①]

这种“中度”法则，规定了诗人做人和做诗的标准。但是这个标准在现实中，是很难实行的。“敦厚”如王夫之者，认为它不切合实际：“诗教虽云温厚，然光昭之志，无畏于天，无恤于人，揭日月而行，岂女子小人半含不吐之态乎？《离骚》虽多引喻，而直言处亦无所讳。”[②]“直言处亦无所讳”，就有些“愚”了。屈原郁结着一肚子的愤懑愁怨，字里行间，呼之欲出，所以，古人在提到温柔敦厚时，总不忘为屈原辩护几句，这正说明，诗人作诗，是无法乖顺地套在“温柔敦厚”的模型中去的。

古代尚且如此，现代又怎能行得通。流沙河“温柔敦厚”的诗歌只有一首《贝壳》，这仅有的一枚贝壳，包不住他“二十年”怨恨，1981年，他写下《一个知识分子赞美你》：“因为我被你误伤过/伤口还在浸血，点点滴滴/泌出本来应该忘掉的记忆/因为我在你的冥穴内蜷伏二十二年/你的春阳晃得我老眼迷离/我的颅腔内却飞着隔世的秋雨。”[③]一边“赞美”着，一边“抱怨”着，怨气大了，就无法保持“温柔敦厚”了。

满腔的苦水需要宣泄，但又要压抑。这种情况下，撕裂的人性，迸发出恐怖的光芒，梁南的《我不怨恨》就是这样一首诗：

---

① 钱锺书：《毛诗正义六十则·诗谱序》，《管锥编（一）》，生活·读书·新知三联书店2007年版，第99、100页。

② （清）王夫之：《薑斋诗话》，《清诗话》，上海古籍出版社1963年版，第18页。

③ 流沙河：《一个知识分子赞美你》，《流沙河诗集》，上海文艺出版社1982年版，第237页。

马群踏倒鲜花，
鲜花
依旧抱住马蹄狂吻；
就像我被抛弃，
却始终爱着抛弃我的人。

啊，爱情太纯洁时产生了坚贞，
不知道这坚贞
可能变成愚昧的天真？
我死死追着我爱的人，
即使脊背上鲜血滴出响声……①

这是一个触目惊心的场景：马蹄如铁，鲜花成泥，脊骨崩裂，鲜血流淌……但是，这些惨烈的图景，被一双“玫瑰色”的双手，收拢在充满情欲的“黎明”②：鲜花抱住马蹄狂吻！在骨肉鞭笞中，快乐抽搐，大喊一声：“我不怨恨”：

至今我没有怨恨，没有；
我爱得是那么深。
当我忽然被人解开反扣的绳索，
我才回头一看：啊！我的……人民
两颗眼泪滴下来，谢了声声，声声。③

怨诗适合交给闺中女子，在月色如水的夜晚，抚琴低吟。而这首诗，却只适合被遗弃而疯狂的女子，赤足披发，涕泗滂沱，沿着荒街一路号哭下去。这是一个失去月亮的诗人，有多少痛苦，就需要编织多少月光。筋

① 梁南：《我不怨恨》，《诗刊》1980年7月号，第46页。

② “诱惑人的黎明，/以玫瑰色的手/向草地赶来剽悍的马群。/草叶看到了自己的死亡，/亲昵地仍伸向马的嘴唇。”梁南：《我不怨恨》，《诗刊》1980年7月号，第46页。

③ 梁南：《我不怨恨》，《诗刊》1980年7月号，第46页。

疲力尽，唯有泪双行：“啊！我的……人民/两颗眼泪滴下来，谢了声声，声声”——这一句，有几十年的重量，我们被这份重量压垮了。压垮了的不光是一代诗人，还有这一代诗人背后，深远的诗歌传统——“温柔敦厚”。皮肤想要放松，欲以温润媚人，五官配合默契，欲以痴情感人；但是，面孔之下，一股撕心裂肺的暗涌，让皮肤揪紧，五官错位。

“温柔敦厚”的诗歌梦想必然破产。对于摆脱禁忌的诗人而言，马蹄践踏之后，在荒原哀鸣的，只能是《野兽》和《疯狗》。

二　告别“温柔敦厚”

黄翔，1941 年出生于“剥削家庭”，8 岁时因在井中捞出死鱼，被认为有投毒之嫌。示众、入牢，一生的恐惧、疯癫、被迫害狂的心理幻影从这一天开始了。1959 年，成为“畏罪潜逃的反革命分子”；1966 年，孩子出生，得病，医院拒绝治疗而死。黄翔精神崩溃，进入精神病院，医院进行了麻木神经的痴呆性“政治治疗”。[①] 1968 年，黄翔写下《野兽》：

我是一只被追捕的野兽
我是一只刚捕获的野兽
我是被野兽践踏的野兽
我是践踏野兽的野兽[②]

1972 年，食指精神状态突变，沉默抑郁。1973 年就医，确诊为精神分裂症。此后的人生，时断时续，在治病与疗养中辗转生活。[③] 1978 年，食指写了《疯狗》：

我还不如一条疯狗！
狗急它能跳出墙院，
而我只能默默地忍受，

① 柏桦：《左边——毛泽东时代的抒情诗人》，江苏文艺出版社 2009 年版，第 36 页。

② 黄翔：《野兽》，洪子诚、程光炜主编《朦胧诗新编》，长江文艺出版社 2004 年版，第 101 页。

③ 林莽：《食指生平断代（1964—1979）》，《并未被埋葬的诗人》，廖亦武主编《沉沦的圣殿——中国 20 世纪 70 年代地下诗歌遗照》，新疆青少年出版社 1999 年版，第 97、123 页。

我比疯狗有更多的辛酸。

假如我真的成条疯狗
就能挣脱这无情的锁链，
那么我将毫不迟疑地，
放弃所谓神圣的人权。①

黄翔的《野兽》“被公认为是‘文化大革命’这一历史关节点上早期中国地下诗歌的代表作”。② 食指的《疯狗》，同代人也给予了很高的评价：“当多少人在颂歌中晕眩，在‘主人翁’的口号中陶醉的时候……他却对蒙着红光的暗夜发出反叛的嘶叫。这不是丧失理智的哀鸣，恰恰是最可宝贵的清醒的呻吟。”③

其实，这都是夸大之言，他们都把诗人塑造成英雄，把诗人的“疯狂”看成另一种理性，把诗人发自灵魂的绝望看成启蒙式的呐喊——这在本质上，依然是一种“革命”的思维。就《野兽》而言，它根本不是“‘文化大革命’这一历史关节点上早期中国地下诗歌的代表作”，当时地下诗歌对时代的认识，还没有到《野兽》这个水平，它只能代表黄翔自己；同时，他代表的也不是黄翔对历史的理性认识，“扑倒”我，“踏在我鼻梁”上、“啃我骨头”的时代④，未必是发自理性的政治认识，更可能是脆弱的个体对强大的无处不在的“他者”的认识。文学史家总喜欢为诗人赋予意识形态人格，为他们镀上革命者的金身，动机上是抬高诗人的历史地位、政治地位和道德地位，其实却形成了另外一种遮蔽。对《疯狗》的认识也是如此，徐敬亚把诗人和“蒙着红光的暗夜”对峙起来，其实对于食指而言，“红光”一直盘绕在食指的诗歌上空，成为诗人“相信未来”的主要梦境之一，在精神上，威胁诗人的照样是那个强大的混沌的“他者”，这个“他者”主要由世俗生活中的爱情、婚姻、道德、舆论、命运等构成，它可能和时代有关，但是食指没有把这个东西意识形

① 食指：《疯狗》，《食指诗选》，人民文学出版社2009年版，第88页。

② 柏桦：《左边——毛泽东时代的抒情诗人》，江苏文艺出版社2009年版，第37页。

③ 杨健：《文化大革命中的地下文学》，朝华出版社1993年版，第94页。

④ 黄翔：《野兽》，洪子诚、程光炜主编《朦胧诗新编》，长江文艺出版社2004年版，第101页。

态化，倒是塑造“诗歌先驱”的诗人和史学家在这方面有浓厚的兴趣。

笔者之所以这样分析，并不是忽视黄翔和食指在诗歌史上的意义，而是想呈现推动诗歌发展的另一种力量：混沌的力量，它来自宿命的人的悲剧，来自灵魂深处——自由与规训的战争，来自个体绝望时——野兽的呼喊、魔鬼的诅咒……它们，没有理性、没有纲领、没有旗帜，困在黑暗的深处，像一头“野兽”失明、失声，但是却能用失明的眼睛发射疯狂的悲恸，用失声的喉咙咆哮无法言语的愤怒。正是这种半人半兽、半神半魔的人性火焰，让一切“止乎礼义”、“温柔敦厚”的传统古训和现实教条化为灰烬。后来，朦胧诗兴起，许多人企图用“纪念碑”“大雁塔”“河边的老水车”[1] 来收复这些废墟里哀鸣的幽灵，但是，野兽变成石头和木头，喉咙还会有血吗？肆虐的病原体、像“野兽”一样，奔突在历史的废墟上，必须有更大的艺术的力量去收服它，驾驭它，才能获得更彻底更完美的呈现。

《野兽》与《疯狗》，展示的是疯狂的“混沌”的美学能量，每个人心中，都潜藏着自己的《野兽》与《疯狗》。但是，非有大诗人，不能收服历史苦难中聚敛的如此巨大的诗歌能量。根子用他早熟的的诗歌器官捕获了这些能量，破译、梳理了这些乱码，并化丑为美——更新了美的形态。1971 年，根子写下《三月与末日》。《三月与末日》，正如同小说史上的《狂人日记》，奠定了一种狞厉诡异的美学形态。诗歌的抒情主人公，像个提前发育的野孩子，吞食了在废墟上种下魔咒的火石——骄阳之下，陷入狂想——他神神秘秘地敲响每一扇窗户，做着鬼脸，绘声绘色地向人讲述他的“春梦”：少年英雄大战女妖。

“春天”来了，她是“世袭的大地的妖冶的嫁娘”，狡黠，假笑，恫吓我：“原则/你飞去吧，像云那样”……

我是人，没有翅膀，却
使春天第一次失败了。[2]

---

① 三个意象出自江河的《纪念碑》，杨炼的《大雁塔》，舒婷的《祖国啊，我亲爱的祖国》。朦胧诗人创造了许多意象来承载民族的苦难，这三首诗是代表作品。

② 根子：《三月与末日》，洪子诚、程光炜主编《朦胧诗新编》，长江文艺出版社 2004 年版，第 86 页。

她“用大地的肋骨搭架成的篝火/烧成了升腾的烟”，

我用我的无羽的翅膀——冷漠
飞离即将欢呼的大地，没有
第一次没有拼死抓住大地——
这漂向火海的木船、没有
想要拉回它①

她“把船往夏天推去”，

我砍断了
一直拴在船上的我的心——
那钢和铁的锚，心
冷静地沉没，第一次
没有像被晒干的蘑菇那样怨缩
第一次没有为失宠而肿胀出血，也没有
挤拥出辛酸的泡沫，血沉思着
如同冬天的海，威武的流动，稍微
有些疲乏。②

一次次的引诱与反扑，一次次的坚守与拒绝，“我”总是胜利。“主人公”像个渐入佳境的吹牛大王，喋喋不休地塑造着义正言辞的“自我”。重要的不是“胜利”的结局，而是抵达结局的“细节”。烦琐的表述、争先恐后的意象、肆无忌惮臃肿不堪的诗歌体格……一张被梦呓鼓舞、青筋暴涨、激动不安的野孩子的脸。然而，他并不为自己“出色的表现”满足，要向“春天”来一次唾沫四溅连珠炮式的语言暴力袭击：

我曾忠诚

① 根子：《三月与末日》，洪子诚、程光炜主编《朦胧诗新编》，长江文艺出版社2004年版，第86页。

② 同上书，第87页。

“春天？这蛇毒的荡妇，她绚烂的裙裾下
哪一次，哪一次没有掩盖着夏天——
那残忍的姘夫，那携带大火的魔王？”
我曾忠诚
“春天，这冷酷的贩子，在把你偎依沉醉后
哪一次，哪一次没有放出那些绿色的强盗
放火将你烧成灰烬？”
我曾忠诚
“春天，这轻佻的叛徒，在你被夏日的燃烧
烤得垂死，哪一次，哪一次她用真诚的温存
扶救过你？她哪一次
在七月回到你身边？”
作为大地的挚友，我曾忠诚
我曾十九次地劝阻过她，非常激动
“春天，温暖的三月——这意味着什么？”①

最后，不忘用孩子的方式，得意洋洋地完成宣誓仪式：

第一次清醒的三月来到了
迟早，这样的春天，也要加到十九个，我还计划
乘以二，有机会的话，就乘以三
春天，将永远烤不熟我的心——
那石头的苹果。②

情欲化的政治叙事，野孩子的恶作剧！在无意中，颠覆的正好是“男女以寓忠爱”的传统抒情模式，以及“我不怨恨”的成人传奇。整首诗歌，被一种躁动不安的节奏折磨着，像吞噬了怪兽的蟒蛇，无法支配自己松软滑腻的躯体。时而高高扬起，时而绝望蠕动，时而吐着分叉的舌

① 根子：《三月与末日》，洪子诚、程光炜主编《朦胧诗新编》，长江文艺出版社2004年版，第87页。

② 同上。

头、暴突着发红的眼睛发出喘息，时而像被幻觉俘获，人面蛇身搔首弄姿发出蛊惑的媚眼……在这种暧昧混乱的节奏之上，突兀诡异的意象张牙舞爪，词句、段落参差交错，噪声、宣言纠缠不清，抒情与诅咒其实难辨，批判与反讽互为表里。最初看到这首诗，多多的反应是："这不是诗……随着时间我才越来越感到其狞厉的内心世界，诗品是非人的、磅礴的，十四年后我总结岳重的形象：'叼着腐肉在天空炫耀。'"① 多多很形象地概括了根子（岳重）诗歌所呈现的异质性，毫无疑问，《三月与末日》，是对"怀揣珍珠"的优雅之美的背离，是在"温柔敦厚"的诗歌面前举行的一次年少轻狂的示威。

以根子、多多等为代表的白洋淀诗群，对《今天》杂志的作者群影响很大。与朦胧诗中的其他代表诗人相比，北岛更容易与这段破碎的"诗歌历史"取得联系，并且从中汲取养分。他是在读了食指的诗之后开始写诗的，另外，在70年代初期，他就是地下诗歌运动中的活跃分子，与白洋淀诗群的芒克交往甚密。1978年创办《今天》，除了受小团体的文学理想支配之外，也受到黄翔等贵州诗人的启发。同时，在艺术才力上，北岛也远远超越了其他"朦胧诗"的诗人。他懂得怎样去"聚敛"这些人身上携带的诗歌能量，也懂得怎样去"压缩"它们，最后，骤然"引爆"，形成惊艳奇绝、陡峭雄伟的诗歌景观。《回答》是北岛引爆的诗歌，在此之前，他用了漫长的时间，去聚敛、压缩同代人的诗歌财富。

"聚敛—压缩—引爆"，不仅是北岛继承和改造诗歌资源的方式，也是他制作每一首诗歌的工艺程序，请看《履历》：

我曾正步走过广场
剃光脑袋
为了更好地寻找太阳
却在疯狂的季节里
转了向，隔着栅栏
会见那些表情冷漠的山羊②

① 多多：《1970—1978 北京的地下诗坛》，刘禾编《持灯的使者》，广西师范大学出版社2009年版，第89页。

② 北岛：《履历》，《北岛诗歌集》，南海出版公司2003年版，第43页。

在艺术处理上，这是一个“聚敛”的过程，迂回辗转，正是意义形成的过程。

直到从盐碱地似的
白纸上看到理想
我弓起了脊背
自以为找到了表达真理的
唯一方式，如同
烘烤着的鱼梦见海洋①

迂回辗转，蓦然回首，意义最终会合，并且“压缩”到一个意象里面：“弓起脊背……如同烘烤着的鱼梦见海洋。”因为虔诚，因为感恩，因为不堪重负，所以“弓”，所以如“鱼梦见海洋”。一个“弓”字，把前面“聚敛”的诗歌能量全都表现出来了。

万岁！我只他妈喊了一声
胡子就长出来了
纠缠着，象无数个世纪②

骤然引爆！前面设计的美学建筑瞬间坍塌，几十年的荒诞生活打在纸面上。而引爆这一现实的，却只有两个字：“万岁”！喊一声“万岁”就生长“无数个世纪的胡子”，将现实中“爱的奴隶”③ 和两千年的奴隶文化联系起来，荒诞地“变形”指向精确的历史。瞬间坍塌，幡然醒悟，此中滋味，也只是一句“国骂”：他妈的——是拒绝表达？还是无力表达？无论如何，《履历》比《回答》更能代表当代诗歌的转型，因为，《回答》引爆的，只是意义。意义的躯壳，依然是被意识形态打磨光滑的诗歌形式——政治抒情诗。形式即内容，流通的形式，极容易被不同的内容所租用。而《履历》，从里到外都是新的。

---

① 北岛：《履历》，《北岛诗歌集》，南海出版公司2003年版，第43页。

② 同上。

③ 梁南：《我》，《诗刊》1980年2月号，第40页。

“聚敛—压缩—引爆”，是北岛诗意运行的模式。在有的诗歌中，这个程序轮回螺旋；在有些诗歌中，这个程序被打乱次序，翻转重组。但是，从整体而言，他都在反复使用这种方式运行意象、引爆意义，再次蓄势，运行……依次循环……在那些更加缜密的诗歌中，在每个词语的组合、每个意象的衔接上，都安装了这个程序装置，在冷静隽永的诗歌表皮之下，酝酿一次又一次的意义“暴动”。随着时间，这种艺术的实验更加频繁而精确。正如奥雷里亚诺·布恩迪亚上校一样，无数次“暴动”之后，这种粗线条的生命创造再也无法满足内心的冒险愿望，他必须在更精密的细节上投注精力，在外人看来千篇一律的物什上满足创造的野心。这种精神畅游，让北岛彻底成为母语中的外乡人。

老一代诗人，抒情言志，能够哀而不伤，批判社会，能够怨而不怒。如果诗歌是“蚌病成珠”的话，在革命理想的烛照下，他们甘愿奉献“温柔敦厚”的“珍珠”。而对于他们之后的诗人而言，这是他们必须弃绝的鸦片。《野兽》与《疯狗》的作者，是无法“温柔敦厚”的。他们的灵魂，被荒野中哀鸣的野兽所俘获。与其站在“温柔敦厚”的盒子边买椟还珠，不如“站在沙漠上，看看飞沙走石，乐则大笑，悲则大叫，愤则大骂”[①]，正是这种原始的、粗糙的、被绝望扭曲的诗歌能量，冲击着“温柔敦厚”的诗歌传统。而根子和北岛，通过他们超群的艺术才力，收服、化解了这种疯狂的、混沌的诗歌能量，并让它见诸形式，奠定了一种前卫的美学形态。这种美学形态，不用理想的光辉遮蔽生而为人的宿命性悲剧，不用世俗的人生设计、群体的价值喧哗掩饰个体的孤独表达，不用政治的、道德的纪律代替诗歌的审美创新。它们是放浪形骸的，但是，这种放浪形骸的诗歌，有其自身的美的规律。在这种诗歌中，真实，不是通过文质彬彬的方式流露的，而是通过“文”与“质”的变形、扭曲与崩裂的方式获得彰显的。通过变形，扭曲，崩裂，诗意脱落了表皮的温润与光华，像一只无法命名的怪鸟，站在苦难的枝头尖叫，成为最高的“病”：绽放丑陋的褶皱、传染绝望与诅咒。

① 鲁迅：《华盖集·题记》，《鲁迅全集》第三卷，人民文学出版社2005年版，第4页。

三　比兴的现代转型

“《诗》依违讽谏，不指切事情，故云温柔敦厚是《诗》教也”①；“夫诗，温柔敦厚者也，不质直言之，而比兴言之。”② 在古代，比兴和诗教联系紧密，正是“温柔敦厚”的诗教，决定了比兴的表现方式。

从“文化大革命”地下诗潮，到兴盛一时的朦胧诗，对比兴的运用，概括而言，表现为两点：第一，在诗教的思维系统内，完成“比”的现代转型；第二，在诗教的观念系统之外，完成“兴”的现代转型。

比是古典诗歌构筑意象的核心理念。在《诗经》中，“金锡以喻明德，圭璋以譬秀民，螟蛉以类教诲，蜩螗以写号呼，浣衣以拟心忧，席卷以方志固凡斯切象，皆‘比’义也”③。以上刘勰所列举的“比”的诗句，大多数用“如”来表示比喻，比如，《诗经·卫风·淇奥》用“如金如锡”④ 来称赞卫武公，《诗经·大雅·卷阿》用“如圭如璋”⑤ 来称赞贤人，《诗经·大雅·荡》中用“如蜩如螗”⑥ 来形容饮酒呼号之声……这些诗句，喻义非常明显。那些喻义隐晦的，经学家称之为“兴”——在诗教的观念系统内，兴也是比，区别仅在于“比显而兴隐”、需要“发注而后见”⑦。经过经学家引经据典的论证阐释，经过诗人们反复的运用与演绎，这些意象便有了固定的含义，具有了政治与道德的言说功能：“《离骚》之文，依《诗》取兴，引类譬喻，故善鸟香草，以配忠贞；恶禽臭物，以比谗佞；灵修美人，以媲于君；宓妃佚女，以譬贤臣；虬龙鸾凤，以托君子；飘风云霓，以为小人。”⑧ 香草美人，飘风云霓，这些自

① 《礼记正义·经解》，《十三经注疏》下册，中华书局影印1980年版，第1610页。

② （清）皮锡瑞：《经学通论·诗经》，中华书局1954年版，第58页。

③ （梁）刘勰著，范文澜注：《文心雕龙注》，人民文学出版社1958年版，第602页。

④ 《诗经·卫风·淇奥》，（汉）毛亨传，（汉）郑玄笺，（唐）孔颖达疏，《十三经注疏》整理委员会整理，李学勤主编：《毛诗正义》，北京大学出版社1999年版，第219页。

⑤ 《诗经·大雅·卷阿》，（汉）毛亨传，（汉）郑玄笺，（唐）孔颖达疏，《十三经注疏》整理委员会整理，李学勤主编：《毛诗正义》，北京大学出版社1999年版，第1132页。

⑥ 《诗经·大雅·荡》，（汉）毛亨传，（汉）郑玄笺，（唐）孔颖达疏，《十三经注疏》整理委员会整理，李学勤主编：《毛诗正义》，北京大学出版社1999年版，第1159页。

⑦ （梁）刘勰著，范文澜注：《文心雕龙注》，人民文学出版社1958年版，第602页。

⑧ （汉）王逸：《离骚经序》，（宋）洪兴祖《楚辞补注》，中华书局1983年版，第2、3页。

然物象在中国的诗歌风景中，成为正邪较量、忠奸对立的符号性标志。

《诗经》与《离骚》，确立了中国诗歌以“比”为内核的意象构筑方式。在修辞上，“象”与“意”，靠类比、比喻、象征等方式联系在一起；在功能上，这种意象，往往指向政治伦理、社会秩序，所以，古代把《诗》和《离骚》都称为“经”。居江湖之远而思庙堂之高，鸟兽草木的诗歌景观里，饱含着中国诗人忧国忧民的入世情怀。这是中国古诗的传统，到了当代，朦胧诗人很好地化用了这种话语方式。他们一改颂歌之浮夸、战歌之激昂、民歌之直白，用沉郁凝重的意象，表达了社会转型期年青一代的忧思。在《祖国啊，我亲爱的祖国》中，舒婷连续用“老水车”“矿灯”“干瘪的稻穗”“失修的路基”“淤滩上的驳船”“‘飞天’袖间未落地的花朵”“雪被下古莲的胚芽”“挂着眼泪的笑涡”“雪白的起跑线”“绯红的黎明”等十个意象完成自我赋形，表达了一代人的痛苦、热爱与忧思。以赋起势，以比缩结，情感俊朗升起，意象绚烂结晶，一起一收，一收再起，再收……循环往复、逐层升华，成为舒婷早期诗歌的抒情模式，也成为一代朦胧诗人最重要的诗歌模式。“网”“黑眼睛”“大雁塔”“纪念碑”“钥匙”“鸢尾花”① ……这些意象，成为文学史中反复征引的范例。

朦胧诗人在“诗教”的思维系统中运用“比”，但是，这个思维系统中的价值观念，却是全新的，他们呼唤真情，讴歌自由，奠定了人道主义的诗歌追求。一种新的价值系统在朦胧诗中确立了，朦胧诗人用诗歌的方式，告别传统的、当代的礼教。但是，在不同的诗人笔下，告别的仪式是不同的。

芒克的告别方式显得异常激烈：“它把头转了过去/就好像是为了一口咬断/那套在它脖子上的/那牵在太阳手中的绳索。”②

北岛的《生活》是广为争论的“一字诗”：网。③ 这个“纠缠不清”的意象具有斩钉截铁的力量。因为，很久以来，我们对生活的认识，是一种二元对立的观念，要么美好，要么灰暗；要么歌颂，要么揭露。但是这

① 所引意象来自北岛《生活》；顾城《远与近》；杨炼《大雁塔》；江河《纪念碑》；梁小斌《中国，我的钥匙丢了》；舒婷《会唱歌的鸢尾花》。

② 芒克：《阳光中的向日葵》，洪子诚、程光炜主编《朦胧诗新编》，长江文艺出版社 2004 年版，第 70 页。

③ 北岛：《生活》，《北岛诗歌集》，南海出版公司 2003 年版，第 6 页。

首诗呈现的是一种矛盾、一种厌倦、一种不屑言说的骄傲。

“黑夜给了我黑色的眼睛，我却用它寻找光明”①，顾城的《一代人》被论家广泛征引。大多数人把这首诗理解成“道路是曲折的，前途是光明的”，于是，童话诗人变成了一个优秀的少先队员。其实，在这首诗里面，黑夜是美丽的，是黑夜洗净了眼睛，给予眼睛明亮的“黑”色，这个“黑”不是黑暗的“黑”，而是“知其白、守其黑”② 的“黑”，没有这样宁静冲虚的个体之“黑”，又怎能有热闹充实的集体之“白”呢？顾城以后的诗歌与人生，显然不是去寻找人尽皆知的“光明”，而是去守护属于他自己的“黑”——他贪恋这份孕育童话的混沌：

我不应当去爱太阳
我的血液有些怕烫
我该走了
转过身跟着影子
走向迟缓的黑昼和白夜
走向极地，走向清凉
走向洁白，走向
遗忘③

对顾城进行意识形态解读的人，一定无法面对“黑昼和白夜”这样的意象。纵观顾城一生，他的“黑眼睛”从来就不是意识形态话语中的“黑暗”，他的“光明”，也不是意识形态话语中的“美好的未来”，对于他而言，“黑”是“迟缓的黑昼和白夜”——是超越社会时间的混沌的冥思遐想，而他的“光明”，则是逃逸到“极地”的“清凉和洁白”。

当然，大多数诗人的告别方式是温和的，他们告别一个时代，走进另一个时代，成为文学史中的新贵。而诸如芒克、北岛和顾城这样的诗人，把改写的躯壳留在教科书内，而把逃亡的诗歌，带到路上。

---

① 顾城：《远和近》，《顾城诗全集》上卷，江苏文艺出版社 2010 年版，第 283 页。

② 老子：《道德经》第二十八章，（魏）王弼注，楼宇烈校释《老子道德经注校释》，中华书局 2008 年版，第 74 页。

③ 顾城：《我不应当去爱太阳》，《顾城诗全集》上卷，江苏文艺出版社 2010 年版，第 744 页。

不管是旧瓶装新酒还是反其道而为，不管是更新还是颠覆，朦胧诗人对“比”的运用，都有一个“诗教”的参照系统。而“兴”，则远离诗教，走向纯粹的审美。

在诗教体系中，“兴”在一章一节之首，把鸟兽草木的日常景观引向美刺讽谏的政治情怀，为以后“诗言志”铺垫、蓄势、制造言说的氛围。但是，在中国古诗中，“兴”的功能绝不仅限于此，它更符合审美的规律。

重感觉而远理性，重意味而远意义，这是“兴”最大的特点。“初民心理简单，不重思想的联系，而重感觉的联系，所以‘起兴’的句子和下文常是意义不相属，即是没有论理的联系，却在音韵（韵脚）相关联着。”① 朱自清所言的“感觉”，主要是“声”。相比而言，刘大白的表述更加全面：“兴就是起一个头，借着合诗人底眼耳鼻舌身意相接构的色声香味触法起一个头。”② 除了唤起“感觉”，“兴”还指向语言的余味，所谓：“言有尽而意有余。”③

对于诗歌而言，最终能表达一个意义固然是好事。但是，一首好诗也可以没有确切的意义，或者作者本来就不打算去表达什么意义，他只是向读者传达一种真切的感觉，给人一次情绪的漫游与美感的回味。这种“未完成”的诗歌，更接近美的本质。情况往往是这样的，当诗人厌倦于政治表达，厌倦于诗必“言志”时，他们凝眸于鸟兽虫鱼，他们流连于山水田园，在“景物”本身，获得了生命的启示。在走向世俗价值的过程中，他们一再地延宕、不断地逃逸，斥它为得陇望蜀也罢、赞它为得鱼忘筌也好，总之，正是通过这种方式，他们摆脱了彼岸世界的禁锢，获得了“在路上”的美丽。也正因为如此，在剔除政治伦理意义之后，以儒家精神为正统的古典诗歌，依然闪烁着动人的、人性的光辉。

在这个意义上讲，诗歌给予人的，往往是一次美丽的“迷失”：

沿着鸽子的哨音
我寻找着你

① 顾颉刚：《古史辨》第三册，上海古籍出版社 1982 年版，第 684 页。
② 同上书，第 686 页。
③ （梁）钟嵘：《诗品》，中国社会科学出版社 2007 年版，第 13 页。

高高的森林挡住了天空
小路上
一颗迷途的蒲公英
把我引向蓝灰色的湖泊
在微微摇晃的倒影中
我找到了你
那深不可测的眼睛①

北岛的诗歌《迷途》，是当代诗歌中最出色的一个“假动作”：处处象征，“象”而不“征”——善于附会诗意的人会认为“哨音”象征“召唤”，“天空”象征“理想”，“森林”象征“障碍”——但是，这只能是一次“迷途”的阅读体验。因为“我”最终是在“倒影”中找到是“你的眼睛”。你是谁？是“我”吗？是蒲公英吗？是“我”和蒲公英共同的梦想吗？“我”和蒲公英都是“迷途者”——它们都无法确认“你的眼睛”。喜欢“诗言志”的读者希望在这首诗中读出“寻找”的快乐，而诗人表现的，仅仅是“迷途”的美丽。寻找，仅仅是一个“假动作”，当读者在歧途陌路大哭而返时，诗人在小径交织的花园流连忘返。

与此相应，“兴”，也从“发端”和“比喻”的俗套中破茧而出，转化为对诗歌整体意境的经营和对诗歌绵长韵味的酿造。1980 年 2 月，诗人李小雨在《人民日报》副刊上发表了组诗《海南情思》，其中有一首小诗，《夜》：

岛在棕榈叶下闭着眼睛，
梦中，不安地抖动肩膀，
于是，一个青椰子掉进海里，
静悄悄地，溅起
一片绿色的月光，
十片绿色的月光，
一百片绿色的月光，
在这样的夜晚，

① 北岛：《迷途》，《北岛诗歌集》，南海出版公司 2003 年版，第 29 页。

使所有的心荡漾，荡漾……
隐隐地，轻雷在天边滚过，
讲述着热带的地方
绿的故乡……①

在当时，这首诗歌引起了争议。“作者究竟要表达什么感情，什么思想?”② 可以看出，批判者心中是有个“诗言志”的阅读期待的，诗不“言志”，阅读者只有徒劳而返了。这是一首需要“感觉”的诗，它只传达“意味”，它不表达“意义”。但是这种“感觉”与“意味”是很美丽的：只要一片叶子，就够小岛做一个美丽的梦了。青椰子要寻找自己的梦，它纵身一跃，跳进海里——溅起无数月光，无数的人在无穷的远方，无数的梦绽放在无穷的静谧里。轻雷走过天空，讲述有关绿色的一切……贪婪的读者注定一无所获，因为他总想摘取诗人的心，可是，诗人的心早已不在意义的胸腔里，而在澄明的世界里和自然对话。

你
一会看我
一会看云

我觉得
你看我时很远
你看云时很近③

顾城的《远和近》，可以看成阅读此类诗歌的入门手册：当你和诗人进行意义的交流时，他正在远你而去。和他一起看云吧，当你凝视自然的时候，他就在你身边。诗歌不是制造意义，而是一种“去蔽”行为，是一种还原自然生命的行为。这，正是“兴”的本质所在。现代学者从修辞的角度，用象征去解释“兴”，这是一个巨大的误会。如果“兴”和象

① 李小雨：《夜》，《人民日报》1980年2月22日。
② 章明：《令人气闷的“朦胧”》，《诗刊》1980年第8期，第54页。
③ 顾城：《远和近》，《顾城诗全集》上卷，江苏文艺出版社2010年版，第430页。

征有关系，那“象征”绝不是修辞意义上的象征，而是一种“感应”自然的方式：

> 自然是一座神殿，那里有活的柱子，
> 不时发出一些含糊不清的语音；
> 行人经过该处，穿过象征的森林，
> 森林露出亲切的眼光对人注视。
>
> 仿佛远远传来一些悠长的回音，
> 互相混成幽昧而深邃的统一体，
> 像黑夜又像光明一样茫无边际，
> 芳香、色彩、音响全在互相感应。[①]

当我们用修辞意义上的“象征”无法解释这种诗歌时，便换用另外一种修辞，所谓“通感”。其实，“通感”只是象征主义诗歌在技术层面的表现，其本质，是一种诗歌美学。这种诗歌美学，表现出以下特点：第一，其关注的对象是自然生命；第二，通向自然生命的方式是“感觉”——这种感觉企图打破以人为主、观念为先的“沟通”方式，希望人和自然实现“感官”的共享；第三，在万物感官共享的自然中，所谓诗歌，便不是语言与理性的实验，而是“精神和感官的热狂”[②]，诗歌成为人们摆脱文化禁锢，实现生命自由的方式。正是在这个层面，西方的象征主义和中国的“兴”达成一致；也正是在这个意义上，诗教观念体系中的“兴”消失了，而作为一种审美精神，“兴”在当代诗歌中，依然保留下来。

---

① 波特莱尔：《感应》，钱春绮译，《恶之花选》，人民文学出版社1987年版，第15、16页。

② 同上书，第16页。

第四章

第三代诗歌与比兴研究

第一节　无“志”可言——第三代的诗歌处境[①]

一　“天狗”的解救之道

比兴诗学的发展，和中国“诗言志”的传统紧密相关。从意象构成来看，“象”是鸟兽草木，“意”则是“志”的家族成员；从诗人的人格结构来看，日常生活是此岸，精神信仰是彼岸，言此及彼，正是中国诗人用诗歌建构精神家园的方式。但是，对于第三代诗人而言，“诗言志”成为问题。

在本节，笔者企图从“第三代”以前的诗歌史说起，揭示第三代面临的时代背景。

“五四”时期，一切价值重估，传统诗人所言之“志”，成为封建的伦理教条，在个性解放的时代被打倒。但是，无“志”可言、失去“彼岸”的歌者，在自我急剧膨胀的同时，也要吞食空虚、焦灼和恐惧：“我便是我呀！/我的我要爆了！”[②] 这句诗里，有“五四”时期最动人的表情——“我便是我呀”，也有“五四”时期最撕裂的面容——“我的我要爆了”。

郭沫若通过什么方式，解决了《天狗》中呈现的精神危机？

英雄主义，“我们”，乌托邦，构成“天狗”的解救之道。它们分别是“诗言志”的抒情基调、抒情主体、与抒情内容。

有意思的是，这三个方面都蕴含在《天狗》之前创作的《凤凰涅槃》

---

①　本节的部分内容曾经发表。

②　郭沫若：《天狗》，《郭沫若全集》第一卷，人民文学出版社 1982 年版，第 55 页。

中：群鸟的出现，衬托了凤凰的孤独与崇高，凤凰就是英雄；然而，“是你在欢唱？是我在欢唱？是他在欢唱？”[①] 不，是“凤凰和鸣”[②]，只有忘记你我他，图腾本身才可以神圣——“是欢唱在欢唱”[③]！正是有浩大华丽的《凤凰涅槃》作为支撑，诗人才可以走出《天狗》的孤独与焦灼，正是有前期这个混沌博大的“我们”发出召唤，诗人才可以在以后找到“具体”的“我们”。而凤凰的新生有两个条件，一是“火”的洗礼，二是“涅槃”的愿望，前者契合了革命的性质，后者的乌托邦寓意是古老的，意义却是现实的，对于20世纪初期以来，走上革命之路的诗人而言，革命不仅意味着一份有关未来的承诺，也意味着精神的新生与升华。

这种自我解救之道，在郭沫若之后得到延续与放大——历史事实是，沿着这条解救之道走向圆满的人，成为50年代后合法走进文学史的诗人，成为“进步”的代表，成为当代诗歌追认的传统，成为“主流”。而背离这条解救之道的诗人则是“反动”的代表，是“逆流”，是当代文学否定的遮蔽的传统。

1955年，臧克家发表《“五四”以来新诗发展的一个轮廓》，把新诗发展划为“相互对立斗争”的两个阵营：进步的革命文艺与落后的资产阶级文艺。前者的代表诗人主要有郭沫若、殷夫、臧克家、艾青、田间以及解放区诗人，后者主要包括胡适，以及新月派、象征派、现代派的诗人[④]。

1958年，当时作协领导人邵荃麟对此做出权威性的总结：“五四以来的每个时期，都有两种不同的诗风在斗争着：一种是属于人民大众的进步的诗风，一种是属于资产阶级的反动的诗风。”[⑤]

为了说明问题，笔者在郭沫若之后的主流诗人中，选择在两个时期最具代表性的诗人进行分析，可以看到郭沫若式解救之道的普遍性与延续性。

---

① 郭沫若：《天狗》，《郭沫若全集》第一卷，人民文学出版社1982年版，第52页。

② 同上。

③ 同上。

④ 臧克家：《“五四”以来新诗发展的一个轮廓》，《臧克家全集》第10卷，时代文艺出版社2002年版，第218—248页。

⑤ 邵荃麟：《门外谈诗》，《诗刊》编辑部编《新诗歌发展的问题》（第一集），作家出版社1959年版，第15页。

“今日他们的天堂，/他日他们的地狱，/今日我们的血液写成字，/异日他们的泪水可人浴。”[①] 这是1929年，殷夫在《血字》中的诗句。皈依“我们”的英雄，在乌托邦的烛照下喋血歌唱，激情万丈。这样的诗歌在三四十年代非常多。郭小川是50年代后最具代表性的主流诗人，在1962年3月，写下《甘蔗林——青纱帐》和《青纱帐——甘蔗林》，从时间、题目、内容上，两首诗深深纠缠在一起，留下广阔的互读空间。“青纱帐”与“甘蔗林”表面上是北方与南方的区别，在深层是战争与和平的对照。用“青纱帐”指称战争时代，用“甘蔗林”指称和平建设的时代。“何必这样问呢——到底更爱甘蔗林，还是青纱帐？”[②]“何必这样问呢”？但是，两首诗歌中贯穿始终的诘问与辩解恰恰是“到底更爱甘蔗林，还是青纱帐？”在《甘蔗林——青纱帐》中，倾向性是明显的，甘蔗林虽然“香甜”，然而“严峻”，而青纱帐虽然“遥远”，但是“亲近”。[③]这种思想是危险的，所以在《青纱帐——甘蔗林》中必须重新表态，于是，“北方的青纱帐啊，你为什么至今还令人神往/因为我们的甘蔗林啊，已经是新时代的青纱帐！”[④] 这样迂回曲折的心灵通道指向一代人的精神河床：新时代到来，系诗人与战士双重身份于一身的知识分子，只有置身于回忆中的“青纱帐”，才可以享受英雄主义的荣耀；只有当“甘蔗林”与“青纱帐”具有相同属性时，知识分子才可以摆脱小资产阶级的阴影，获得“我们”的歌唱权力。而未完全遮蔽的个体，无法抗拒潜在的失落，于是，必须由“青纱帐”照亮“甘蔗林”——运用回忆，唤回乌托邦的激情。

英雄主义，“我们”和乌托邦的统一，形成郭沫若等人的解救之道。在乌托邦的照耀下，个体摆脱了“小我”的困惑与绝望，抒人民之情、言人民之志——“我们”成为英雄主义的抒情主体。经过历史的选择、政治的修正，郭沫若的解救之道，成为中国新诗进入当代的合法路径。那些反其道而行的、另有选择的和摇摆不定的诗人，在1949年后，失去了

---

① 殷夫：《血字》，《中国现代名家名作文库·殷夫》，中国戏剧出版社2001年版，第133页。

② 郭小川：《青纱帐——甘蔗林》，《郭小川诗选》上册，人民文学出版社1985年版，第199页。

③ 同上书，第187页。

④ 同上书，第200页。

诗歌的表达机会。

二　绝望的"天狗"

20世纪70年代末期，朦胧诗兴起。年轻一代的诗人，再也不可能再次地走上郭沫若的"解救之道"。他们要对这种"解救之道"进行反思、怀疑和拒绝。自我觉醒之后，诗人只能重复世纪初的噩梦："我在我神经上飞跑，我在我脊髓上飞跑，我在我脑筋上飞跑。"①

在"文化大革命"中潜在的以及80年代初期崛起的新诗潮中，自我认知的第一步，便是斩断"我们"的历史脐带。如果说，郭沫若代表的"五四"诗人在叛逆之后找到了皈依，那么，食指、白洋淀诗群、北岛等的自我认知是无所依傍的，这些诗人对"我们"——狂欢的、安全的队伍，保持了警觉。食指在1974年写下《疯狗》："我还不如一条疯狗！/狗急它能跳出墙院，/而我只能默默地忍受，/我比疯狗有更多的辛酸。"②在"我"的愤怒之中，充满着时代的遗弃感以及近乎绝望的自我放逐。"一度我们曾是真诚的/就因为我们无知的样子很纯真。"③ 可当我们走进"市场"："人们在用残酷的机器烤肉/在剥下象征纯洁的皮/人们的脸上满是油啊/从口中取出果丹皮/人们说：生活/从来没有这样真实过！"④ 个体面临的强大"他者"，让个体对"我们"、对走向乌托邦的"队伍"，保持了警惕。

但是，历史的黑色旋涡其实是由许多个体心灵深处的疯狂、怯懦、麻醉、暴烈、嫉妒等罪恶催生、激化的。所以，对历史、对政治的反思，必然深入到对人性、对个体的反思。当自我认知返回到人自身的时候，"我"成为"我"的理想，也成为"我"的障碍。根子的诗歌《致生活》，是典型的自我认知之作，在诗歌中，"眼睛"是狼，"大脑"是狗，"我"——主人，尾随狗坠入水中，却因为狼而得救："喂，生活/你记牢我现在说的/眼睛是狼，它已复活/它受够了凌辱，以后/只有它，为我活

---

① 郭沫若：《天狗》，《郭沫若全集》第一卷，人民文学出版社1982年版，第55页。

② 食指：《疯狗》，《食指诗选》，人民文学出版社2009年版，第88页。

③ 多多：《鲤鱼市场》，《多多诗选》，花城出版社2005年版，第46页。

④ 同上。

着/单纯，肤浅，诚实，专断。”[①] “你有本领/向大脑的幽灵赎罪吗？/那狗如果复活，恐怕/又是一只狼。”[②] 当“两只狼”在人身上站起来时，个体复活了：“我便是我呀。”但是，这未必就是一个美好的结局：当“狗”也成为“狼”，当“大脑”与“眼睛”完全重合的时候，纯粹的自我只能重复《天狗》的奔跑轨迹：“我在我神经上飞跑，我在我脊髓上飞跑，我在我脑筋上飞跑。”[③] 这是自我诘问的必然结局，“我便是我呀”，是对“我是谁”这个问题的无限循环与原地重复，回答是无效的。在《天狗》中，言说者被发现自我解释自我的激情煎熬着，然而每一次新的发现只不过是回到起点：“显然，‘自我’在《天狗》的叙事中是个问题而不是一个答案，是困惑而不是灵感，是欲望的对象而不是欲望的源泉。最终使《天狗》汹涌的能量无处安放的原因是言说者自己身份的无法确定。”[④]

通过革命，在“我们”的队伍中，郭沫若走出自我诘问的怪圈。然而，对于“文化大革命”中成长的这一代诗人来说，背离“我们”，他们走向何方？

朦胧诗一代诗人有浓郁的英雄情结，英雄的“我”是大写的：“我就是纪念碑/我的身体里垒满石头/中华民族的历史有多么沉重/我就有多少重量/中华民族有多少伤口/我就有多少血液”[⑤]，他们想做民族的“良心”，“是你灵魂的骄傲/是你灵魂的羞耻/是你灵魂的全部美丽/是你灵魂的一切意义”[⑥]；而英雄少年便成为“王子”：他想在大地上“画满窗子，让所有习惯黑暗的眼睛/都习惯光明”[⑦]。

但是这一代英雄注定要分裂，因为英雄之躯并非意识形态的金刚不坏

---

① 岳重：《致生活》，洪子诚、程光炜选编《朦胧诗新编》，长江文艺出版社2004年版，第100页。

② 同上。

③ 郭沫若：《天狗》，《郭沫若全集》第一卷，人民文学出版社1982年版，第55页。

④ 邹羽：《批判与抒情》，王晓明主编《20世纪中国文学史论》上卷，东方出版中心2003年版，第382页。

⑤ 江河：《纪念碑》，洪子诚、程光纬选编《朦胧诗新编》，长江文艺出版社2004年版，第241页。

⑥ 雷抒雁：《我是你的良心》，姜耕玉选编《20世纪汉语诗选》第4卷，上海教育出版社1999年版，第236页。

⑦ 顾城：《我是一个任性的孩子》，顾乡编《顾城诗全集》上卷，江苏文艺出版社2010年版，第674页。

之身，而是人道主义的肉体凡胎：“在没有英雄的时代里/我只想做一个人”①，“我是人/我需要爱/我渴望在情人的眼睛里/度过每个宁静的黄昏”②。

所以，这一代英雄主义的诗人，在感动于受难与承担的悲壮时，必须领受来自肉身的反讽，接受生活的荒诞。真诚的诗人，必然要反戈刺向自己的英雄诗篇。北岛早期写的《一切》，证明这种隐痛困扰着英雄主义的诗人：“一切希望都带着注释/一切信仰都带着呻吟。”③ 这种隐痛，在追求英雄主义之后，会更加加深，更加清晰：“我，心如枯井/对海洋的渴望使我远离海洋/走向我的开端——你/或你的尽头——我//我们终将迷失在大雾中/互相呼唤/在不同的地点/成为无用的路标。”④ 其实，在第三代诗人“pass 北岛”的时候，北岛已经成功埋葬了自己。而北岛的新生，却正源自他早期诸如《一切》等诗篇中的冷酷的、不留退路的怀疑精神，这是他生命中的“冷气”与“鬼气”，是英雄揣在怀里的“死火”。

怀疑未来、陷入绝望，是朦胧诗以来，诗人必须面对的生存现状。

“摇曳着曙光那枝温暖漂亮的笔杆/用孩子的笔体写下：相信未来。”⑤ 1968 年，食指写下《相信未来》。我们无法猜测，诗人所指的“未来”是什么？食指的失落是因为对“文化大革命”的直觉性怀疑？还是因为红卫兵运动的结束？这两种原因从本质上是矛盾的：前者指向理性的冷静，后者指向信仰的盲目。从一定意义上讲，对于 1950 年左右出生的诗人，后者的天真、执拗更为迷人——而这一愿望，用稚嫩的童声进行诉说，便超越了政治，带有形而上的、乌托邦的意味，也就是说，特定时代的食指的“未来”，也是任何时代我们的未来，我们都必须“相信”一个懵懂未明的未来，这是现实存在的动力。但是，当无数的“未来”变成现在的时候，人类在不断收获成熟，也在不断失去“相信”。《相信未来》的作者写下《疯狗》的时候，“我”，一个被时代遗弃的人，也被“未来”所遗弃！那么，当 1979 年食指表白“相信未来，热爱生命”⑥ 的时

① 北岛：《宣告》，《北岛诗歌集》，南海出版公司 2003 年版，第 22 页。
② 北岛：《结局与开始》，《北岛诗歌集》，南海出版公司 2003 年版，第 25 页。
③ 北岛：《一切》，《北岛诗歌集》，南海出版公司 2003 年版，第 10 页。
④ 北岛：《白日梦》，《北岛诗歌集》，南海出版公司 2003 年版，第 81 页。
⑤ 食指：《相信未来》，《食指诗选》，人民文学出版社 2009 年版，第 29 页。
⑥ 食指：《热爱生命》，《食指诗选》，人民文学出版社 2009 年版，第 90 页。

候，他是否意识到“未来”与“生命”的矛盾比和谐更有力，当未来照亮生命的同时，也在抽空着生命的现世价值——当人把无限的希冀抛向未来的时候，生命成为符号与躯壳。这是人类存在的永恒悖论——食指的精神分裂镶嵌在20世纪中后期，成为一个世纪中国知识分子的体检报告。20世纪前期，鲁迅的《过客》就是这一症状的预诊：永远感召于“前面的声音”，却永远不知道前面是什么，生命被捆绑在一个定型的无限复制的动作上。到了20世纪末期，诗人成为这一病原体的最大携带群体，他们在追问中不可自拔，陷入绝望：

春天，将永远烤不熟我的心——
那石头的苹果。①

他们没有在主安排的时间内生活
他们是误生的人，在误解人生的地点停留
他们所经历的——仅仅是出生的悲剧。②

更远的地方　更加孤独
远方啊　除了遥远　一无所有③

这是墓地的灯火
当你睡去
它就醒来
照亮悲哀④

除了梦幻　我的诗歌已不存在
有关天鹅也属于上一代人没有实现的梦想
我们日夜于语言之中寻找的并非天鹅的本质

① 根子：《三月与末日》，洪子诚、程光炜选编《朦胧诗新编》，长江文艺出版社2004年版，第87页。

② 多多：《教诲》，《多多诗选》，花城出版社2005年版，第42页。

③ 海子：《远方》，《海子诗全编》，上海三联书店1997年版，第409页。

④ 顾城：《醒》，顾乡编《顾城诗全集》下卷，江苏文艺出版社2010年版，第775页。

它只是作为片段的花彩从我的梦中一晃而过①

这样的诗句从20世纪70年代到90年代逐渐扩散，形成蔓延之势。在上面引用的多多的诗歌中，他已经清晰地把自己、把一代人的命运走向纳入到上帝的时间安排上。但是，在多多以及朦胧诗一代诗人那里，这个问题并没有集中地纠缠他们。而对于他们之后的诗人，这一问题日益尖锐。因为对于这一代诗人来说，面临的困境是双重的：一方面，由于受文化大革命后诗人的影响，他们对乌托邦心存畏惧；另一方面，物质主义畅行，命运以截然相反的平庸嘲讽着精神的苦吟者："内心虚无/内心贫困/在货币和语言中出卖一生/这还不是人类的一切啊！"②

于是，一场艰苦卓绝的"寻神"运动开始了：

东方诗国负笈山行的僧人
薄暮始达谷底阴冷的界河
涉渡……
略一迟疑，雄心已如古瓮破裂
倒扣在石岸宿命的白塔。③

一只空杯子装满了我撕碎的诗行
一只空杯子——可曾听见我的喊叫？！
一只空杯子内的父亲啊
内心的鞭子将我们绑在一起抽打④

主啊，还要等到什么时候
我们屈辱的生存才能拯救，还要等到
什么时候，才能洗却世人眼中的尘土

① 戈麦：《天鹅》，西渡编《戈麦诗全编》，上海三联书店1999年版，第286页。
② 海子：《给伦敦》，《海子诗全编》，上海三联书店1997年版，第321页。
③ 昌耀：《广板：暮》，《昌耀诗文总集》，青海人民出版社2000年版，第378页。
④ 海子：《八月之杯》，《海子诗全编》，上海三联书店1997年版，第367页。

洗却剧目中我们小丑一样的恶运[①]

海子等在诗歌内部有个疯狂的世界，在这个世界里，诗人奔波流离、呐喊哭泣，只为寻找一个神——此神可以解释我们的来意，以及我们的去处——从一定意义上讲，它代替的正好是“我们”与“革命乌托邦”的意义。除了疯狂地近乎绝望地呼唤神之外，雪原，大地，海洋，天空，女性，动物，植物……这些事物旁边有诗人做梦、朝拜、哭泣的影子，这些事物都具有了神性，这神性不是通过修辞激活的诗意，甚至不是泛神论的灵感，而是20世纪末期中国诗人的现实症状，他们的寻源意识导致了一种近乎原始拜物教般的虔诚，事物不再以单纯意象的功能出现在诗歌中，而是以带有神性启示的方式向生存发出召唤——因为他们坚信，在人身上，属于神的胎记已经被自欺欺人的文化、泥沙俱下的历史、挟裹一切的政治所遮蔽，他们必须在事物之中，捕捉原初的神性。有三个诗人最具代表性：昌耀，海子，顾城。昌耀是尽其一生像圣徒一样苦行大地的诗人，他的诗歌“延伸向旷古高原与人类类属生命相互作伐，相互渗透，重又彼此唤醒，互示花雨霞霓的天假大块”[②]；而海子，在瞬间绽放的生命时间里，反复向天空发出信号，问天，哭天，骂天，天空高高在上，掏空了他生命的全部内容；顾城的“寻神”之路是肤浅的，但与昌耀、海子的博大与焦虑相比，他思路清晰，那就是中国诗歌长期培育的赤子之心，在田园、自然与童话中寻找泛神的启示。这三位诗人可谓上穷碧落下黄泉，升天入地求之遍，企图从大地、天空、梦魇中捕捉神的声音——这声音可以解释生、超越死，兑现神秘的承诺。这是中国新诗有史以来，在政治乌托邦之外，疯狂追寻神的最宏大的队伍：有20世纪30年代出生，见证了世纪苦难的老人，也有以强势姿态扮演英雄的短命诗人，还有终生没有走出变声期的童话诗人，在他们周围，有高山流水的知音、忠心耿耿的追随者，也有不明就里东施效颦的模仿者。他们的队伍，如飞蛾赴火般纷纷坠入这求神之途，有人自焚于火，有人在歧路大哭而返，而大多数模仿者，

① 戈麦：《我们背上的污点》，西渡编《戈麦诗全编》，上海三联书店1999年版，第234页。

② 燎原：《高地上的奴隶与圣者》，《昌耀诗文总集》，青海人民出版社2000年版，第10页。

只有在镜子里，被自己感动，在眼泪中塑造脆弱的人生。

而走在队伍最前面的人，始终了解自己行为的虚拟性。

在《慈航》中，昌耀以入赘草原家族来象征抵达彼岸的宗教性喜悦，在这待娶之夜，“他”从窗隙中看到世俗光阴远去，“迎面而来——他看到喜马拉雅丛林/燃起一团光明的瀑雨/而在这虚照之中潜行/是万千条挽动经轮的纤绳，他回答：/——我理解。/我亦愿意。”[①] 诗人为神服役的虔诚与幸福溢于言表。然而，他又深知：“人生困窘如在一不知首尾的长廊行进/前后都见血迹。仁者之叹不独于这血的真实/尤在无可畏避的血的义务。”[②] 以血换血，以自己的血换取事物崭新的生命，是神子的义务——而如果所换之血迟迟不来、忠诚的考验漫长无期，那这义务只能是苦役，是耗燃生命骨髓的慢性自杀。诗歌圣徒昌耀没有死在朝圣路上，而是死在病中。肺癌侵扰的诗人纵身一跃，恐怕不是听到天堂的晨钟，而是感到为神服役的疲惫。圣徒可以疲惫而死，而英雄，却要在心力交瘁的时候取而代之，自立为神、为王：“太阳是我的名字/太阳是我的一生/太阳的山顶埋葬诗歌的尸体——千年王国和我。”[③] 海子死于僭越的野心，死于自立为王的无奈与羞愧：他知道他是寻“王”的，此“王”为神，给万物以光，给生命以信仰，给信仰以生命；而他自己不是“王”，他是人，他言说的只剩下痛苦：“我必将失败/但诗歌本身以太阳必将胜利。”[④] 寻神的人一定失败，胜利的是诗歌——为神所累、为神而分裂的心！所以，在漫长地对死亡进行诗意的、崇高的、美丽的描述后，他付诸实践了——因为他知道这是最后一次幻想，这一次幻想只为自己。

这是一场戏，“夜色和一千个望远镜/正在对准我。/上帝，天父，可能的话/从我这儿拿走杯子”[⑤]。但是，从 20 世纪中国知识分子的精神探索历程来看，历史不会从 20 世纪末期诗人的嘴边撤走苦烈的毒酒。剧情已定，他们必须演出，必须由他们演出。在一个政治伦理与道德伦理维系社会价值的历史文化系统中，任何人试图从生命出发寻找真“神”，只能

① 昌耀：《慈航》，《昌耀诗文总集》，青海人民出版社 2000 年版，第 123 页。

② 昌耀：《仁者》，《昌耀诗文总集》，青海人民出版社 2000 年版，第 471 页。

③ 海子：《祖国（或以梦为马）》，《海子诗全编》，上海三联书店 1997 年版，第 378 页。

④ 同上。

⑤ 帕斯捷尔纳克：《哈姆莱特》，北岛《时间的玫瑰》，中国文史出版社 2005 年版，第 205 页。

两面受伤：一方面，拆除了前定的价值参照与价值依托系统，没有退路；一方面又被异域的、未知的神秘蛊惑，陷入虚妄。从黄翔、食指、白洋淀诗群到北岛，这些诗人以英雄主义的姿态完成了第一方面的工作，那么，昌耀、海子与戈麦、顾城等诗人，面对的只有两方面的残局、两方面的尴尬、两方面的绝望夹击。这种分裂被他们清晰地咀嚼着，破坏了生命的光滑与平衡，分裂的终结方式是死亡。

20世纪末期，诗人陷入迷茫，走向绝望，这种群体性的精神症状，其原因绝不能只在20世纪末期寻找。正是从20世纪30年代以来，伴随着中国诗人对郭沫若式解救之道的不断修饰、加固、无限放大，再到对这种解救之道的逐步怀疑、彻底拆除，最终到重建家园，体味虚妄，中国诗人领受了一株芦苇——思考的高贵与脆弱。在他们的背影里，许多诗人对这一集体行为持嘲笑的态度，这是假装无知和故做偏见，因为，他们就是从这些坍塌的神话中站起来的，如果他们的脚下没有别人，在更多后行者脚下倒下的，就只能是他们自己。他们是幸运的，这些幸运的人中，就包括“第三代”诗人。

三　绝路而返——第三代诗人的诞生

在当代文学史上，“第三代”泛指“朦胧诗”之后兴起的先锋诗歌。[①] 最初，它只是少数诗人的自我定位，他们企图用“第三代”这个命名，和以前的诗歌传统划清界限：“第一代人为郭小川贺敬之这辈，第二代人为北岛们的‘今天派’，第三代就是我们自己。”[②] 理论化的表述则是：“随共和国旗帜升起的为第一代，十年铸造了第二代，在大时代的广阔背景下，诞生了我们——第三代人。”[③]

---

① 类似的命名还有：“后崛起”，徐敬亚等编《中国现代主义诗群大观1986—1988》，同济大学出版社1988年版；“后朦胧诗”，万夏、潇潇编《后朦胧诗全集》，四川教育出版社1993年版；“实验诗”，唐晓渡、王家新编《中国当代实验诗选》，春风文艺出版社1987年版；“新生代”，《中国》（北京）1986年第6期“编者的话”；“后新诗潮”，谢冕《美丽的遁逸——论中国后新诗潮》，《文学评论》1988年第6期，第28页。

② 柏桦：《左边——毛泽东时代的抒情诗人》，江苏人民出版社2009年版，第134页。

③ 1985年5月，四川省青年诗人协会编印《现代诗内部交流资料》，在“第三代人笔会”栏目中提出这个观点。参见周伦佑《第三代诗与第三代诗人》，《亵渎中的第三朵语言花》，敦煌文艺出版社1994年版，第2页。

这种代际划分似乎为文学研究者提供了便利。第一，“朦胧诗”之后，用一个名词指称复杂混乱的诗歌格局，这样便于文学史叙述；第二，在选编作品时，既可以有一个醒目的标签，也可以囊括众多的作品。但是，它的弊端是显而易见的。文学史家在概括文学现象时，面对复杂的文学现象一筹莫展，常常出现的情况是，先用“第三代”的命名与以前的诗歌历史划清界限，规定了一个清晰的阐释框架，而在后面的叙述中，许多风格各异的诗人对这种预设的观念形成内在的“反动”。各种作品选加剧了这种指称不清的印象，一顶“第三代”的大帽子，里边冒出许多非“第三代”的脑袋。

当“第三代”的肇始者们通过这个名词，占据了“文学场”的有利地形之后，他们却发现，在这个名词下，众声喧哗，掩盖了他们自己的声音。他们必须夺回自己的“署名权”——他们不但要用“第三代”这个词，推开前面的“高山”，也要用它，和身边的山峰划清界限。就自然年龄和社会阶段而言，在朦胧诗之后的同代诗人中，诗歌观念差别很大，有的甚至是截然对立的。比如在洪子诚、程光炜编选的《第三代诗新编》中，既有韩东、杨黎、李亚伟等“第三代”的代表诗人，也有海子、西川、王家新等难以归入同类的诗人。事实上，第三代诗人的诗学观，不仅仅是针对“第一代”，或“第二代”诗人提出来的，也不仅仅是针对朦胧诗提出来的，在很大程度上，是针对朦胧诗后，“第三代”的同代人提出来的。所以，在使用“第三代”这个命名时，只能在审美观念与创作倾向上去归类。周伦佑这样界定第三代：

> 1986年3月，我曾从诗歌审美观念更新的角度，将当代新诗潮划分为三个阶段：
>
> 第一浪潮即北岛、舒婷们。其创作以对异化现实的批判为其思想特征；艺术特征是单主题象征。这便是人们熟知的“朦胧诗”。
>
> 第二浪潮从杨炼开始，以四川一群“寻根”诗人为代表。思想上有“唯文化”倾向；艺术上是多主题象征。这一浪潮的作品一般具有激情和崇高化的特点。
>
> 第三浪潮以非非主义、“他们”诗群、莽汉主义、“海上”诗群为前卫，思想上强调对系统观念的超越，艺术上主张语义偏离，语感还原。这一浪潮的诗歌普遍具有非崇高、非文化、非修

辞的特点。[1]

超越自然年龄与社会阶段，按审美观念与创作倾向界定“第三代”，显然是更加科学的做法。周伦佑把杨炼划为“第二代”，意味着在杨炼之后，延续这种诗风的人成为“多余人”——用李亚伟的话讲，“它导致的是混乱”，“让本来应该更好的第三代人，被那些二代和二代半瓜分了”[2]。从本质上讲，这是“第三代”诗人和他们以前的，以及同代的诗人争夺话语权力的表现，但是在客观上，却有利于我们更加准确地使用“第三代”这个名词。因为，它的指称重心开始从大而无当的代际划分转移到更加具体的诗学追求上。“第三代”诗人杨黎的看法是，“这不是代与代的问题，这是在同一个时代的三种诗歌态度和创作方向”[3]。“多余人”离开“第三代”的叙述视野之后，“第三代”的诗歌阵容逐渐清晰起来。

在本书中，笔者只在最小的范围内运用“第三代”这个词，用来指称一种诗歌：通过反修辞、反意象的表达，拆除了传统文化观念和当代意识形态观念在诗歌中的主体作用，让语言低调运行、自动敞开，让诗歌走下祭坛、回到日常生活。具体诗人，只涉及“非非”、“莽汉”和“他们”等社团中倾向明显的一部分诗人。

“第三代”的提出，最初主要针对的是“第一代”与“第二代”的写作。随着讨论的深入，“第三代”这个命名，也把“第三代”诗人和他们同代人中、有不同诗歌倾向的人区分开来了。“第三代”所不容的同代诗人，主要是受到杨炼等朦胧诗人影响，企图在诗歌中重建“神话”的诗人，主要代表便是海子，以及云集四川，以文化寻根、创建史诗为业的诗人。这些诗人有一个共同的诗歌倾向——面对彼岸、以诗“言志”。不管彼岸的风景怎样变化，所言之“志”有何不同，他们在思维方式上，在诗歌姿态上都是相通的：鸟兽草木、人的肉身、日常生活成为诗人建设价值系统的符号。尤其是到了海子这一代，诗人在彼岸世界内耗巨大，诗歌上穷碧落下黄泉，在神话的魔咒中魂不守舍。他们是一批失魂的诗人，

---

① 周伦佑：《第三代诗与第三代诗人》，《亵渎中的第三朵语言之花》，敦煌文艺出版社 1994 年版，第 3 页。

② 杨黎：《灿烂》，青海人民出版社 2004 年版，第 73 页。

③ 同上。

他们必须到“另一个世界”寻找遗失的自我，极大的偏激中也许有极大的真诚。但是对于大批的杨炼式、海子式的写作者而言，在他们诗歌中苟延残喘的，只是一种语言的惯性——一种脱离语言能指、走向文化表演的惯性。因为，他们永远不知道他们雄心勃勃企图寻找的文化之根是什么，不知道他们所言之“志”是什么，不知道在极端蔑视的肉身之上，端坐的“神”是什么。他们所有的努力，只不过是在维系一种虚假的高贵、智慧与虔诚。

这就是“第三代”诗人面对的诗歌历史和诗歌现状。在此情况下，“第三代”诗人开始经营“此岸”的诗歌。

经营“此岸”的诗歌，主要从两个方面展开：

一是在微观层面展开的，去意存象、靠近能指，在意象和语言的构成上，颠覆传统的写作方式；二是在宏观层面展开的，第三代诗人背离了他们的前代人，以及同代人面对彼岸、面向远方的创作姿态，倡导回归肉身、回归生活现场的诗歌观念。下面两节将集中探讨这两个问题。

第二节　“去意存象”与“靠近能指”

一　去意存象

从微观的层面来看，第三代从两个方面入手，企图摆脱传统的，以及当代特色的比兴观念。一是去“意”存“象”，在意象内部发起暴动；二是靠近能指，在语言层面进行诗歌革命。

比兴是中国诗歌构筑意象的主要方法。用“比”构筑意象，喻指对象比较明确。如《诗经》之“金锡以喻明德，珪璋以譬秀民，螟蛉以类教诲，蜩螗以写号呼，澣衣以拟心忧，席卷以方志固：凡斯切象，皆‘比’义也”[①]。用“兴”构筑意象，象中之意较为隐晦，需要“发注而后见”，解诗之人通过引譬连类，把原诗中包含却没有显现，或者原诗中本来没有的内容填充进去。

两种方式产生的审美效果不同，但是，本质是相通的，都是言在此而意在彼：诗歌由两个层面组成，一个层面是“象”的世界，另一个层面是“意”的世界。“《离骚》之文，依《诗》取兴，引类譬喻，故善鸟香

① （梁）刘勰著，范文澜注：《文心雕龙注》，人民文学出版社1958年版，第602页。

草，以配忠贞；恶禽臭物，以比谗佞；灵修美人，以媲于君；宓妃佚女，以譬贤臣；虬龙鸾凤，以托君子；飘风云霓，以为小人。其词温而雅，其义皎而朗。”① 当这种结构模式化的时候，某些“象”，其实就成为某些“意”的代名词。这样一来，“象”成为“意”的符号，言此及彼，便无蕴藉性可言；同时，鸟兽草木的自然生命沦为意义的工具，男欢女爱的自然人性成为政治伦理的变相表达，“肉身”悬空，观念至上。

这种弊端，在当代诗歌中表现尤为明显，“文化大革命”之前，以“人民”、“领袖”、“革命”等政治术语为价值核心，形成由“红日”、“向日葵”、“航船”、“舵手”、“青松”、“红灯”、“宝塔”、“烈火”、“春天”、“东风”、“红梅”等词语组成的红色意象家族；“文化大革命”之后，以“人道”、“个体”、“自由”等价值观为核心，形成以“星星”、“天空”、“土地”、“大海”、“泪水”、“纪念碑”、“鸢尾花”、“十字架”、“广场”等词语组成的意象谱系。在价值观上，二者是不同的，但是在意象构成方式上，二者是相通的——都是对自然物象进行人格化、道德化、意识形态化的命名。在诗意形成上，都设定了类似的程序：“在现象背后设置一道本质，并以本质的发现为目的。在表层心理后发掘深层心理，并以此为价值所在；在现实与历史之间架起桥梁，使二者产生互渗作用；如此等等，使诗歌结构因象征、变形、暗喻等手法的超负荷运用而负重累累，导致读者阅读疲惫。”②

对于50年代到80年代初的中国诗歌而言，言此及彼，成为时代的表达方式，“此”是“象”，是自然，是肉身；“彼”是“意”，是观念，是意识形态。所以，“第三代”诗人的第一要务，便是去“意”存“象”，让物象以自然的形态呈现。韩东的《有关大雁塔》，被称为“第三代人的第一首诗。这首写于1983年5月4日的诗，是第三代人秘密的初夜”③。

有关大雁塔

① （汉）王逸：《离骚经序》，（宋）洪兴祖《楚辞补注》，中华书局1983年版，第2、3页。

② 魏慧：《论第三代诗的语言策略》，《诗探索》1995年第2期，第102页。

③ 杨黎：《灿烂》，青海人民出版社2004年版，第46页。

我们又能知道些什么
有很多人从远方赶来
为了爬上去
做一次英雄
也有的还来做第二次
或者更多
那些不得意的人们
那些发福的人们
统统爬上去
做一次英雄
然后下来
走进这条大街
转眼不见了
也有有种的往下跳
在台阶上开一朵红花
那就真的成了英雄
当代英雄

有关大雁塔
我们又能知道什么
我们爬上去
看看四周的风景
然后再下来①

这是一首典型的“去意存象”之作，其诗意的来源——不是为事物赋予意义，而恰恰是剔除历史附加在事物身上的文化意义。

大雁塔，是西安古城的标志性建筑。公元652年，玄奘为供奉从印度带来的佛像、舍利和梵文著作，在朝廷资助下，在慈恩寺西塔院建起大雁塔。所以，对佛教信徒而言，大雁塔具有神圣的宗教意义。另外，对于普通人来说，大雁塔是世俗荣誉的象征，在唐代，新科进士有雁塔题名的习

① 韩东：《大雁塔》，《爸爸在天上看我》，河北教育出版社2002年版，第10页。

俗："神龙已来，杏园宴后，皆于慈恩寺塔下题名。同年中推一善书者纪之。他时有将相，则朱书之。"①

在韩东的《大雁塔》中，登塔之人更大的渴求是成为"英雄"。这与杨炼的《大雁塔》有直接的关系。

杨炼的《大雁塔》是一首200多行的"史诗"。说它"史诗"，一是因为它的"铭刻"功能——它企图记载千年的荣誉与苦难；二是因为它的"英雄"品格——它甘愿承担"看到"的一切。

世俗的荣誉、人间的繁华都在杨炼的"大雁塔"上获得体现：

金子的光辉、玉石的光辉、丝绸一样柔软的光辉
照耀我的诞生
勤劳的手、华贵的牡丹和窈窕的飞檐环绕着我
仪仗、匾额、荣华者的名字环绕着我
许许多多庙堂、辉煌的钟声在我耳畔长鸣②

玄奘的"大雁塔"在杨炼的诗中大放光芒，灵魂的洗礼，远方的召唤，彼岸的福音都汇聚在大雁塔上面：

在那青春的日子，我曾俯瞰世界
紫色的葡萄，象夜晚，从西方飘来
垂落在喧闹的大街上，每滴汁液是一颗星
嵌进铜镜，辉映出我的面容
我的心象黎明时开放的大地和海洋
驼铃、壁画似的帆从我身边出发
到遥远的地方，叩响金币似的太阳③

而"大雁塔"注定无法享受权贵与信徒的朝拜，它不愿意"朝那些

① （五代）王定保：《慈恩寺题名游赏赋咏杂记》，姜汉椿《唐摭言校注》，上海社会科学院出版社2003年版，第80页。

② 杨炼：《大雁塔》，洪子诚、程光炜编选《朦胧诗新编》，长江文艺出版社2004年版，第280页。

③ 同上书，第281页。

炫耀着釉彩的宫殿、血红色的/墙，那些一个世纪、又一世纪枕在香案上/享受着甜蜜梦境的人们/灼热而赤诚地歌唱”[①]。因为它看到“珍珠和汗水都向一个地方流去/——向一座座饱满而空旷的陵墓流去”[②]；它看到“在颤抖的黄昏/那个农家姑娘徘徊在河岸/阴澈的瞳孔里却溢出这么多忧郁和悲哀呵……”[③] 战乱四起，一个“英雄”般的大雁塔诞生了：

漫长的岁月里
我象一个人那样站立着
象成千上万被鞭子驱使的农民中的一个
畜牲似的，被牵到这北方来的士卒中的一个
寒冷的风撕裂了我的皮肤
夜晚窒息着我的呼吸
我被迫站在这里
守卫天空、守卫大地
守卫着自己被践踏、被凌辱的命运[④]

在漫长的一代一代延续的苦难中，大雁塔和“奔跑的土地”、“涂血的战鼓”、“招展的旗帜”[⑤] 一起，成为一名“英勇的战士”：

我是这队伍中一名英勇的战士
我的身躯、铭刻着
千百年的苦难、不屈和尊严
哪怕厚重的城门紧咬着生锈的牙齿
哪怕道路上布满荆棘和深渊
我的脚步踏过天空——云梯
从腐烂的城垛上

① 杨炼：《大雁塔》，洪子诚、程光炜编选《朦胧诗新编》，长江文艺出版社2004年版，第281页。

② 同上。

③ 同上。

④ 同上书，第282页。

⑤ 同上书，第283页。

擎起我的红缨和早晨①

但是，它显然不是一个普通的“战士”，它成为不屈抗争的“民族魂”，它为沉默的民众而心痛：

一次又一次，我留在这里
望着复归沉寂的苍老的大地
望着我的低垂的手掌，被犁杖、刀柄
磨得粗硬的黄土高原和华北平原
我的肩头：秦岭和太行山
望着吱吱作响的独轮车、扁担
怎样在我心上压出一道道伤口，迷茫的
情歌飘荡着，乌云似的
遮住我的眼睛，而我的兄弟们呵
骑在水牛背上，依旧那样悠然自得
仿佛什么事情也不曾发生过
我留在这里，悲愤地望着这一切
我的心在汩汩地淌血②

面对沉默的土地和民众，孤独抗争的“大雁塔”，选择了“记录”与“思考”：

我被固定在这里
山峰似的一动不动
墓碑似的一动不动
记寻下民族的痛苦和生命③
……

① 杨炼：《大雁塔》，洪子诚、程光炜编选《朦胧诗新编》，长江文艺出版社2004年版，第284页。

② 同上书，第284、285页。

③ 同上书，第280页。

我被叛卖，我被欺骗
我被夸耀和隔绝着
与民族的灾难一起，与贫穷、麻木一起
固定在这里
陷入沉思①

同时，它也选择了“讲述”——“给孩子们，讲讲故事”②，选择了“托起”：“我将托起孩子们/高高地、高高地、在太阳上欢笑……”③

承担苦难，记录苦难，思考苦难，讲述苦难，托起光明的未来……这是“杨炼”赋予“大雁塔”的英雄主义品质。这种品质，既是佛陀的也是儒家的，更是“五四”启蒙的文化精神在大雁塔上面的投影，杨炼把各种文化精神统摄在大雁塔上面，让“死去”的大雁塔重放光芒。这种光芒，最终融会到80年代呼吁人道、呼吁自由的时代观念中去了。接踵而至的是现代化，是经济建设——80年代，风起云涌的启蒙浪潮瞬间即逝，一个甚嚣尘上的物质时代扑面而来。不管是主流意识形态，还是民间生活，都逐渐告别宏大抒情，回归日常生活。在这样的情况下，“英雄”的大雁塔再一次“回到”偏远的西北古城，作为一个普通的建筑矗立在人们的日常生活中，而想当“英雄”的诗人，留下的不过是一个落寞的背影。有英雄主义情结的朦胧诗人瞬间绽放、瞬间枯萎，“第三代”诗人送给他们的，与其说是嘲讽，不如说是叹息：“有关大雁塔，我们又能知道些什么？”④

诗人们像宗教徒一样，一次又一次，把政治的、道德的、历史的重量加在词语与物象之上，正如“登塔的人”：“从远方赶来/为了爬上去/做一次英雄……也有有种的往下跳/在台阶上开一朵红花”⑤——会当凌绝顶，天空成为最高的“空”。“登塔之人”——为词语和物象赋予意义的人，最终被自己举起的意义压垮，最终因为意义的瓦解而毁灭自身。“有

① 杨炼：《大雁塔》，洪子诚、程光炜编选《朦胧诗新编》，长江文艺出版社2004年版，第285页。

② 同上书，第280页。

③ 同上书，第287页。

④ 韩东：《大雁塔》，《爸爸在天上看我》，河北教育出版社2002年版，第10页。

⑤ 同上。

关大雁塔，我们又能知道些什么?”这句诗的潜台词是：“诗人，对于你们加在词语、物象之上的那些东西，你们到底知道多少?”

韩东的《大雁塔》可以看成是第三代诗人的诗歌宣言，看成他们与前代诗人的“告别仪式”。在特定的历史语境中，“告别”本身，具有了美学的意义。这种发现让第三代诗人惊喜不已，他们一再地向传统“意象”发出攻击，以恶作剧的方式，在嘲讽与颠覆中获得快感。

列车正经过黄河
我正在厕所小便
我深知这不该
我应该坐在窗前
或站在车门旁边
左手叉腰
右手作眉檐
眺望　像个伟人
至少像个诗人
想点河上的事情
或历史的陈帐
那时人们都在眺望
我在厕所里
时间很长
现在这时间属于我
我等了一天一夜
只一泡尿功夫
黄河已经流远①

伊沙的《车过黄河》，是韩东《大雁塔》的模仿之作，是“宣言”之后，无数次重复“宣言”中的一个。韩东的《大雁塔》诞生之后，《车过黄河》还有什么意义？所谓“宣言”者，只在“第一次”出现时，才

① 伊沙：《车过黄河》，周伦佑选编《亵渎中的第三朵语言花》，敦煌文艺出版社1994年版，第340页。

具有意义。去“意”存“象”，无数模仿复制的“宣言”式写作，都在重复一个动作——“去意”。“去意”之后，“象”如何存在？这需要通过严肃的诗歌实践去确立。诗人杨黎，在这方面做出了认真地实验。

杨黎发现了诗歌最干净的讲述方式：

列车在小站停靠时
一个穿红色风衣的女人
从倒数第五节车厢上下车

这个女人左右看看
（仿佛在等谁）
当列车又开动后
她背列车的方向而去

红点
那些房屋是矮小的
矮得古怪——密密麻麻像一群被天才的
音乐家乱丢乱放的音符

有一条同样矮小的路打这些房屋之间经过
怪客，就是从这条路上走来
（他留下的足印可以让女人怀孕）①

这是杨黎的成名作《怪客》的开头，两个主人公在时而推进时而拉远的镜头中出场。“穿红色风衣的女人”去哪里了？“怪客”去哪里了？他们先后登场，展开的是怎样一个故事？这更像一部悬疑电影或小说的开头，但是，它不是电影也不是小说，因为在以后展开的讲述中，进行的不是情节。近似一起凶杀案的情节碎片被一个又一个的镜头肢解了，任何追问情节和意义的行为都是愚蠢的，因为你一旦带着小说和电影的思维去阅

① 杨黎：《怪客》，洪子诚、程光炜选编《第三代诗新编》，长江文艺出版社2006年版，第72页。

读这首诗歌，你就无法享受被文字托起的画面。这些的画面给你的是一个接一个的冷绝诡异的视觉拷问，但是它们拒绝你以小说或电影的方式去重新组合这些镜头。这样的诗歌，一边在拒斥着思想解读的介入，一边却紧紧拉住你的眼睛。去意存象，在杨黎的诗歌中获得了最好的体现。

人们常常认为杨黎的诗歌是在模仿格里耶的小说，在某些方面，它们可能存在着相似性。诗歌《街景》，题名表示，是献给“零度写作”者格里耶的。[①] 诗中有这样一个场景：

深夜时
街右边有一家门突然打开
一股黄色的光
射了出来
接着“哗”的一声
一盆水泼到了街上
门还未关上的那一刻
看得见地上冒起
丝丝热气

最后门重新关死
雪继续下着
静静的[②]

诸如此类，光亮与声响总是瞬间消失，世界旋即归于冷寂。在这种冷寂中，多次拉近一个画面：“这时候/有一个人/从街口走来。”[③] 鉴于此诗色调之“冷”，许多人在选编这首诗歌时，把这首诗改为《冷风景》，而杨黎却强调，是“《街景》，而不是《冷风景》”[④]。“冷”是一种特殊状态，而对于杨黎而言，这是世界的常态。在一般情况下，诗意，来自于移

① 杨黎：《街景》，《小杨与马丽》，河北教育出版社 2002 年版，第 152 页。
② 同上书，第 154、155 页。
③ 同上书，第 160 页。
④ 杨黎：《灿烂》，青海人民出版社 2004 年版，第 95 页。

情——主体把人格投注到客观事物之上。在这种状态下，人不是人本身，世界不是世界本身，所谓天人合一，人与天在对话中消解了彼此的孤独。然而，也有一种诗，它要呈现的，恰恰是人与世界不能相通的孤独。人总是企图进入世界，统摄世界，自以为完全了解世界，其实质是把自己当成整个世界。优秀的诗人，善于摆脱这种一厢情愿的、所谓“情景交融”、物我合一的状态，他们更善于描绘一种各自孤独的“对峙”。所谓“独钓寒江雪”，江雪是江雪，钓者是钓者，他们各有自己的“寒”——他们各自降落着自己的孤独、各自垂钓着自己的洁白。对于审美而言，这种“距离”很重要，杨黎是一个懂得保持“距离”的诗人：

我也要飞翔
虽然我不是鸟
我和鸟只是
两种变化的想象
既微妙
又不容混在一起
无论是诗歌中
还是现实中
我和鸟都保持着距离
我喜欢这种距离
鸟也一样①

人可以自我言说，物无法自动敞开。从这个意义上讲，任何物象的言说都是以我观物的结果，都是“意”驱动着“象”的运行。但是，艺术的魅力在于虚拟写真，语言在祛魅之后，造成一种物象自我言说的艺术效果。其中的奥秘，正是杨黎所言的“距离”。去意存象的本质，就是在“我”和“物”之间保持距离。“我”和“物”在诗歌中，实现了自在生存和自我言说的权利，这是一种诗歌观，也是一种生态观，指向更广阔的审美空间。

① 杨黎：《鸟之二》，《小杨与马丽》，河北教育出版社2002年版，第86、87页。

二 靠近能指

消弭“距离”，省略“距离”，以道德言说的方式把日常事物人格化，是中国“诗言志”的传统；以意识形态观念将日常事物工具化、格式化、主体化，是20世纪50年代以来中国的诗歌传统。在这样的传统中，事物仅仅是作为“喻体”出现的，这不仅仅是诗歌的“灾难”，也是“语言”的灾难。

经过文化的积淀，用来指称物质的语言，往往不是言说物质本身，而是以引申义的方式，辐射到人类生活上，成为指涉人类生活的符号。比如“石头”：

我见过各种各样的石头
花岗石。大理石。卵石。汉白玉
刻满铭文的石柱。无字碑。克尔白石
象征的。魔幻的。现实与超现实的石头
在野外的。在博物馆的。被想象的
只有在语言中能被复述和理解①

有自然形态的石头，有作为文化建筑材料的石头。后者决定了石头必然脱离其自然形态，言说更多的内容。在此情况下，石头必须借助语言，才能获得“转述”的机会：

石头是名词。它的正确读音是 shi tou
按音序查“S”，按部首查“石”部
它由“石”和“头”这两个部分组成
“石”是词根，“头”是词缀。再往下
石：象形，从广从口。但从不说话
沉默的石头是一种坚硬的物质②

① 周伦佑：《对石头的语义学研究》，《周伦佑诗选》，花城出版社2006年版，第53页。
② 同上。

作为物质的“石头”是沉默的，它无法避免文化的塑造；作为语言的“石头”也是沉默的，它必须面对更多的意义来“填充”自己，“篡改”自己：

就这样从石头的基本义开始
石头被读出。一次偶然的触动
使石头产生出别一种含义
穿过猛虎的黑夜石头碰出声响
石头作为偏旁，使一些字经久耐用
石头的转义可以独坐，给房屋奠基①

“石头”脱离“石头”，其中最重要的便是“比喻”：

比喻使石头在暗中移动
石头从止水中轻轻浮起
通过喻词变成别的事物
或者相反：别的事物好象石头
石头在比喻中缩小或放大
石头滚动，成为一支乐队的名称②

被比喻、引申之后，石头的意义变得复杂，“石头”作为“喻体”，在不断地脱离“本义”、脱离“物质”：

在黑暗中石头被引申为火种
在火中，石头被引申为铁的原型
百炼成钢；为刀锋的冷淡
祭献之羊与刀刃互相理解
死亡中石头被引申为不朽

① 周伦佑：《对石头的语义学研究》，《周伦佑诗选》，花城出版社2006年版，第53页。
② 同上书，第53、54页。

一条断臂统领众多的时间①

瑞士语言学家费尔迪南·德·索绪尔把语言符号分为两部分，一是能指，二是所指。能指指向事物的物质形态，是事物给人的感觉，是人以自然人的身份，用听觉和视觉捕捉的事物的自然表象，是语言的音响形象；所指是事物的概念与意义，是人以社会人的身份，从观念出发，从主体出发，为事物的命名。正是在所指层面，人们不断赋予事物道德意义和意识形态观念。②

当“所指”中包含的文化观念成为我们认识和审美的障碍时，我们便期盼回到“能指”——回到最初，以事物自动敞开的形态写作。但是，所指并不是一件可以轻易脱下的污垢斑斑的外衣，事物一旦被语言“说出”，便同时具有了“能指”和“所指”，拆除所指，能指便成为脱壳的魂魄，游离的空气。用“能指”写作，是第三代诗人托起的“神话”。但是，在走向“神话”的路上，却可以实践现实主义的行为：没有“能指型”的写作，但是却存在着无限靠近能指的写作。

在于坚眼中，杨黎便是这样一位诗人：

> 杨黎永远是一个能指，他的生殖力、幽默感、生活方式以及诗歌，都是明白而不朦胧的。他从不会故意营造一种风度、所指或隐喻让人以为他是一株玫瑰或一杯咖啡，他是一大群诗人中唯一没有诗人风度但握有诗歌钻石之创造秘方的活生生的人。③
>
> 当时在四川和整个中国的诗歌革命中，甚嚣尘上的是一种认识论的诗歌。其根源来自中国传统的“诗言志”、“诗要用形象（隐喻）思维”。无非其“志”或者说喻体变换为20世纪的意识形态或历史感罢了。对大多数人来说，诗歌不过是一种所指的游戏，诗人们把诗作为他们走向终极价值的工具载体，自觉地在现成的所指中寄托自己

① 周伦佑：《对石头的语义学研究》，《周伦佑诗选》，花城出版社2006年版，第54页。

② ［瑞士］费尔迪南·德·索绪尔：《普通语言学教程》，商务印书馆1980年版，第101页。

③ 于坚：《杨黎和他的诗歌》，《诗探索》1995年第3期，第144页。

对意识形态或传统文化的认识、阐释。[①]

杨黎一开始就企图在能指的层面上重建诗歌。他注意到的是语言的能指，而不是它的所指，更不是它的隐喻。他的方法是，在一种对语言的所指消解的重组中，呈现诗的能指。杨黎把语言看成物质性的而不是精神性，这种看法和用法正是杨黎作为诗人最重要的才能，他能够不受语言的所指和习惯性喻指系统的影响而使用语言。[②]

于坚把杨黎看成“能指型”的诗人，并不是说杨黎在用“能指”写作，而是指他在消解“所指”（历史文化、意识形态赋予语言的约定俗成的意义）的过程中，复活了语言的“能指”功能，让事物的音响、形象、以及无声无色的感觉在诗歌中浮起来：

现在坐好
请听我先念
我念：

安（或庵、鞍、鹌）
多么动听
麻（或吗）
一片片长在地上
风一吹
就动
力（或利、厉）
看不见，只是感到
它的大小
方向和
害怕

① 于坚：《杨黎和他的诗歌》，《诗探索》1995 年第 3 期，第 145 页。
② 同上书，第 147 页。

八（不是九）
一张纸从楼上飘了下来
米（或是靡）
吽
鸟飞来
不留下痕迹
……①

“安”、“麻”、“力”、“八”、“米”这些词，有的以物质的形态存在“麻”：“风一吹，就动”；有的以感觉的方式存在“力”：“看不见，只是感到/它的大小/方向和/害怕”；有的只有“声音”：“安”、“八”、“米”——这些声音唤起了诗人对事物的静谧遐想：

我念
风一吹
就动
庵是庙子
在山背后
尼姑们坐在里面
不问人事
她们只是念
反复地念
一口气念
安麻力八米吽
庵吗利爸咪哄
鞍嘛呢叭靡訇
安麻力八
八米吽
鸟听见后
纷纷飞过来

① 杨黎：《A之三》，《小杨与马丽》，河北教育出版社2002年版，第208、209页。

鸟飞过来后
纷纷跟着叫①

一个“安”的声音在空中绵延，遇到一个同样的声音——“庵”，声音降落，找到了最适合栖息的场所——“庙子”；在“庙”里，“声音”遇到了更幽静的肉身——“尼姑”；但是，“尼姑”不安静，尼姑在念“安麻力八米吽”，企图休憩的“安”在尼姑的念叨中飞起来，缀着长长的和声“麻力八米吽”；“麻力八米吽”，在这“和声”中，有鸟儿寻觅的音乐，或者，是飞着的鸟儿，企图在坐着的尼姑那里，接过这些美丽的“声音”，带它们回家。

《A之三》，带有明显的实验痕迹，而《第十九个名词与上下》，即使忽略其在技术上的创新，也是一首很优秀的诗歌。

雪。下雪
女人不说话
坐在家里
发呆
血。血上
梦见死去的人
他说：
茶杯。茶杯下
匕首
刺进你的腰部
没有血流出来
玻璃。玻璃上
一只苍蝇
飞来飞去
找不到地方②

① 杨黎：《A之三》，《小杨与马丽》，河北教育出版社2002年版，第212、213页。
② 杨黎：《第十九个名词与上下》，《小杨与马丽》，河北教育出版社2002年版，第205页。

在这首诗中，每个词不是在概念和象征意义上与事物取得联系，它们只是在偶然的生活场景中相遇。

雪，血，茶杯，玻璃，它们是“十九个词”中的前四个。在这首诗中，十九个词各自洇出一个生活场景。但是，这“十九个词”之间，没有必然的意义联系；在“词”和“场景”之间，没有必然的意义联系；在十九个场景之间，没有必然的意义联系。那么，诗意从何而来？诗意来自意义的不确定性。这十九个词与物，形成一种拼贴与混搭，其企图言说的，可能是一起凶杀案、一幕家庭剧、一次晚年的回忆、或者一次梦游的记录……也许，什么都不是。但是，最重要的是，每一个词在掀起一个场景的同时，也揪起我们自己生活的一角，每个场景在瞬间逝去时，也带走了我们的一份心痛。如果说，《A之三》表达的是一种喜悦，是词语摆脱所指之后在能指层面的静谧与飞翔，是人摆脱意义之后与自然世界亲密交谈的安详与自由；那么，《第十九个名词与上下》，表现的是一种悲剧，是人对词语的无能为力，是词语对物象的无能为力……在某个空白的下午，孤独的人、孤独的词语、孤独的物象，在孤独的世界中，彼此把呼唤打在对方的心上，彼此把孤独养在自己手中。这是一首格外悲伤的诗歌，每次词语的遁去，都会让你在脑海里飞起无数个词语，它们想要开口言说，却同时感到空虚；每个场景的消失，都会有无数的场景从虚空降落，它们诱惑你，把生命中的碎片投注其中。一首静寂灵动、砰然心碎的诗歌在阅读中诞生了。

通过去“意”存“象”的方式，诗歌意象褪尽了它身上的文化色彩，以事物本来的面目现身；通过颠覆所指中蕴含的历史和时代内容，诗歌以更靠近能指的方式获得言说；在去“意”存“象”之后，在无限接近能指的过程中，诗歌不再带着枷锁跳舞，一种无限可读的诗意在意义的不确定性中产生了。“诗是向某种目标靠近的过程。没有目标不行，而目标清晰可见也不行。你朦胧地预感到那儿有些什么，然后展开语言向它靠近，这个靠近的过程诗就在了。”①

① 于坚：《棕皮手记·1982—1989》，《拒绝隐喻》，云南人民出版社2004年版，第9页。

第三节　告别远方

一　远方的“声音”

比兴，言此及彼。[①] 所言在此——在鸟兽草木，所指在彼——在道德伦理、政治教育。通过比兴，历代学者变《诗》为经，郑玄是其中最杰出的代表。“借助经学研究来影响现实政治，努力完成儒家意识形态话语系统的建构，或者至少重新恢复儒学积极主动的政治干预意识，乃是郑学的根本目的所在。”[②]

“兴，起也。”[③] 既然释“兴”为“起”，《诗》意未必一定要走向修身齐家治国的大道理，读诗的人也可以由此领悟到男欢女爱、山水田园的生命自由。兴义含混、一言难尽，所以钟嵘认为：“兴者，言有尽而意有余。”[④] 对于古代文人而言，“兴”逐渐远离诗教系统，走向余味悠长的审美效应，到底是出于修辞与审美的自觉，还是发自对政治与道德言说的无能为力？我想，兼而有之。毛、郑解《诗》，以比释兴，鸟兽草木之形，俘于政治道德之彀，斩钉截铁之中，自有中国文人的强健风范。自此之后，“兴”离“比”渐远，成为言有尽而意无穷的语言留白，此中真意，是欲辨已忘言？还是不敢细说？每一首自然田园的愉悦吟唱之中，都有一颗疲倦颓废的政治灵魂，愈辨愈悲伤，不如拈花微笑，用不可言说的方式不了了之。

当代诗歌，在自己的现实语境中，遥应着古代的比兴传统。

---

① 在诗教系统中，比、兴皆比——把喻义明显的称为“比”，把喻义隐晦的称为“兴”：“《诗》可以兴”，孔安国释“兴”为“引譬连类”［（魏）何晏注，（宋）邢昺疏，《十三经注疏》整理委员会整理，李学勤主编：《论语注疏》，北京大学出版社1999年版，第237页］。毛诗郑笺，都以“比”释“兴”。《毛传》标兴116篇，“凡标兴之处，《毛传》都认为兴象与所兴之事之间，有意义上的联系，这意义就在一个‘喻’字中。故《郑笺》解释‘兴’的一个程式化的表达方式，就是：‘兴者，喻’云云。”［刘毓庆、郭万金：《从文学到经学——先秦两汉诗经学史论》，华东师范大学出版社2009年版，第434页］刘勰认为比兴的区别仅仅在于“比显而兴隐”。［刘勰著，范文澜注：《文心雕龙注》，人民文学出版社1958年版，第602页］

② 李春青：《诗与意识形态》，北京大学出版社2005年版，第352页。

③ “子曰：兴于《诗》”，包咸注：“兴，起也。言修身当先学《诗》。”［（魏）何晏注，（宋）邢昺疏，《十三经注疏》整理委员会整理，李学勤主编：《论语注疏》，北京大学出版社1999年版，第104页］

④ （梁）钟嵘：《诗品》，中国社会科学出版社2007年版，第13页。

20世纪50年代以来，借鉴古诗的比兴传统，当代诗歌构筑了“红日”、“航船”、“舵手”、“青松”、“红灯”、“宝塔”、“烈火”、“春天”、“东风”、“红梅”等喻义明显的意象，参与了国家的意识形态建设；“文化大革命”之后，以朦胧诗为代表，“星星”、“天空”、“土地”、“大海”、“泪水”、“纪念碑”、“十字架”、“广场”等意象反复出现，呼吁着意识形态话语的更新与变革。这类诗歌，都是在诗教的价值系统之内展开的，价值观念有新旧之分，思维方式如出一辙。20世纪80年代以来，当意识形态话语无法满足一代人的身份确认和生命诉求时，喻义世界成为价值透支的空壳。象征、通感、变形等修辞方式呼应着无法言说的传统之“兴”，诗人被繁复凌乱、来源不明的意象攻击，充满了言说欲望，却不知从何说起。浪漫主义者抛在空中的，只是一个召唤出发的符咒，他们成为身不由己的言说者，“我将开口，同时感到空虚”①。诗人们纷纷走上悲剧的舞台，扮演没有神庙的圣徒，扮演没有理想的理想主义者，扮演拒绝希望同时又反抗绝望的英雄。他们的舞台，是没有终点的远方；他们的剧情，只有一个字：走——“兴，起也。”②

“起”，或者“走”，这是比兴诗学的关键所在。

言此及彼者，从本体走向喻体；言有尽而意无穷者，从本体走向无限。同时，“起”，或者“走”，也是生而为人，无法逃避的哲学命题：从肉身出发，走向观念，从当下出发，走向远方。当观念、远方有具体的所指时，生命找到了归宿；当观念系统坍塌，彼岸世界消失时，远方，仅仅意味着出发，它没有终点。

比兴之中，蕴含着中国文人的“出走”经历。

“长长的列车，正以雷霆万钧之势，劈头盖顶地朝着战马、朝着我们的欧阳海，压了过来……”③ 这时候，欧阳海耳边响起了熟悉的、浑厚有力的声音，“为人民利益而死，就比泰山还重”④。同时，他还听到革命传奇英雄江姐的声音：“如果需要我们为共产主义理想而牺牲，我们每一个

---

① 鲁迅：《野草·题辞》，《鲁迅全集》第2卷，人民文学出版社2005年版，第163页。

② （魏）何晏注，（宋）邢昺疏，《十三经注疏》整理委员会整理，李学勤主编：《论语注疏》，北京大学出版社1999年版，第104页。

③ 金敬迈：《欧阳海之歌》，人民文学出版社1966年版，第438页。

④ 同上书，第439页。

人都应该，也可以做到——脸不变色、心不跳。”[①] 正是这些声音，让欧阳海瞬间作出决定：推开战马，保卫旅客，保卫国家财产……欧阳海死了，但是在另一个意义上讲，他获得了永生。在“声音”的感召下，他找到了生命的归宿。

欧阳海听到的，是在他的时代，许多人反复听到的声音。而在世纪末，同样是在铁轨上，诗人海子听到的，是我们许多人所无法听到的东西，甚至，海子本人，也无法辨析他听见的东西。1989 年 3 月 26 日，在山海关附近的火车慢行道，在金属撞击、呼啸前行的声音中，海子终于完成了自我赋形——这一次，永远不会再有一个徜徉在村庄、田野、麦地中的海子了，从此，只有一个海子，定格在铁轨上，日夜哀鸣着远方。西川说，“海子一定看到和听到了许多我不曾看到和听到的东西”[②]。

西川不知道海子看到和听到的东西，这很正常，因为“远行者”是获得了特殊感官，以响应远方召唤的人。在卡夫卡的《起程》中，“我”听见远方响起号角声，牵马鞴鞍，准备远行，但是“我的仆人”，“他什么也不知道，什么也没听见”[③]。同时，除了特殊的感官，还必须有循声而行的决心。在鲁迅的《过客》中，“老翁”也听到了“前面的声音”，但是他说，“我不理他，他也就不叫了，我也就记不清楚了”。[④] 只有“过客”被声音催促着不断前行，即使前面是“坟”，也要走下去。但是我们必须注意到，循声而行的人，他们也不知道声音的来源与意义——对于“远行者”而言，“离开此地，这就是我的目标”。[⑤] 至于离开此地到哪里去，他们自己也不知道。在鲁迅的《过客》中，“过客”不断前行，但是，他不知道终点。这正是鲁迅的生命哲学：反抗绝望，但是并不是为了什么希望——行走，反抗，成为目的本身。

欧阳海听到的“声音”逐渐远去，对于海子这一代人，“远方除了遥

① 金敬迈：《欧阳海之歌》，人民文学出版社 1966 年版，第 439 页。

② 西川：《怀念》，《海子诗全编》，上海三联书店 1979 年版，第 9 页。

③ ［奥］卡夫卡：《起程》，叶廷芳主编，洪天富等译《卡夫卡全集》第 1 卷，河北教育出版社 2000 年版，第 22 页。

④ 鲁迅：《过客》，《鲁迅全集》第 2 卷，人民文学出版社 2005 年版，第 197 页。

⑤ ［奥］卡夫卡：《起程》，叶廷芳主编，洪天富等译《卡夫卡全集》第 1 卷，河北教育出版社 2000 年版，第 22 页。

远一无所有"[1]。但是，循声而行，成为惯性，他们无法遏制走向远方的生命冲动："我不知道前面等待我的/是什么？/我要独自前行。"[2] 海子，以死在铁轨上的方式，让这一动作成为定格。

远方的声音，是神谕，是教诲，是命令。欧阳海和无数儒家史籍中的仁人志士、宗教传说中的圣徒、革命叙述中的烈士一起，被远方的"声音"召唤，成为英雄；而海子，只能把自己的肉身，铺在面向远方的铁轨上，以走向远方的姿态死去。这是远行者期待的结束方式，可以假设，鲁迅的"过客"，卡夫卡的骑马远行的主人公，都会对这种风驰电掣的死亡方式艳羡不已。海子，"过客"以及卡夫卡的主人公，他们是摆脱此岸的人，也是摆脱彼岸的人；是摆脱肉身的人，也是摆脱观念的人。他们以不断远行的姿态，阐释着自由的可能性。但是，我们难免产生这样的疑问：这难道不是另一条奴役之途吗？是的，他们是走向远方的苦役犯。

二　告别远方

第三代诗人是告别远方的人：

我们站在河边上
大声地喊河对面的人
不知他听见没有
只知道他没有回头
他正从河边
往远处走
远到我们再大声
他也不能听见
我们在喊[3]

"我们站在河边上/大声地喊河对面的人"，这是第三代诗人的亮相方式，他们在喊："远行者，回来吧！"

① 海子：《太阳·弑》，《海子诗全编》，上海三联书店1997年版，第712页。
② 同上书，第744页。
③ 杨黎：《大声》，《小杨和马丽》，河北教育出版社2002年版，第114页。

告别远方，从比喻开始。

杨黎认为：“在所有的修辞中，比喻是最基本的。从形而上看，比喻可以说是修辞的全部：全部的价值和全部的意义……当时我是这样认为的，是什么使我们的诗歌堕落？是比喻。又是什么使我们反复地相信这个本来并不真实的世界是真实的？也是比喻。同样，又是什么使我们永远离不开语言，走向比它更广阔的空、更实在的虚和更无边的有？我认为，还是比喻。比喻使一个事物和另一个事物产生本来没有而又有了的联系，并把这一联系绝对化，唯一化。”[①]“非非”诗派的理论领袖周伦佑认为，传统修辞系统是以比喻和比拟为中心的，中国早期诗歌以这种修辞为主，现代修辞系统主要以“通感”和“反逻辑比喻”为中心，朦胧诗便是最典型的代表。但是他们在本质上是统一的，因为他们都企图在自然世界、日常生活之上，建立一个比喻义的世界。“如果说传统修辞系统主要是通过类比联想获得一个比喻义世界的话，那么，现代修辞则是通过对语义的有组织的偏离和破坏以创造一个超现实的象征义世界。‘第三代诗’的非修辞同时是针对以上两种修辞系统的。”[②]杨黎和周伦佑所谈的比喻，绝不是现代修辞中的比喻，而是孔子、毛郑以来的诗教比兴：它是一种方法论，即通过比兴，在自然世界、日常生活之上，建立一个比喻义的世界，通过这个比喻义的世界，对国民进行道德教育和政治教育；同时，这也是一种世界观——离开肉身，捍卫精神，抛弃当下，描绘乌托邦。

第三代诗歌兴起之时，他们面对着两重的“影响焦虑”。一是以“十七年”诗歌为代表的诗歌观念：即“通过类比联想获得一个比喻义世界”；二是以“朦胧诗”为代表的诗歌观念：即“通过对语义的有组织的偏离和破坏以创造一个超现实的象征义世界”。这两种诗歌对应着两种“远方的声音”，第一种“声音”在“文化大革命”时形成共鸣——它就是欧阳海听到的“声音”；另一种“声音”在“朦胧诗”之后造成群体性的恐慌——它就是海子听到的“声音”。

在欧阳海的时代，“远方”是领袖和偶像标示的道德高度，是经过意识形态规约的精神家园，是具有宗教属性的彼岸景观。80年代以来，诗

① 杨黎：《灿烂——第三代人的写作与生活》，青海人民出版社2004年版，第95页。

② 周伦佑：《第三代诗与第三代诗人》，周伦佑选编《褒渎中的第三朵语言花——第三代诗歌》，敦煌文艺出版社1994年版，第5页。

人解除了政治的翅膀，便无法停留在形而上云端——猛然跌落，无法面对物质的深渊。这时候，他们急需一个“替身”、一个借口与影子——弥补失落的痛苦，满足远行的冲动。在一次访谈中，于坚指出了这种诗歌现状：

> 细读某些先锋诗歌，不过是词汇的变化史，基本的构词法——“升华”，从五十年代到今天并没有多少变化，不过把红旗换成了麦地，把未来换成了远方而已。像海子这样的人进入神话，也可以看出在这个国家形而上学有多么广泛的基础。海子的写作还反映出所谓先锋派的一个基本倾向，就是大词癖。脱离常识的升华式写作必然依靠大词。海子非常精通这一手，他的许多诗都是没有具体时空的，这种话语经过文化大革命的人太熟悉了。脱离常识的写作依靠的是想像力，它最容易大批量地写出艳词丽句。有中学生的知识结构和多情善感足够了。对这些诗人来说，写作真是易如反掌，难于上青天的反倒是那些与作家生涯无关的日常生活。无独有偶，像海子、顾城都是些鄙视日常生活，并且对此无能为力的人。①

同时，于坚也指出海子自杀的悲剧来自幻影：“语言神话也是通过升华完成的，语言神话依靠的是对所指的升华。海子就是一个在那种升华式的教育中培养出来的一个毕业生，海子诗歌的母题表面看好像是很先锋，王子啊、神明啊（如果出现这些词汇就是先锋的话）。而骨子里与他所受的教育所操持的那一套话语的语法是一致的。就是生活在别处，现世是一个垃圾堆，必须依靠救世主出现，使芸芸众生获救，这个救世主是谁呢？彼可取而代之。海子的胆量就是自我戏剧化地扮演那个救世主。”② 于坚指出了海子之死的悲剧原因——诗人死在幻想的宗教里。

然而，最具悲剧色彩的不是诗人的“死法”，而是普通人的“活法”。诗人脱离肉身，瞬间绚烂，成为一个特殊的标本，并没有更多值得声讨的价值。最有价值的是我们应该思考“活着的大多数”——他们最世俗的“活法”，是否也在远离现场、远离肉身？于坚的《零档案》，揭示的正是

① 李劼、于坚：《回到常识，走向事物本身》，《南方文坛》1998年第5期，第36页。

② 同上。

这个问题。

“他的起源和书写无关　他来自一位妇女在28岁的阵痛”①，但是，一旦出生，“他”便无法摆脱被“书写”的命运：

他的听也开始了　他的看也开始了　他的动也开始了
大人把听见给他　大人把看见给他　大人把动作给他
妈妈用“母亲”爸爸用“父亲”外婆用“外祖母”
那黑暗的　那混沌的　那朦胧的　那血肉模糊的一团
清晰起来　明白起来　懂得了　进入一个个方格　一页页稿纸②

大人对“他”的书写，是最日常化的“书写”，是传统、习俗对人的熏陶与教育。最具政治意义的书写方式是“档案”，我们在走进社会的广阔天地的同时，也走进了自己的“档案”——被定型也被篡改，被储存也被抛弃、被审判也被隔离：

他那30年　1800个抽屉中的一袋　被一把钥匙　掌握着
并不算太厚　此人正年轻　只有50多页　4万余字
外加　十多个公章　七八张像片　一些手印　净重1000克③

这便是“档案”，犹如尘封在神秘空间的神圣卷宗，它以沉默的方式释放能量：

他一生的三分之一　他的时间　地点　事件　人物和活动规律
没有动词的一堆　可靠地呆在黑暗里　不会移动　不会曝光
不会受潮　不会起火　没有老鼠　没有病菌　没有任何微生物
抄写得整整齐齐　清清楚楚　干干净净　被信任着
人家据此视他为同志　发给他证件　工资　承认他的性别④

---

① 于坚：《零档案》，云南人民出版社2004年版，第30页。

② 同上书，第31页。

③ 同上书，第29页。

④ 同上。

这是没有“动词”的一堆文字，但是它决定着“他”的“动作”：

据此　他每天8点钟来上班　使用各种纸张．墨水和涂改液
构思　开篇　布局　修改　校对　使一切循着规范的语法
从写到写　一只手的移动　钢笔从左向右　从一个部首
到另一个部首　从动词到名词　从直白到暗喻　从，到。
一个墨水渐尽的过程　一种好人的动作　有人叫道“0”①

“他”，可以看成是一个在档案室工作的行政人员，在书写别人档案的同时，无法改变自己的档案；同时，他也可以是我们每一个人，我们每一个人的一生，都在努力地“进入一个个方格，一页页稿纸”，都在努力地书写自己，企图使自己的档案变得美好，然而，我们的每一份努力，都无法改变那只书写“档案”的手：

他的肉体负载着他　像0那样转身回应　另一位请他递纸
他的大楼纹丝未动　他的位置纹丝未动　那些光线纹丝未动
那些锁纹丝未动　那些大铁柜纹丝未动　他的那一袋纹丝未动②

他，我们，背着自己的档案，背着铁柜、大楼，成为一个“0”。当我们反思海子等人的自杀事件时，除了意识到诗人们“走向远方”之外，还应该意识到普通人，我们每个人从一开始，就要“生活在别处”。从这个角度看，第三代人通过诗歌，做出了回到原处的努力。

远方的风景，此地的“档案”，都对人的肉身、生活的现场形成压抑与遮蔽，在这种情况下，从日常生活汲取诗意，是对一个诗人能力的考验。于坚曾艳羡于大师笔下的日常景观：“一把吉他、一个苹果、一头豹子，都柏林的一日，在姨妈家吃晚餐的经过……”③ 从整体上看，第三代诗人在这一方面表现优秀，其中，小安的《种烟叶的女人》，杨黎的《深秋致爱》，韩东的《我们的朋友》，于坚的《罗家生》，丁当的《房子》

① 于坚：《零档案》，云南人民出版社2004年版，第29页。
② 同上书，第29、30页。
③ 于坚：《棕皮手记·1992—1993》，《拒绝隐喻》，云南人民出版社2004年版，第17页。

等，都是其中的佳作。

丁当的“房子”是我们每个人安身立命的地方：

你躲在房子里
你躲在城市里
你躲在冬天里
你躲在自己的黄皮肤里
你躲在吃得饱穿得暖的地方
你在没有时间的地方
你在不是地方的地方
你就在命里注定的地方
有时候饥饿
有时候困倦
有时候无可奈何
有时候默不作声①

丁当的词语是“卑微”的，他给“人”的动作不是建功立业、不是杀生成仁、不是追求理想或者寻找彼岸，而是一个“躲”字——他的人物“躲”在被钟表与地图忽略的时空里，“饥饿”、“困倦”、“无可奈何”、“默不作声”……然而，生活，就这样有滋有味地开始了：

或者自己动手做饭
或者躺在床上不起
或者很卫生很优雅的出恭
或者看一本伤感的爱情小说
给炉子再加一块煤
给朋友写一封信再撕掉
翻翻以前的日记沉思冥想
翻翻以前的旧衣服套上走几步
再坐到那把破木椅上点支烟

① 丁当：《房子》，河北教育出版社2002年版，第37页。

再喝掉那半杯凉咖啡①

如果，这样的生活还略嫌苍白，诗人就可以求助于梦想：

拿一张很大的白纸
拿一盒彩色铅笔
画一座房子
画一个女人
画三个孩子
画一桌酒菜
画几个朋友
画上温暖的颜色
画上幸福的颜色
画上高高兴兴
画上心平气和
然后挂在墙上
然后看了又看
然后想了又想
然后上床睡觉②

丁当的梦是跌落的梦，具体而言，是从“朦胧诗”那里跌落的梦，正是这种“跌落”，反映出两代诗人诗歌观念的区别。“朦胧诗”人中，最擅长“画画”的显然是顾城了：

我是一个任性的孩子
我想涂去一切不幸
我想在大地上
画满窗子
让所有习惯黑暗的眼睛

① 丁当：《房子》，河北教育出版社2002年版，第37、38页。
② 同上书，第38页。

都习惯光明
我想画下风
画下一架比一架更高大的山岭
画下东方民族的渴望
画下大海——
无边无际愉快的声音①

童话诗人顾城，其实是有英雄情结的。不管是以“童声”歌唱的顾城，还是以“王者”姿态抒情的海子，在自我定位上，都有“创世纪”的雄心——从自己开始，从自己的文字开始，创造一个完美无瑕的新世界。这个飞翔在云端的天使之梦陡然跌落，就成为丁当的梦：他想画下的，只不过是“一座房子”、“一个女人”、“三个孩子”、“一桌酒菜”、“几个朋友”，还有“温暖”、“高兴”、“幸福”、“和心平气”② 的房间气氛。相比而言，顾城的画是有难度的，是无法挂在“房子”里的，它只能挂在政治家畅谈未来的会议室里，或者，出现在宗教殿堂的浮雕里。而丁当的画容易多了，谁都可以画出这样的作品，把他“挂在墙上……然后上床睡觉”③。

在宣扬自己的诗学主张的同时，第三代诗人都不忘炫耀自己的生活态度与生活能力，似乎在告诉读者，他们不光有在日常生活中汲取诗意的能力，也有强大的生存能力以及创造快乐的能力。在一次访谈中，杨黎说：“别人都说我像一个老板，实际上我是一个暂时比较穷的老板。但我深信，我在最近就将发大财。在成都，每周都有几个百万富翁产生。我要努力向他们学习。另外，我害怕别人认为我是一个诗人。因为，别人理解的诗人，都是先前的诗人：有点疯，也有点脏……我的生活情趣非常浓，所以我聊天的圈子也非常广。”④ 80 年代末，一大批第三代诗人纷纷下海经商，除了社会潮流之外，这种走向，和他们的诗歌主张是统一的。诗人是喂养诗歌的人，诗人也是被诗歌喂养的人——喂养第三代诗人的诗歌中，

① 顾城：《我是一个任性的孩子》，《顾城诗全集》，江苏文艺出版社 2010 年版，第 676 页。
② 丁当：《房子》，河北教育出版社 2002 年版，第 38 页。
③ 同上。
④ 杨黎：《答朵鱼十二问》，《小杨和马丽》，河北教育出版社 2002 年版，第 235 页。

包含着粪土、金钱和酒肉。俗世的太阳是唯一的太阳，也许，对于诗人而言，这不是堕落与毁灭，而是新生的起点。“活得真实一些，活得自然一些，活得轻松一些。活着，做人，然后写作”①，“一千多年了，上帝一直站在高处。仰头看他的人，脖子都疼了，他不觉得累吗？不觉得太孤单吗？其实他只要到山顶，就往下走，他就回到家里。”② 对于第三代诗人而言，家园就是俗世生活。

喂养诗人的，无外乎两份口粮：一份在彼岸，在精神家园；一份在此岸，在世俗生活。长期以来，饥饿的中国诗人，执着于跋山涉水，到彼岸耕作。言此及彼，比兴成为诗人建构精神家园的方式。

自孔子以来，中国古人以比兴之法注解《诗三百》，以比兴之法托物言志、寓情于景，介入现实美刺时政，建构了儒家的意识形态话语系统。1949 年之后，中国诗人以鸟兽草木起兴，歌功颂德，讽谏现实，建构了当代特色的喻义系统。20 世纪 80 年代以来，朦胧诗呼吁人道、争取自由，以我观物，鸟兽草木皆被人性之光，新的价值观在诗歌中确立。自此之后，物质喧嚣，价值悬浮，诗人时而发思古之幽情，奔走于废墟绝地，时而如哲人圣徒，宣讲呼号于市井，时而面壁自语、拈花微笑……他们披发左衽、自我放逐，希望在奔走呼号、顾影自怜的过程中，找到通往彼岸的路径。鸟兽草木的自然景观，人的世俗肉身，被比兴的双手高高举起，满溢着焦灼与绝望。

哲学家探讨终极关切，诗人自命为拯救者，这种幻觉以逻辑和抒情的方式呈现，已经成为人类文明的一部分。但是，文人的这种言说方式必须保持平衡，保持形而上与形而下、道与器的平衡。一个人必须培育形而下的免疫力，培育器的锋利与坚韧，否则，不识五谷，无以果腹，又何以以五谷祭道。“海子营造了一个巨大的诗歌王国，最后这个海市蜃楼的王国把海子本人也一起编了进去。须知，只要海子稍许有一点点的平常心，他就不会在诗歌里走那么远，更不会用卧轨的方式来写诗。”③

诗人在自我塑造中失去了生活的“平常心”，自然界的事物成为喻体，成为他们呈献给信仰世界的祭品，在那个“乌有”之神吞噬祭品之

① 于坚：《棕皮手记·1982—1989》，《拒绝隐喻》，云南人民出版社 2004 年版，第 3 页。

② 同上书，第 4 页。

③ 李勐、于坚：《回到常识，走向事物本身》，《南方文坛》1998 年第 5 期，第 35 页。

后，诗人必然陷入到无粮果腹的绝境。为此，诗人伊沙向这种诗歌写作模式发出诅咒：

你们拥挤在流浪之路的那一年
北方的麦子自个儿长大了
它们挥舞着一弯弯
阳光之镰
割断麦秆　自己的脖子
割断与土地最后的联系
成全了你们
诗人们已经吃饱了
一望无边的麦田
在他们腹中香气弥漫
城市最伟大的懒汉
做了诗歌中光荣的农夫
麦子　以阳光和雨水的名义
我呼吁：饿死他们
狗日的诗人①

在伊沙发出“饿死诗人”的诅咒时，我们也应该客观地审视他们的生存处境。

第一，一个社会必须尊重文化、知识与思想尊严，给他们生活的保障，让他们保持肉身的丰裕与健康。否则，被迫游离于生活之外，以精神喂养精神的人，在孤标傲世的悲剧氛围内必然鄙弃、仇恨日常生活，失去生存能力。诸如海子等，孤注一掷，飞蛾赴火，在虚构中完成祭奠的仪式，而对于更多的跟随者、模仿者，只能抬着殉道者的尸体，自欺欺人、自唱挽歌。“海子的生存境况虽然以个案呈现于世人面前，但这个个案却表明了文化和文化人之于这个社会是如此的无足轻重，以至于使之自卑到除了自杀居然找不到其他方式来证明自己的尊严的地步。一方面是社会之于文化人几乎绝对的不需要，一方面又是文科大学每年都在不断地培养出

---

① 伊沙：《饿死诗人》，中国华侨出版社1994年版，第3、4页。

一批又一批的文化人使之无所适从。”①

第二，彼岸粮绝，是告别乌托邦的必然结果，然而，告别乌托邦之后，诗人怎样在此岸经营诗意，依然是摆在当代诗歌面前的问题。当传统诗人从意识形态话语系统中抽身而出时，鸟兽草木的真实世界会向他们发出召唤。以物观我，自然世界向诗人发出源源不断的生命启示。和传统诗人不同，当现代诗人回到此岸时，发现的却是一个不同的世界：

> 我前不久到昆明附近的乡村去小住，大吃一惊，发现这里的夜晚已经没有蛙叫，一片死寂的大地极为恐怖，蛙们已经全部死于农药。②

> 把昆虫视为具有自在生存权利和美学体系的神灵集体，这一立场与现代中国盛行的价值观背道而驰。就在前几天，我还看到报纸和电视在号召蝴蝶故乡的人类通过捕捉蝴蝶致富的消息。③

> 更可怕的是，此种人之道，不独对昆虫，而是对整个自然界，甚至对所有的旧事物都适用。“南朝四百八十寺，多少楼台烟雨中”又如何？在一次从昆明到上海的长途旅行中，我看到，建筑业正在肆无忌惮地为阳光灿烂的南方提供着一个规格统一的没有阳台的钢筋水泥世界，南方正在被瓷砖化。④

对于当下而言，诗歌的灾难已经不是把鸟兽草木当成符号和喻体，而是等我们回过头来，这个鸟兽草木的自然世界已经不存在了。

当鸟兽草木的自然世界消失之后，现代人怎样建构诗意？也许，人们会认为一代人有一代之诗，鸟兽草木是农业时代的自然景观，现在，我们可以在工业社会重建诗意，在诸如汽车、飞机、电脑、互联网这些当代景观中建构诗意。从理论上讲，这种思路是成立的。问题在于，人类可以在

---

① 李劼、于坚：《回到常识，走向事物本身》，《南方文坛》1998年第5期，第35页。

② 于坚：《拒绝隐喻》，云南人民出版社2004年版，第45页。

③ 同上。

④ 同上书，第45、46页。

天地创造的自然生命中去寻找诗意，但是当万物之灵的人类日渐剥夺了其他生物的生存空间时，他们却无法和自己创造的物质进行生命的交流。至少，一个人可以从一棵树，一只鸟身上看到生命的生长、飞翔与死亡，而冰冷的机器，无法和人共享生命的悲喜。我们创造了无法和我们一起感受四季轮回、聆听血液鸣唱的庞然大物，我们把自己捆绑在它们上边，占有它们，失去自己。也许，现代文明、科技和物质的崇拜者可以假设有一天——我们能够和物质产品进行对话，就像通过互联网和远处的朋友推心置腹一样。但是，对于诗人而言，他们还没有培养出这种能力，更多的时候，他们只能在凭吊自然的过程中，凝视自我的生命。

信仰、乌托邦等彼岸建筑的崩溃，使言此及彼的诗意建构模式坍塌；而在生活的现场，鸟兽草木日渐消失，置身于物质产品之中，我们既失去了托物言志的有情之物，也失去了与自然生命亲切交谈的机会。在这样的双重困境中，诗人是否还能找到重建诗意的方式？

结　语

现代人研究比兴，一是从宗教、民俗等角度入手，探讨比兴的本义。二是从修辞入手，探讨文学表达的技巧，这两种研究，都取得了很大的成就。

时代久远，比兴本义难寻，通过文献考证，重返历史现场，自然有很大的人类学意义。但是，这种研究无法避免现代人的先入之见。从一定意义上讲，一切追溯本义的研究，都是在重塑比兴的背影，而不是呈现比兴本身。所以，与其探讨比兴是什么，不如研究比兴变成了什么。在历史变迁、时代更迭中，烙入人心的不是漫漶不清的比兴本义，而是历史累积逐渐形成的比兴观念。本书重点考察作为话语模式的比兴，探讨这种话语模式对中国文人建构社会言论空间与建构审美文本的影响。

从修辞的角度研究比兴，是文学自觉的表现。这种自觉，有利于发现文学自身的规律，但在另一方面，却忽略了文学发展中政治文化心理的影响。朱自清认为，比兴在概念上纠缠不清，主要是因为它受到诗教的影响①。然而，撇开诗教传统，比兴绝对不会在中国古代诗学中，占据如此显赫的地位。历代诗人和学者强调比兴，绝不仅仅是出于修辞的考虑，更是因为诗教观念深入人心。比兴是臣子进谏的官场表达方式，也是文人美刺现实的文学表达方式，古代文人通过比兴之法美刺讽谏，在鸟兽草木之上，建构了儒家的意识形态话语系统。当文人仕途疲惫，厌倦于社会表达时，就会在审美创造中寻求精神的休憩与超越：一方面，言此及彼，在语言的调度、延宕与留白中，他们获得了创造的愉悦；另一方面，睹物思情，情景相生，诗人在对自然的同情与感应中，超越了世俗，获得了解脱。

---

① 朱自清：《诗言志辨》，广西师范大学出版社2004年版，第39页。

“十七年”时期，在当代的历史语境中，诗人们重拾美刺讽谏的话语方式，谋求社会表达机会，参与国家意识形态话语系统的建设。比兴的诗教观念深入人心，而比兴的审美意蕴遭遇尴尬。“文化大革命”结束，朦胧诗以个体精神面世，通过比兴，建构了新的喻义系统，催生了意识形态话语的更新；在审美的层面，他们汲取了古代诗歌和现代主义诗歌的审美元素，促进了比兴诗学的现代化转型。就在朦胧诗饱受争议之时，新的诗歌浪潮再次卷起。第三代诗人以清算者的姿态崛起，在诗歌观念上，他们拒绝以比兴的方式，在自然世界、日常生活之上，建立一个超现实的世界；他们拒绝喻体，只愿意在本体的意义上自我言说；他们拒绝起兴之物，拒绝被引渡到彼岸，只愿意在生活的现场、以肉身的方式生存。从整体上看，第三代诗人的比兴观，是超越修辞的，甚至是超越任何一种具体的意识形态的，他们的比兴观是一种世界观，是一种方法论，是在根基上与本质上，对传统比兴思维的颠覆。

第三代诗人的出现，意味着比兴观念的终结。作为修辞，比兴依然会以传统的、现代的姿态出现在诗歌中，但是，作为一种观念、一种话语模式，比兴将不存在了。作为喻体的鸟兽草木早已褪尽了神圣的光泽，诗人们早已失去在鸟兽草木之上建构精神家园的热情；与此同时，随着世界的城市化，作为本体的鸟兽草木也正在消失，我们再也不可能延续古老的方式，在对自然的凝视与咏叹中撷取生命的诗意。在工业时代，在媒体时代，机器和电子产品代替了鸟兽草木，它们以本体的形态占据了我们的生存空间，我们越来越离不开它们；它们以喻体的形态矗立在我们的未来——我们越来越像它们。我们在创造它们的同时被它们所塑造，在购买它们的同时被它们出卖……这成为现代社会最普遍的“诗意”，在比兴观念远离诗歌之后，在鸟兽草木远离诗歌现场之后，我们必须适应这种“诗意”的生存方式。

参考文献

理论文献：

1.《周礼注疏》，《十三经注疏》本，中华书局1980年版，影印本。

2.《十三经注疏》整理委员会整理，李学勤主编：《毛诗正义》，北京大学出版社1999年版。

3.《十三经注疏》整理委员会整理，李学勤主编，《论语注疏》，北京大学出版社1999年版。

4.（汉）韩婴撰，许维遹校释：《韩诗外传集释》，中华书局1980年版。

5.（汉）班固，（清）陈立疏证：《白虎通疏证》，中华书局1994年版。

6.（梁）萧统编，（唐）李善注：《文选》，中华书局1977年版。

7.（汉）司马迁撰，（宋）裴骃集解，（唐）司马贞索引，（唐）张守节正义：《史记》，中华书局1959年版。

8.（东汉）赵岐注：《孟子》，中华书局1998年版。

9.（魏）王弼注，楼宇烈校释：《老子道德经注校释》，中华书局2008年版。

10.（梁）刘勰：《文心雕龙》，范文澜注，人民文学出版社1958年版。

11.（梁）钟嵘：《诗品》，中国社会科学出版社2007年版。

12.（五代）王定保撰，姜汉椿校注：《唐摭言校注》，上海社会科学院出版社2003年版。

13. 王利器：《颜氏家训集解》，中华书局1993年版。

14.（唐）欧阳询：《艺文类聚》，上海古籍出版社1999年版。

15.（唐）《陈子昂集》，中华书局1960年版。

16.（唐）《白居易全集》，上海古籍出版社1999年版。

17. 朱杰人、严佐之、刘永翔主编：《朱子全书》，上海古籍出版社、安徽教育出版社2010年版。

18. 辛更儒：《杨万里集笺校》，中华书局 2007 年版。
19. （宋）洪兴祖：《楚辞补注》，中华书局 1983 年版。
20. （明）徐渭：《徐渭集》，中华书局 1983 年版。
21. （明）许学夷：《诗源辨体》，人民文学出版社 1987 年版。
22. （清）王先谦：《荀子集解》，中华书局 1988 年版。
23. （清）王先谦：《诗三家义集疏》，中华书局 1987 年版。
24. （清）袁枚：《随园诗话》，人民文学出版社 1982 年版。
25. （清）陈沆：《诗比兴笺》，上海古籍出版社 1981 年版。
26. （清）黄遵宪：《人境庐集外诗辑》，中华书局 1960 年版。
27. 《清诗话》，上海古籍出版社 1963 年版。
28. 郭绍虞编选：《清诗话续编》，上海古籍出版社 1983 年版。
29. （清）王国维：《人间词话》，上海古籍出版社 1998 年版。
30. （清）王国维：《观堂集林》，河北教育出版社 2001 年版。
31. （清）方玉润：《诗经原始》，中华书局 1986 年版。
32. （清）刘宝楠：《论语正义》，中华书局 1990 年版。
33. （清）方东树：《昭昧詹言》，人民文学出版社 1961 年版。
34. （清）刘熙载：《艺概注稿》，中华书局 2009 年版。
35. （清）马瑞辰：《毛诗传笺通释》，中华书局 1989 年版。
36. （清）皮锡瑞：《经学通论·诗经》，中华书局 1954 年版。
37. （清）何文焕辑：《历代诗话》，中华书局 1981 年版。
38. 丁福保辑：《历代诗话续编》，中华书局 1983 年版。
39. 程树德：《论语集释》，中华书局 1990 年版。
40. 杨伯峻：《列子集释》，中华书局 1979 年版。
41. 唐圭璋：《词话汇编》，中华书局 2005 年版。
42. 鲁迅：《鲁迅全集》，人民文学出版社 2005 年版。
43. 朱自清：《诗言志辨》，广西师范大学出版社 2004 年版。
44. 朱东润：《中国文学批评史大纲》，上海古籍出版社 2001 年版。
45. 顾颉刚：《古史辨》，上海古籍出版社 1982 年版。
46. 顾颉刚：《顾颉刚日记》，台湾联经出版事业股份有限公司 2007 年版。
47. 闻一多：《闻一多全集》，生活·读书·新知三联书店 1982 年版。
48. 钱锺书：《管锥编》，生活·读书·新知三联书店 2007 年版。
49. 杨树达：《中国修辞学》，上海古籍出版社 2006 年版。

50. 陈望道：《修辞学发凡》，复旦大学出版社 2009 年版。
51. 梁漱溟：《中国文化的命运》，中信出版社 2010 年版。
52. 殷海光：《中国文化的展望》，上海三联书店 2009 年版。
53. 唐君毅：《中国文化之精神价值》，广西师范大学出版社 2005 年版。
54. 袁可嘉：《论新诗的现代化》，三联书店 1988 年版。
55. 流沙河：《流沙河诗话》，四川文艺出版社 1995 年版。
56. 王昆吾：《中国早期艺术与宗教》，东方出版中心 1998 年版。
57. 王运熙、顾易生主编：《中国文学批评通史》，上海古籍出版社 1996 年版。
58. 萧华荣：《中国诗学思想史》，华东师范大学出版社 1996 年版。
59. 叶舒宪：《诗经的文化阐释》，湖北人民出版社 1997 年版。
60. 胡壮麟：《认知隐喻学》，北京大学出版社 2004 年版。
61. 谭全基：《古汉语修辞学论文集》，商务印书馆 2008 年版。
62. 季广茂：《隐喻视野中的诗性传统》，高等教育出版社 1998 年版。
63. 《诗刊》编辑部编：《新诗歌发展的问题》，作家出版社 1959 年版。
64. 叶维廉：《中国诗学》，三联书店 1994 年版。
65. 杨匡汉、刘福春编：《中国现代诗论》，花城出版社 1986 年版。
66. 哈尔滨师范学院中文系形象思维资料编辑组：《形象思维资料汇编》，人民文学出版社 1980 年版。
67. 李怡：《中国现代新诗与古典诗歌传统》，西南师范大学出版社 1994 年版。
68. 吴尚华：《中国当代诗歌艺术转型论》，安徽教育出版社 2004 年版。
69. 耿占春：《隐喻》，东方出版社 1995 年版。
70. 耿占春：《失去象征的世界——诗歌、经验与修辞》，北京大学出版社 2008 年版。
71. 刘亚猛：《追求象征的力量——关于西方修辞思想的思考》，生活·读书·新知三联书店 2004 年版。
72. 李春青：《诗与意识形态》，北京大学出版社 2005 年版。
73. 马东霞：《红色土地上的陕北民歌》，西安地图出版社 2007 年版。
74. 刘毓庆、郭万金：《从文学到经学——先秦两汉诗经学史论》，华东师范大学出版社 2009 年版。
75. 林耀潾：《先秦儒家诗教研究》，台湾天工书局 1990 年版。

76. 俞志慧：《君子儒与诗教》，生活·读书·新知三联书店2005年版。
77. 徐中玉、陈谦豫主编：《中国古代文艺理论专题资料丛刊意境·典型·比兴编》，中国社会科学出版社1994年版。
78. 赵沛霖：《兴的源起》，中国社会科学出版社1987年版。
79. 彭锋：《诗可以兴》，安徽教育出版社2003年版。
80. 李健：《比兴思维研究》，安徽教育出版社2003年版。
81. 陈丽虹：《赋比兴的现代阐释》，中国美术学院出版社2002年版。
82. 刘怀荣：《赋比兴与中国诗学研究》，人民出版社2007年版。
83. 于坚：《拒绝隐喻》，云南人民出版社2004年版。
84. ［瑞士］费尔迪南·德·索绪尔著，高名凯译：《普通语言学教程》，商务印书馆2010年版。
85. ［美］韦勒克·沃伦著，刘向愚等译：《文学理论》，生活·读书·新知三联书店1986年版。
86. ［英］特雷·伊格尔顿著，伍晓明译：《二十世纪西方文学理论》，陕西师范大学出版社1987年版。
87. ［英］特里·伊格尔顿著，王杰等译：《审美意识形态》，广西师范大学出版社2001年版。
88. ［法］波德莱尔著，郭宏安译：《波德莱尔美学论文选》，人民文学出版社1987年版。
89. ［法］波特莱尔著，钱春绮译：《恶之花选》，人民文学出版社1987年版。
90. ［奥］卡夫卡著，洪天富等译：《卡夫卡全集》，河北教育出版社2000年版。
91. ［德］恩斯特·卡西尔著，甘阳译：《人论》，生活·读书·新知三联书店1997年版。
92. ［德］恩斯特·卡西尔著，于晓译：《语言与神话》，生活·读书·新知三联书店1988年版。
93. ［德］弗洛姆著，陈学明译：《逃避自由》，工人出版社1987年版。
94. ［英］克里斯托弗·胡德著，彭勃、邵春霞译：《国家的艺术——文化、修辞与公共管理》，2004年版。
95. ［美］约翰·巴勒斯著，杨向荣译：《鸟与诗人》，人民文学出版社2006年版。

96. ［荷］杜威·德拉埃斯马著，乔修峰译：《记忆的隐喻：心灵的观念史》，花城出版社 2009 年版。
97. ［美］韦恩·C. 布斯著，穆雷等译：《修辞的复兴》，译林出版社 2009 年版。
98. ［德］胡戈·弗里德里希著，李双志译：《现代诗歌的结构——19 世纪中期至 20 世纪中期的抒情诗》，译林出版社 2010 年版。
99. ［美］奚密著，宋炳辉译：《现代汉诗》，上海三联书店 2008 年版。
100. ［法］克里斯蒂安·麦茨著，王志敏译：《想象的能指：精神分析与电影》，中国广播电视出版社 2006 年版。
101. ［英］戴维·E. 库珀著，郭贵春、安军译：《隐喻》，上海科技教育出版社 2007 年版。
102. ［法］保罗·利科著，汪堂家译：《活的隐喻》，上海译文出版社 2004 年版。
103. ［法］让·波德里亚著，车槿山译：《象征交换与死亡》，译林出版社 2006 年版。
104. ［美］狄百瑞著，黄水婴译：《儒家的困境》，北京大学出版社 2009 年版。

当代历史文献与诗歌作品：

1. 毛泽东：《毛泽东选集》第三卷，人民出版社 1966 年版。
2. 毛泽东：《毛泽东选集》第五卷，人民出版社 1977 年版。
3. 龚育之、逄先知、石仲泉：《毛泽东的读书生活》，生活·读书·新知三联书店 2005 年版。
4. 薄一波：《若干重大决策与事件回顾》，中共中央党校出版社 1993 年版。
5. 《人民日报》编辑部：《关于胡风反革命集团的材料》，人民出版社 1955 年版。
6. 朱正：《1957 年的夏天：从百家争鸣到两家争鸣》，河南人民出版社 1998 年版。
7. 黎之：《文坛风云录》，河南人民出版社 1998 年版。
8. ［美］R. 麦克法夸尔、费正清编：《剑桥中华人民共和国史——中国革命内部的革命（1966—1982）》，中国社会科学出版社 1992 年版。

9. ［荷］佛克马著，季进、聂友军译：《中国文学与苏联影响（1956—1960）》，北京大学出版社 2011 年版。
10. 黄秋耘：《刺在哪里》，花城出版社 1999 年版。
11. 郭沫若：《郭沫若全集》，人民文学出版社 1982 年版。
12. 茅盾：《茅盾全集》，人民文学出版社 1984 年版。
13. 周扬：《周扬文集》，人民文学出版社 1984 年版。
14. 臧克家：《臧克家全集》，时代文艺出版社 2002 年版。
15. 胡风：《胡风三十万言书》，湖北人民出版社 2003 年版。
16. 洪子诚：《1956：百花时代》，北京大学出版社 2010 年版。
17. 董之林：《热风时代——当代中国“十七年”小说史论（1949—1966）》，上海书店出版社 2008 年版。
18. 王本朝：《中国当代文学制度研究》，新星出版社 2007 年版。
19. 张均：《中国当代文学制度研究（1949—1976）》，北京大学出版社 2011 年版。
20. 徐晓主编：《民间书信——中国民间思想实录 1966—1977》，安徽文艺出版社 2000 年版。
21. 廖亦武主编：《沉沦的圣殿》，新疆青少年出版社 1999 年版。
22. 杨健：《文化大革命中的地下文学》，朝华出版社 1993 年版。
23. 刘禾编：《持灯的使者》，广西师范大学出版社 2009 年版。
24. 柏桦：《左边——毛泽东时代的抒情诗人》，江苏文艺出版社 2009 年版。
25. 陈烈：《田家英与小莽苍苍斋》（增订本），生活·读书·新知三联书店 2011 年版。
26. 北岛、李陀主编：《七十年代》，生活·读书·新知三联书店 2009 年版。
27. 沈展云：《灰皮书，黄皮书》，花城出版社 2007 年版。
28. 苇岸：《最后的浪漫主义者》，花城出版社 2009 年版。
29. 宋琳、柏桦选编：《亲爱的张枣》，江苏文艺出版社 2010 年版。
30. 杨黎：《灿烂》，青海人民出版社 2004 年版。
31. 钟鸣：《旁观者》，海南出版社 1998 年版。
32. 彭金山主编：《1949—2000 年中国诗歌研究》，敦煌文艺出版社 2008 年版。

33. 鲁迅艺术文学院：《陕北民歌选》，新华书店出版社 1950 年版。
34. 闻捷：《天山牧歌》，作家出版社 1956 年版。
35. 流沙河：《告别火星》，作家出版社 1957 年版。
36. 丁芒：《欢乐的阳光》，新文艺出版社 1957 年版。
37. 郭沫若：《百花齐放》，上海文艺出版社 1959 年版。
38. 延安大学中文系编：《红太阳颂》，人民文学出版社 1977 年版。
39. 童怀周编：《天安门诗抄》，人民文学出版社 1978 年版。
40. 郭沫若、周扬编：《红旗歌谣》，人民文学出版社 1979 年版。
41. 艾青：《归来的歌》，四川人民出版社 1980 年版。
42. 艾青：《艾青全集》，花山文艺出版社 1991 年版。
43. 艾青：《艾青诗全编》，人民文学出版社 2003 年版。
44. 胡风：《胡风全集》，湖北人民出版社 1999 年版。
45. 胡风：《胡风的诗》，中国文联出版公司 1987 年版。
46. 郭小川：《郭小川诗选》，人民文学出版社 1985 年版。
47. 周良沛编：《贺敬之诗选》，人民文学出版社 1997 年版。
48. 流沙河：《流沙河诗集》，上海文艺出版社 1982 年版。
49. 丁芒：《丁芒文集》，江苏文艺出版社 2001 年版。
50. 穆旦：《穆旦诗文集》，人民文学出版社 2006 年版。
51. 谢冕、唐晓渡主编：《鱼化石或悬崖边的树——归来者诗卷》，北京师范大学出版社 1993 年版。
52. 洪子诚、程光炜编选：《朦胧诗新编》，长江文艺出版社 2004 年版。
53. 食指：《食指诗选》，人民文学出版社 2009 年版。
54. 多多：《多多诗选》，花城出版社 2005 年版。
55. 北岛：《北岛诗歌集》，南海出版社 2003 年版。
56. 北岛：《时间的玫瑰》，中国文史出版社 2005 年版。
57. 舒婷：《一种演奏风格——舒婷自选诗集》，作家出版社 2009 年版。
58. 顾乡编：《顾城诗全集》上卷，江苏文艺出版社 2010 年版。
59. 洪子诚、程光炜选编：《第三代诗新编》，长江文艺出版社 2006 年版。
60. 徐敬亚等编：《中国现代主义诗群大观 1986—1988》，同济大学出版社 1988 年版。
61. 万夏、潇潇编：《后朦胧诗全集》，四川教育出版社 1993 年版。
62. 唐晓渡、王家新编：《中国当代实验诗选》，春风文艺出版社 1987

年版。
63. 姜耕玉选编：《20世纪汉语诗选》，上海教育出版社1999年版。
64. 西川编：《海子诗全编》，上海三联书店1997年版。
65. 西渡编：《戈麦诗全编》，上海三联书店1999年版。
66. 昌耀：《昌耀诗文总集》，青海人民出版社2000年版。
67. 周伦佑编：《亵渎中的第三朵语言花——第三代诗歌》，敦煌文艺出版社1994年版。
68. 韩东：《爸爸在天上看我》，河北教育出版社2002年版。
69. 杨黎：《小杨与马丽》，河北教育出版社2002年版。
70. 丁当：《房子》，河北教育出版社2002年版。
71. 周伦佑：《周伦佑诗选》，花城出版社2006年版。
72. 于坚：《零档案》，云南人民出版社2004年版。

论文：

1. 周恩来：《关于知识分子问题的报告》，《人民日报》1956年1月30日。
2. 陆定一：《百花齐放，百家争鸣——一九五六年五月二十六日在怀仁堂的讲话》，《人民日报》1956年6月13日。
3. 费孝通：《知识分子的早春天气》，《人民日报》1957年3月24日。
4. 翦伯赞：《为什么会有“早春”之感?》《人民日报》1957年4月20日。
5. 范琰：《流沙河谈“草木篇”》，《文汇报》1957年5月16日。
6. 《大胆开展批评，热烈进行争论——统战部邀请民主党派和无党派民主人士继续座谈》，《人民日报》1957年5月22日。
7. 周扬：《建设社会主义文学的任务——在中国作家协会第二次理事会会议（扩大）上的报告》，《文艺报》1956年第5、6号合刊。
8. 李白凤：《写给诗人们底公开信》，《人民文学》1957年7月号。
9. 沈澄：《草木篇事件是一堂生动的政治课》，《文艺学习》1957年第8期。
10. 沙鸥：《“草木篇”批判》，《诗刊》1957年8月号
11. 黎之：《反对诗歌创作中的不良倾向及反党逆流》，《诗刊》1957年9月号。

12. 徐迟:《艾青能不能为社会主义歌唱》,《诗刊》1957 年 9 月号。
13. 臧克家:《艾青的近作表现了什么?》,《文艺学习》1957 年第 10 期。
14. 沙鸥:《艾青近作批判》,《诗刊》1957 年 10 月号。
15. 胡海珠:《艾青是怎样“检讨”的?》,《文艺报》1957 年第 24 号。
16. 何施良:《我们不需要这样的“诗人”——记总政治部宣传部创作室对右派分子公刘的斗争》,《文艺报》1957 年第 27 号。
17. 臧克家:《郭小川同志的两篇长诗》,《人民文学》1958 年第 3 期。
18. 李树尔:《穆旦的〈葬歌〉埋葬了什么》,《诗刊》1958 年 8 月号。
19. 邵荃麟:《门外谈诗》,《诗刊》编辑部编《新诗歌发展的问题》第 1 集,作家出版社 1959 年版。
20. 郭沫若:《就当前诗歌中的主要问题答〈诗刊〉社问》,《人民日报》1959 年 2 月 13 日。
21. 郭沫若:《坐地、巡天及其他》,《人民日报》1959 年 3 月 4 日。
22. 王澍,易莎:《庸俗的感情,阴暗的心灵——谈丁芒同志的诗》,《诗刊》1960 年 1 月号。
23. 殷晋培:《唱什么样的赞歌?——评〈白雪的赞歌〉中于植的形象》,《诗刊》1960 年第 1 期。
24. 萧三:《谈〈望星空〉》,《人民文学》1960 年第 1 期。
25. 《天安门广场的反革命政治事件》,《人民日报》1976 年 4 月 8 日。
26. 《毛泽东给陈毅同志谈诗的一封信》,《诗刊》1978 年 1 月号。
27. 《中共北京市委宣布 1976 年天安门事件完全是革命行动》,《人民日报》1978 年 11 月 16 日。
28. 白桦:《五点和诗有关的感想》,《诗刊》1979 年第 3 月号。
29. 艾青:《诗必须说真话》,《南方日报》1979 年 3 月 11 日。
30. 匡汉、匡满:《艾青还是艾青——读艾青近作》,《长春》1979 年第 6 期。
31. 公刘:《新的课题——从顾城同志的几首诗谈起》,《星星》1979 年 10 月复刊号。
32. 叶文福:《到底写的谁——〈将军,不能这样做〉是怎样写出来的》,《鸭绿江》1979 年第 11 期。
33. 柯岩:《为新诗和文艺队伍说几句话——在中国作家协会第三次会员代表大会上的发言》,《诗刊》1979 年 12 月号。

34. 张学梦等：《请听听我们的声音》，《诗探索》1980 年第 1 期。
35. 公刘：《诗与政治及其他——答诗刊社问》，《诗刊》1980 年 1 月号。
36. 余之：《比兴与民歌——兼谈习久兰的〈爱情诗〉》，《布谷鸟》1980 年第 3 期。
37. 王介贤：《心声·心律》，《长江文艺》1980 年第 4 期。
38. 谢冕：《在新的崛起面前》，《光明日报》1980 年 5 月 7 日。
39. 匡满：《为人民鼓与呼——读〈请举起森林一般的手，制止！〉》，《文艺报》1980 年第 6 期。
40. 章明：《令人气闷的"朦胧"》，《诗刊》1980 年第 8 期。
41. 顾工：《两代人——从诗的"不懂"谈起》，《诗刊》1980 年第 10 期。
42. 鲁扬：《从朦胧到晦涩》，《诗刊》1980 年第 10 期。
43. 闻洁、张旭、尹良荣：《一篇有严重缺点错误的作品——评〈请举起森林一般的手，制止！〉》，《长江文艺》1980 年 11 月号。
44. 邹贤敏：《大胆的揭露，悲愤的控告》，《长江文艺》1980 年第 11 期。
45. 丁芒：《谈晦涩》，《诗刊》1980 年第 12 期。
46. 臧克家：《关于朦胧诗》，《河北师范学院学报》1981 年第 1 期。
47. 丁力：《新诗的发展和古怪诗》，《河北师范学院学报》1981 年第 2 期。
48. 艾青：《从朦胧诗谈起》，《文汇报》1981 年 5 月 12 日。
49. 张骥河：《评〈为了明天的回想〉及其他》，《长春》1982 年 1 月号。
50. 杨荫隆：《评曲有源同志两首诗的错误倾向》，《长春》1982 年 1 月号。
51. 徐敬亚：《崛起的诗群》，《当代文艺思潮》1983 年第 1 期。
52. 张震泽：《〈诗经〉赋比兴本义新探》，《文学遗产》1983 年第 3 期。
53. 章必功：《"六诗"探故》，《文史》第二十二辑，中华书局 1984 年版。
54. 周伦佑：《"第三浪潮"与第三代诗人》，《诗刊》1988 年第 2 期。
55. 徐敬亚：《朦胧诗后：圭臬已死》，《文艺争鸣》1988 年第 6 期。
56. 韩东：《〈他们〉略说》，《诗探索》1994 年第 1 期。
57. 郑敏：《我们的新诗遇到了什么问题》，《诗探索》1994 年第 1 期。
58. 于坚：《传统、隐喻与其他》，《诗探索》1995 年第 2 期。
59. 魏慧：《论第三代诗的语言策略》，《诗探索》1995 年第 2 期。
60. 于坚：《杨黎和他的诗歌》，《诗探索》1995 年第 3 期。

61. 李亚伟:《英雄与泼皮》,《诗探索》1996 年第 2 期。
62. 于坚:《从隐喻后退——一种作为方法的诗歌》,《作家》1997 年第 3 期。
63. 孙基林:《非非主义与西方语言哲学》,《诗探索》1997 年第 4 期。
64. 于坚:《诗歌之舌的软与硬——关于当代诗歌的两种语言向度》,《诗探索》1998 年第 1 期。
65. 余焕春:《人民日报与 1976 年天安门事件》,《百年潮》1998 年第 2 期。
66. 孙基林:《"第三代"诗学的思想形态》,《诗探索》1998 年第 3 期。
67. 李劼、于坚:《回到常识,走向事物本身》,《南方文坛》1998 年第 5 期。
68. 朱幼棣、蔚建民:《〈1976 年天安门事件完全是革命行动〉的消息是怎样发出来的》,《中国记者》1999 年第 2 期
69. 傅颐:《北京市委与天安门事件的平反(上)》,《百年潮》2003 年第 9 期。
70. 傅颐:《北京市委与天安门事件的平反(下)》,《百年潮》2003 年第 10 期。
71. 罗振亚:《近二十年先锋诗歌的历史流程与艺术取向》,《诗探索》2005 年第 1 期。
72. 柏桦:《从主体到身体——关于当代诗歌写作的一种倾向性》,《当代文坛》2005 年第 5 期。
73. 李少君:《从莽汉到撒娇》,《读书》2005 年第 6 期。
74. 杨黎:《莽汉派诗歌及其代表诗人》,《延安文学》2006 年第 3 期。
75. 沈奇:《从"先锋"到"常态"——先锋诗歌 20 年反思与前瞻》,《文艺争鸣》2006 年第 6 期。
76. 徐敬亚:《"86"〈诗歌大展〉20 年后说》,《诗歌月刊》2006 年第 11 期。
77. 徐敬亚:《中国第一根火柴——纪念民间刊物〈今天〉杂志创刊三十年》,《当代作家评论》2009 年第 1 期。
78. 周伦佑:《非非主义:不可抗拒的先锋》,《诗林》2009 年第 1 期。
79. 徐敬亚:《燃烧的中国诗歌版图》,《天南》2011 年第 3 期。
80. 韩东:《〈他们〉和他们》,《天南》2011 年第 3 期。

后　记

我的写作是从寻找比喻开始的。“橘生南国为橘，生北国则为枳”，而我相信，一个词语，一株植物，甚至一个人，必须到另外一个时空以另外一种形态出现，方可起死回生，这是比喻产生的理由。

这种世界观，让我在整个青春期生活在别处，沉浸在无法比喻的恐惧中：

等待比喻的人，像水一样
完成比喻的人，像泥一样
没有比喻，人像狗一样
上帝，给人子以神圣的比喻吧

我愿意像玫瑰一样
全身长满牙齿。我愿意像露水一样
微笑，然后消失。我愿意像上帝一样
自己比喻自己。我愿意像灰尘
嘲讽没有结局的比喻。算了
我愿意像人一样

像人一样，这是最后一个荒诞的比喻
他们没有开始，没有结束
他们没有房子，没有星星
他们是你，是我，是我的朋友
我们将在没有喻体的夜晚
充满想像和痛苦

创作是妄想者的梦游。学术研究，是梦游者在白天的回忆、追踪与重建，我们需要在现实中，穿越时空，整理历史的碎片，在与不同时代的写作者的对话中，抵御内心的孤独。

这本书是我的博士论文。2009 年到华东师范大学攻读博士学位，一学期后，把纷乱的思路，集中到比兴研究上，企图通过审视这种话语方式，考察古代以及当代文人的精神轨迹。学术研究打开的是另一个世界，有时候完全忘了自己的话题，在史料里徜徉。纸张发黄、灰尘扑面，音容笑貌、倩影幽魂，台前幕后、草木皆兵，铁腕举旗、墨客登场，怨妇秋坟、忠臣离骚，文件红头、日记发疯，嘴角开花、良心辗转，公历纪元、农历插秧，万岁千秋、昙花一现……都过去了、全回来了，历史的审判与幻灭、局促与轮回、同情与误读、荒诞与幽默，纷纷浮现在眼前。最幸福的是黄昏，资料室关闭。从地下室上来，穿越大厅，吐着嘴里的灰尘，看见所有的人、车、云朵、飞鸟——全在瞬间停滞，像卡住了的黑白无声电影。感觉时间过去了几百年，一切还停在原处，纹丝不动。是谁在我离开的时候喊暂停，是谁在我回来的时候说开始？摆布文字的人，获得了主宰幻觉的权力：从喂马劈柴的基础劳动开始，周游世界，和亲人通信，为山河命名。

如同骑车时一撒手，一切必须回到原来的轨道。在许多人的帮助下，我在撒手之余，还能够正常前行。不管是在生活还是在写作中，我都显得过于意识流，对常识性的问题缺乏判断，对复杂的问题缺乏理性思考与统筹解决的能力。读博三年，每次看完我的文章，导师王铁仙教授，总是从字句开始，详细修改，力求表达的简洁与准确。先生治学严谨而为人随和，坚持原则而不乏童心，很喜欢和他聊天，因为：有趣。沪上求学三年，两个寒假没有回家。每次到先生家，除了学业上的琐事之外，还有潜意识的私心——迷恋先生家里的光线和味道。师母说话，有浓郁的上海口音，徐缓有致，轻盈婉转……光线从阳台上斜射进来，里面游走着金黄的尘埃，一簇一簇的时间，温婉和煦，渐次绽开，世界很安静。

另外，非常感谢钱谷融先生，感谢华东师范大学的马以鑫、殷国明教授，上海师范大学的杨剑龙教授，复旦大学的周斌、朱文华教授，感谢他们在博士论文开题、答辩过程中对我的鼓励与指导。

感谢博士在读期间，制造故事、制造意境、制造象征的好友们，你们让成人世界，充满诗意。

在华东师范大学就读期间，我所居住的16号公寓，背后有一条河，这条河的名字很亮——樱桃河。在假期，我看见白色的水鸟顺流而下，水面上阳光金黄、灿烂……我以为那是天鹅，在黄昏，为我而来。

我要感谢那只天鹅
应该有两次吧
都是同一只天鹅，同样灵动静谧的白
从天空降落
从河里走远

一次是冬天
死去的树叶抱紧枝头不肯离去
一次是夏天
雨过天晴，太阳坠入天空之蓝

寂静的傍晚，她留给我那么洁白的时间

该结束的已经结束
该开始的
不管是尘埃还是夜色
我都张开双臂等待降临
像拥抱一只天鹅

在我离沪返兰之后，常想起樱桃河边的那间宿舍，它给我三年安静思考的空间，整整三年，有十几个平方的空间供我思考，而且，窗外是流向远方的河流、无限广阔的天空。在兰州，我过了十几年的租房生活，和以前不同的是，2012年之后，我在每月交付租金的同时，可以想起一个有关天鹅的下午——这可能就是写作、阅读与学术研究的意义吧。

这本书是我的第一部学术著作，所以，这种幸福才刚刚开始。

2014年4月